COLLECTION FOLIO

Camille Laurens

Romance

Gallimard

Camille Laurens est née en 1957 à Dijon. Agrégée de lettres, elle a enseigné en Normandie, puis au Maroc où elle a passé douze ans. Aujourd'hui, elle vit dans le sud de la France.

Elle a reçu le prix Femina 2000 pour son roman *Dans ces bras-là*.

À la mémoire de ma grand-mère

La vie est un roman où l'on dit tout.

JEAN-RENÉ HUGUENIN

– G –

G

C'est ainsi, par le détour des idées et dans le tourbillon de leur mouvement, que le désordre et l'état de fait doivent reparaître et renaître aux dépens de l'ordre.

P. VALÉRY

GLACE

DANGER, en lettres noires, surmonté, brutal, du dessin d'une petite voiture zigzagante en passe de quitter la route, ligne brisée en un éclair. Il ne voit pas le panneau à l'entrée des virages, d'ailleurs la pluie a cessé. Sa passagère ne bouge pas et, quoiqu'il ne puisse pousser l'imprudence jusqu'à la regarder, il lui semble que là, sur le pare-brise, écarquillés, ces demi-cercles tracés tout à l'heure par les essuie-glaces, ce sont ses yeux.

Le cabriolet file à travers champs, laissant flotter derrière lui le ruban noir de l'asphalte dont il ne suit pas exactement les courbes, l'arrière chasse un peu sur la gauche dans les tournants les plus marqués. Alors il serre à la corde, le vent s'engouffre, elle remet une épingle à sa coiffure, les blés se rapprochent à les frôler, et d'autres plantes plus hautes encore, qui ressemblent à des cannes à sucre, avec des feuilles longues et plates, elle ne connaît rien à la campagne. Il double un camion, les pneus mordent l'ornière, elle déchiffre des lettres sur le flanc gauche, S E R, le chauffeur les regarde de haut. Ils sont presque allongés au ras de la terre, côte à côte immobiles comme deux époux dans un convoi funèbre, ou leurs statues, et qu'on emporte, le buste juste relevé par le coussin mortuaire, avec une hâte absurde, entre deux haies d'honneur qui s'inclinent à leur passage, vers l'horizon là-bas comme un tombeau ouvert.

Au sein même de la vitesse, aveu de l'impuissance où il est de réussir quoi que ce soit pour la séduire, les roues arrière partent en dérapage, l'espace vire au blanc mêlé de blond, le ciel, les épis mûrs, ses cheveux que le vent d'un coup déploie tandis que la capote arrachée, ne tenant plus que par quelques œillets sur un bord, agite déjà dans l'air le mouchoir de la capitulation, que le destin cesse les hostilités, ils se rendent. Le paysage ainsi s'inverse, et aussi l'idée qu'il a d'elle : de gisante elle s'anime et se tourne vers lui qui pense follement à ce qu'il faut faire dans ces cas-là, tout lâcher, son cœur s'indigne, va-t-elle mourir auprès de ce type qui ne sait même pas conduire et dont elle ignore le nom, il le lui a dit tout à l'heure, son prénom du moins, mais elle n'a pas fait attention, elle inspectait alors l'habitacle où il allait falloir se glisser avec sa jupe étroite sans la déchirer, s'asseoir d'abord les jambes à l'extérieur puis les ramener ensemble genoux serrés en pivotant d'un quart de tour.

Il donne un dernier coup de volant au hasard, ils entrent dans le décor. « Flûte », dit-il, soucieux de mettre un bémol aux roulements de tambour du moteur et surtout d'avoir, vis-à-vis d'elle et de la Mort que pour l'heure il défie en fauchant les blés, l'air stylé. La voiture est freinée en douceur par l'obstacle, mais à l'issue du tête-à-queue, presque à l'arrêt, inexplicablement — une pierre, un sillon, une motte de terre — le côté gauche bute et se lève avec un mouvement lent de toupie qui va tomber, zut. Le chauffeur est projeté vers sa passagère, leurs jambes se heurtent et s'emmêlent, leurs crânes s'entrechoquent, il bande ses muscles pour amortir le poids qui s'abat sur elle, elle le repousse d'une main, les yeux fermés, grimaçante, comme si elle retenait par ses seules forces au-dessus d'elle, en plus de son corps, la carcasse de l'auto, le marbre de la tombe, mais il l'écrase de ses quatre-vingts kilos, et merde. Elle brandit un coude devant son front, tout tourne, sa tête et les roues dans le vide, elle voit des gerbes d'étincelles. Il rampe en la traînant sous lui, les épis crissent et se fendent, elle fait des moulinets avec ses bras, elle nage loin du désastre : il se demande un instant si ce n'est pas elle plutôt qui le tire à grands coups de reins, à moins qu'elle ne cherche seulement, par ces soubresauts, à l'envoyer au diable, tant est peut-être vrai ce qu'affirmait sentencieusement son grand-père en passe de quitter la vie — il le revoit soudain levant un doigt docte du fond de son lit, en cachette de la veuve prochaine — que les femmes mettent la même extraordinaire énergie à sauver leur peau et à avoir celle des hommes.

Ils s'affalent ensemble, lui sur elle dans l'attente de l'explosion. Ils restent un moment sans bouger, la capote en boule à leurs pieds comme un drap défait. Tout est calme, on n'entend plus que des craquements à l'intérieur de la caisse, le moulin se plaint. Dans une minute, quelques secondes, le moment sera passé, il faudra réintégrer le monde, les explications, les excuses. Alors il glisse une main sous sa nuque et colle ses lèvres aux siennes.

Elle noue à son cou ses doigts poisseux et l'attire plus avant dans sa bouche, son cœur s'accélère encore, est-elle blessée, il ne respire plus ; sans doute est-ce l'air qu'elle aspire et pas sa langue, à la vie qu'elle s'accroche et pas à lui : est-on jamais aimé vraiment pour soi-même, il ne veut pas le savoir. Elle a les yeux fermés. Il se redresse, prend une bouffée d'air. La voiture est sur le flanc droit, pare-brise intact. Seul le rétroviseur intérieur pend tout tordu hors de l'habitacle, ne conservant dans son cadre qu'un bout de miroir à angle aigu où se réfléchissent les nuages, sept ans de malheur.

Huit mètres carrés de fichus, dix en arrondissant : c'est en gros l'estimation du paysan, vareuse bleue, visage hébété à quelques pas de là, qu'ils n'ont pas vu, ou s'ils l'ont aperçu dans le vertige du demi-tonneau, ils l'ont pris pour l'épouvantail à moineaux, bras écartés paumes vers le ciel, stoppé net à l'instant d'une protestation par l'intensité du spectacle. La dernière fois, en 75, c'est un planeur qui s'est *vaché* sur son maïs. Compte tenu de l'envergure des ailes, il a eu droit à pas mal d'indemnités, mais il garde une dent contre les assurances, toujours à ergoter. Aujourd'hui, il trouve ça fort de café, ces deux-là qui se roulent dans la farine comme si de rien n'était. Des voyous en train de faire la bête à deux dos au beau milieu d'un champ, il en a surpris plus d'une fois, l'été, couchés dans le foin avec le soleil pour témoin, mais dans ces circonstances alors, non. Il n'aurait jamais pensé voir un jour une chose pareille. Même à la télé.

*

— Voilà, c'est tout.

Max a posé les feuillets sur la table. Il se tenait maintenant debout devant une carte ancienne du monde accrochée au mur, dont ses épaules masquaient quasiment les deux hémisphères. Au fil de sa lecture, il s'était ratatiné dans le fauteuil en cuir où il avait pris place, et sa voix même s'était altérée au moment de l'étreinte, pourtant jamais il n'aurait pu entrer dans une voiture pareille, y plier sa stature gigantesque, ou sinon il aurait eu l'air d'habiter un œuf ; jamais il n'aurait pu être ainsi précipité sur une femme sans lui couper le souffle pour longtemps, rendant tout baiser barbare, voire mortel. Il ne s'agit donc pas de son histoire, d'ailleurs il est cinéaste, il reste de l'autre côté de la caméra, dans l'envers du décor, à la lisière du carré de blé reconstitué dont il ne franchira pas les bords, extérieur jour. Cependant, lorsqu'en lisant il a vu s'ouvrir sur l'écran l'étrave de la route — à moins de commencer en gros plan sur le panneau DANGER — c'était lui qui conduisait, et plus tard, les lèvres ourlées d'un visage à préciser — quelque chose comme Kim Novak dans *Vertigo* ou Lise Imbert assise en face de lui dans un état d'insupportable inattention — c'était lui qui les embrassait. Les films dont il rêve sont ceux dont il ne saurait tenir les rôles, mais l'envie le saisit quelquefois de jouer lui-même un personnage dans des scènes déjà tournées, de refaire une prise : par exemple, avoir à nouveau quinze ans, le dernier soir de la retraite spirituelle des catéchumènes, sur un banc du jardin du temple, à Dijon, parler d'amour à

Lise, pas frémissante peut-être mais curieuse, puis se pencher vers son visage aux contours indistincts, l'enserrer des deux mains, et là, petite correction du script, dévorer sa bouche et non pas, sous l'effet conjugué de la fièvre et de l'obscurité, lui enfoncer le pouce dans l'œil, il avait fallu l'emmener à l'hôpital, elle était restée borgne huit jours, la communion n'avait pas eu lieu, « cruel manque de recueillement », avait dit le pasteur. Ou encore, autre scénario : il ne la connaît pas, ils viennent à l'instant d'entrer en relation pour régler le sous-titrage de son dernier film (un tabac au box-office), elle est posée souriante au bord du fauteuil, gracile, concentrée ; quand son accent mondain, very british, se frotte aux âpres répliques du héros, il entend comme une invitation à l'union des contraires, « ce jour-là, les poules auront des dents », « pigs might fly », sa bouche reste ouverte en corolle autour du dernier mot. Au moment du départ, il la plaque contre la porte, et voilà, fondu enchaîné, à moins de poursuivre plus avant les images, il la touche, il la flaire, il la caresse, il la respire, il la possède. Simplement, il faudrait pour cela se débarrasser du passé, couper vingt ans d'amitié au montage, larguer les jeux communs de l'enfance, l'intimité de l'adolescence, tout ce qui certes autorise (et encore, jusqu'où ?) les élans de la complicité, mais annule et dissout dans la familiarité des rencontres l'urgence du désir.

Il a repris les pages qu'il venait de lire à voix haute. C'était un livre qui l'avait aussitôt inspiré, enfin, ce qu'il en restait. Il l'avait trouvé sous le pied d'un vieux bahut qu'on déplaçait, dans une maison de plage louée quelques jours pour un tournage. Chaque hiver, à la saison des tempêtes, la mer envahissait tout, si bien que le sel et l'eau avaient rongé la quasi-totalité du volume, déjà sans doute incomplet comme si l'on en avait arraché autrefois des cahiers et la couverture pour l'ajuster exactement à la dénivellation du plancher. Max était très sensible aux présages : dans un monde terne, les choses soudain s'éclairaient d'un sens dont il n'avait jamais pensé que c'était lui qui l'y mettait. Ce fragment de roman découvert par hasard au moment précis où il réfléchissait à une histoire d'amour, ces bribes accordées à l'inachèvement de ses propres images lui paraissaient un signe du ciel. Lui plaisait surtout le commencement en fanfare — bien que rien ne prouvât que ce fût le début, les numéros des pages volantes étaient indéchiffrables —, lui en tout cas démarrerait ainsi, dans le vif du sujet, il n'y aurait pas plus de préambule à l'accident qu'à l'accouplement, cette rapidité le fascinait, en même temps l'atmosphère rappelait un peu Fitzgerald, non ? Qu'en pensait-elle ? Lise ?

Enfoncée profondément dans le canapé, jambes allongées devant elle, Lise Imbert tentait de repérer sur le planisphère la ville de Buenos Aires d'où Yves l'avait appelée trois jours plus tôt, et qu'à cette heure il devait avoir quittée pour Paris, bientôt ils seraient ensemble, mais Max occupant le terrain, seuls étaient visibles, à gauche de son biceps, le cap Horn et la Terre de Feu, Yves, pensait-elle, c'est moi qui brûle. La pointe étroite du continent faisait pendant à la queue minuscule qui prolongeait sur sa nuque la tête massive de

Max à présent détournée de profil vers la fenêtre. Elle s'est revue sautant avec lui sur le lit de sa chambre en hurlant le succès d'alors, « ma mère m'a dit Antoine va te faire couper les cheveux, je lui ai dit maman dans vingt ans si tu veux », il y avait exactement vingt ans, oyé. D'une manière générale, elle n'avait rien contre les couettes masculines, mais en appendice d'un si grand corps, elle trouvait cela ridicule et même, comment l'expliquer, obscène.

— Qu'est-ce que tu veux faire avec ça ? C'est trop court. Ce n'est pas une intrigue.

— Oui, je sais. L'idéal serait de retrouver le livre, d'acheter les droits. Quoique, en ce moment, je suis pauvre comme Job.

Lise s'est mordu la lèvre. Sous prétexte qu'elle était bilingue, Max prononçait djob. À l'inverse, il mêlait parfois à ses propos des mots d'anglais qu'il énonçait avec l'accent de Maurice Chevalier en visite à Hollywood.

— Parles-en autour de toi, demande aux éditeurs qui t'emploient ; je vais enquêter de mon côté. J'ai même pensé mettre une annonce dans les journaux en citant le début, un avis de recherche. Mais je peux aussi simplement broder là-dessus sans me soucier de l'original, en ne gardant que les indices.

— Par exemple ?

— Par exemple le lieu, qui peut avoir une importance dans l'histoire : la scène se passe à la campagne, à mon avis en Auvergne ou en Normandie.

— Ah bon ! Pourquoi ?

— Le pedzouille près de ses sous...

Elle a ri. Il souffrait de la voir si détendue, le buste presque dans le prolongement des jambes au creux du sofa, rendue lointaine par cet abandon même, inabordable.

— Ça, tu sais, ce n'est pas révélateur : l'avarice du paysan est universelle.

— Enfin, ce qui compte, c'est le trouble de la relation : il l'a prise en auto-stop, ils ont un accident. Qu'advient-il de ce couple formé par le hasard, voilà l'intrigue. Cet homme et cette femme dans les blés, c'est un peu le premier homme et la première femme, le commencement du monde.

— M'ouais...

Max était un sentimental, au fond. Cette constatation qu'elle avait si souvent faite la surprenait encore comme une révélation, tant elle concevait mal comment quoi que ce soit d'abstrait pouvait se glisser dans un corps aussi dense, aussi compact, d'une présence physique aussi monstrueuse. Était-il possible qu'un colosse ignorant la maladie pût être atteint d'une quelconque souffrance morale ? Tout était trop visible en lui pour qu'on le soupçonnât de cacher quelque chose. Il se tenait d'ailleurs dans la pièce comme une statue, un objet, un meuble : quiconque entrait voyait d'emblée, collée contre le mur du fond, une armoire à glace. Max renforçait involontairement cet effet en portant des vestons sombres fermés jusqu'en bas, des blazers à double boutonnage, si bien qu'on avait l'impression qu'en actionnant l'un des boutons dorés, on allait tirer à soi les battants et reculer d'effroi devant deux poumons géants. Il eût fallu alors poursuivre l'investigation pour découvrir, en haut à droite, en cherchant bien sur les étagères de côtes, renflé, délicat, tendre, comme un sachet de lavande parmi des piles de serviettes éponges, un cœur. Mais Lise avait d'autres placards à fouiller.

— J'ai photocopié les pages lisibles, et même celles où seules quelques lignes sont déchiffrables : si tu as le temps, pendant les vacances... À la rentrée, on pourrait s'atteler à un scénario, pour voir.

Lise Imbert travaillait par intermittence ; elle traduisait des articles, des romans anglais. Max tentait de se l'attacher davantage en lui confiant à la fois tous ses sous-titres et tous ses secrets. Elle était la première dans la confidence de ses projets (souvent avortés, il est vrai), de ses enthousiasmes auxquels ordinairement elle ne participait guère plus que les producteurs, restant nonchalante, sans feu intérieur, distraite ainsi qu'elle apparaissait aujourd'hui, les yeux errant sur le mur ; il n'était même pas sûr qu'elle ait aimé les films qu'il avait faits. Elle a regardé sa montre, s'est levée.

— Tu quittes Paris, en juillet ?

Elle a souri :

— Oui, dans trois-quatre jours. Mais pas pour très longtemps.

Puis, comme il attendait :

— Je vais à Viorne, tu sais, dans la maison de ma grand-mère.

Max n'y était jamais allé, elle ne le lui avait jamais proposé, malgré les innombrables vacances passées ensemble, dans le temps. Elle a de nouveau consulté sa montre. Il savait qu'elle « avait quelqu'un », comme disait sa mère, « et en ce moment, mon chéri, tu as quelqu'un ? », du ton dont autrefois elle demandait au médecin, après une visite de routine, au seuil de la chambre où se rhabillait l'athlète un peu pâlichon, inquiète contre toute évidence, « il a quelque chose, docteur ? », et il répondait à la hâte « mais non, je n'ai personne », qu'elle se rassure, il était indemne, tout à fait sain, rescapé de la maladie d'amour.

— Tu n'as pas un numéro de faune, là-bas ?

Lise s'est haussée sur la pointe des pieds, le menton tendu vers lui, danseuse entraînée vers d'autres figures, « non, mon petit Max ». Alors qu'il n'était encore qu'un bout de chair vagissante, ses parents prévoyants l'avaient par anticipation baptisé Maxime ; tout le monde à présent l'appelait Max, pour simplifier ou parce qu'il avait grand besoin d'un diminutif. Mais quand Lise en partant lui donnait du « petit Max », il se sentait rétrécir en un tour de main jusqu'à n'être plus qu'un point infime au bout de la lorgnette, l'arrière-plan flou de sa vie, et, au bas de l'escalier qu'elle dévalait d'un pas décroissant, déjà plus rien. Il s'est penché sur elle, ses lèvres ont embrassé l'air dans les parages de son oreille, à bientôt. Elle s'est élancée dans la spirale des étages, et ce n'était pas tant lui qui la perdait qu'elle qui l'égarait en chemin. Ah ! une fois au moins être net, ajuster la focale, grandir à vue d'œil (pigs might fly), oui, une fois s'approcher, s'avancer, ah, entrer dans le champ.

GRAIN

C'était lui, à n'en pas douter c'était bien lui. Martine Gras s'est assise sur le banc de l'abribus d'où elle pouvait voir la cabine téléphonique et observer son occupant sans paraître suspecte à quiconque, du moins le croyait-elle, car en réalité la fixité de son regard, le cap qu'il maintenait obstinément sur un trottoir où le seul véhicule autorisé était celui du marchand de glaces l'auraient trahie aussitôt, d'ailleurs cet arrêt n'était pas desservi le dimanche.

Il s'agitait derrière la paroi vitrée, comment s'appelait-il, déjà, elle l'avait su pendant plusieurs jours, puis oublié. Il s'acharnait de l'ongle sur un autocollant qui rappelait qu'un coup de fil peut sauver une vie, ça arrive sûrement, mais moins souvent que ceux qui vous démolissent, et vous ravagent, et vous brisent. Il tenait le combiné à distance de sa joue, les doigts crispés dessus, le bras à demi replié en V, à peu près comme le passager d'un autobus, obligé de rester debout, s'accroche à la rampe. Ce ne pouvait pas être pour protéger son tympan des excès qu'a parfois la voix humaine dans la souffrance ou la colère, non, puisque durant tout ce temps c'était lui qui parlait, elle voyait remuer ses lèvres et sa main gauche griffer la porte, tandis que la droite et ses yeux ne bougeaient pas plus que ceux d'une statue, il devait être en train de mentir, s'est dit Martine avec satisfaction, en tout cas de lutter contre la sincérité. Elle lui trouvait l'air fatigué et sensiblement plus âgé qu'à la télévision. Il y avait trois semaines environ qu'elle l'avait repéré dans l'émission « D'homme à femme », un après-midi qu'elle ne travaillait pas ; son visage alors avait un éclat qu'elle ne reconnaissait plus, ils l'avaient sans doute maquillé, aujourd'hui il était d'une pâleur morbide, avec des cernes mauves que la réverbération du soleil rendait presque noirs, mais c'était lui.

Il a raccroché, a attendu le retour de sa carte, une canine plantée dans la lèvre comme quelqu'un qui est tombé sur un os ; puis il a joint les paumes à hauteur de sa bouche, les yeux fermés, blême, immobile, torturé, et Martine à côté sur son banc, jalouse, l'a souhaité mort un instant, le visage encore marqué par les affres de l'agonie mais déjà pétrifié dans son cercueil de verre, une dernière fois dressé debout sur la platitude des choses, et qu'on n'en parle plus. Alors il a donné dans la porte de vigoureux coups d'épaule, et le monde s'est rouvert en grinçant sur ses gonds.

Elle l'a suivi du regard tandis qu'il entrait au *Rostand* et rejoignait à une table un homme assez corpulent qui lisait en l'attendant. Elle s'est levée, tentant d'exprimer par diverses mimiques à l'intention de la vieille dame qui occupait maintenant l'autre extrémité du banc — hochements de tête exaspérés, consultation répétée de l'heure qu'il était, plissement du front vers le dôme du Panthéon, talons décollés du sol, cou tendu par-delà le jet d'eau du bassin — que puisqu'il en était ainsi, elle renonçait à combattre l'acharnement de la solitude et la chaleur du soleil, et allait s'offrir un citron pressé au café d'en face, là justement.

Il n'y avait plus de place à l'intérieur, mais une table s'est libérée en terrasse, un peu en contrebas des baies vitrées largement ouvertes par lesquelles Martine pourrait peut-être entendre des bribes de la conversation. Les gens tendaient leur visage vers les rayons brûlants de l'après-midi, les traits transfigurés par la prière qu'ils adressaient, paupières closes, de dessous l'auvent du *Rostand*, au soleil sans qui les choses ne seraient que ce qu'elles sont. Martine a réorienté sa chaise. D'où elle était, elle voyait surtout l'autre, dont le crâne chauve délimité par une couronne de cheveux épineux paraissait ciré dans la lumière. Il portait une chemise à col montant et s'appuyait du coude sur un livre énorme qui, à en juger par l'état de la tranche et les cornes qui en relevaient les coins, avait été longuement manipulé : un traité scientifique, une somme, ou même un codex si l'homme était un confrère. Car celui qui intéressait Martine et dont elle n'apercevait furtivement que le profil ou le mouvement à travers la vitre était médecin. Ayant pris l'émission en route, elle n'avait pas assisté aux présentations, mais tout le monde l'appelait docteur. Il avait parlé des conséquences néfastes du sport intensif sur certaines femmes, absence de règles, stérilité, une partie de ses recherches actuelles portait là-dessus. Des téléspectatrices endimanchées s'efforçaient en arrière-plan de suivre l'exposé, manifestement terrassées par la puissance du miracle qui leur permettait à la fois d'être là sur le plateau avec le docteur et de sourire à toute la famille ébahie, sans parler des voisins. L'une d'elles, une brune avec une mise en plis raide et bombée comme un casque et les mâchoires saillantes du fantassin de Marathon, avait bien voulu raconter son calvaire : elle faisait huit heures de footing par jour, elle ne pouvait pas s'en dispenser, et puis elle était trop grosse. La caméra l'avait cadrée en plan américain, soulignant les salières et le bréchet saillant, le docteur avait souri, c'était un cas très banal en réalité, mais c'est fascinant, absolument extraordinaire, avait coupé le présentateur, une lueur meurtrière dans l'œil, expliquez-nous ça docteur.

— Eh bien, en gros si vous voulez, certains sujets pratiquent l'exercice physique afin d'oublier leur identité, ainsi madame (la caméra avait montré le hoplite qui fouillait fébrilement dans une besace aux dimensions d'un sac à dos), madame refuse sa féminité. L'auditoire avait souri, navré. C'était à ce moment-là que le docteur s'était adressé personnellement à Martine assise en tailleur dans son studio, un yaourt à la main, articulant d'une voix ferme et chaleureuse : « Les femmes doivent accepter d'être des femmes. » Alors le cœur de Martine Gras avait battu, brusquement toute son âme avait frémi : subjuguée par ce visage au grain lumineux, elle avait admiré sa compétence, son assurance virile, il paraissait maître de lui, c'était un savant, un spécialiste, en fait c'était exactement son type d'homme — d'ailleurs elle adorait sa cravate, un camaïeu de roses extrêmement raffiné. En outre, il avait dans les yeux un fond de tristesse qui ne gâtait rien. Martine avait horreur des gens heureux, d'abord parce qu'en général il n'y a guère de différence entre l'air béat et l'air bêta, ensuite et surtout parce qu'ils n'avaient pas besoin d'elle, elle n'entrait pas en ligne de compte. Dans la rue, en revanche, l'expression funèbre des inconnus l'attirait — et là, c'était plus fort encore, venant d'un homme hors du commun — car, bien qu'on ne fût évidemment pas la cause de leur souffrance, on pouvait fugitivement s'imaginer, le temps d'arriver à leur hauteur et de les dépasser même sans croiser leurs yeux, que s'ils étaient si malheureux, d'une certaine manière on y avait part : c'était seulement qu'ils ne nous connaissaient pas, nous qui saurions les consoler. — Nous remercions cette téléspectatrice pour son courageux témoignage, poursuivait le journaliste sans craindre l'abus de langage, car où trouver le temps de regarder la télévision quand on court huit heures par jour ? Le générique s'était déroulé en surimpression sur ses traits émaciés dont les yeux semblaient fixer au loin un but aperçu d'elle seule, l'arrivée au bout de la lice, la trotteuse au cadran de la montre ou la mort en face. Morand, Dr Morand ! Le nom s'est inscrit à nouveau sur l'écran. Elle l'avait oublié faute d'en avoir l'usage, mais à présent elle le rangeait parmi les choses définitivement sues, Morand, elle s'est répété son nom comme on suce un bonbon au lieu de le croquer. Martine Gras n'était pas une mangeuse d'hommes : elle savourait sa chance, d'ailleurs rien ne pressait, il était là en chair et en os derrière la vitre chauffée par le soleil. Elle en a conçu un bonheur enivrant, né de cette pensée magique qui fait croire possible de garder un absent dans un objet qu'il a laissé, lettre, bibelot, foulard, et qui persuadait Martine que l'on possède quelqu'un lorsqu'on connaît son nom.

De l'extérieur, on distinguait mal ce qui se trouvait de l'autre côté, à cause des reflets qui jouaient sur le verre, mêlant arbres et gens, consommateurs et passants. Bien qu'en contrebas, Martine jouissait d'une position privilégiée. Elle avait le sentiment d'être devant la vitrine d'un magasin de luxe où, ayant aperçu l'objet de ses rêves, elle se plaisait à l'examiner avant d'en faire l'acquisition. Les grands cafés n'étaient-ils pas la devanture de la ville, éclairée, exposée au regard des badauds jusque tard dans la nuit, l'étalage souvent renouvelé d'échantillons d'humanité, avec peut-être ce même pouvoir qu'ont les fac-similés de se donner pour vrais quand ils sont sans valeur, de susciter l'envie par la seule vertu du verre qui les isole et des lumières qui les magnifient, comme ces acteurs dont on soupçonne que, sortis de l'écran, ils sont des fantoches, comme ces colifichets dont on sait bien qu'hors de l'écrin ils sont des formes creuses.

Et Martine souvent s'était trouvée ainsi en vitrine, les soirs d'hiver, flacon vide offert aux chasseurs d'ivresse ou aux amateurs de parfums, consciente de la supercherie, sans rien à leur promettre vraiment, ni chant d'arômes ni griserie subtile, mais souhaitant malgré tout les retenir, et si elle était vide, qu'ils la remplissent. Lorsqu'ils approchaient, pourtant, lorsque l'un d'eux, après une seconde d'hésitation, poussait les portes transparentes où s'engouffrait le froid, en louvoyant entre les tables il traversait les apparences et devenait ce qu'il était, du vent. Martine Gras voulait donc choisir, décider elle-même qui serait l'Autre. Elle se souvenait d'une soirée lointaine où, quoique jolie, elle avait fait quelque peu tapisserie, danseuse vacante qui se levait de temps en temps pour suivre un cavalier en sueur. Tout à coup, l'orchestre avait annoncé « le quart d'heure américain » avant d'entamer *Only You*. Les rôles étaient renversés ; les filles avaient foncé bravement, on se précipitait sur le plus beau, le plus grand, le plus âgé, et qu'importait l'ivresse pourvu qu'on ait le flacon. Martine venait quant à elle de désigner l'élu, celui qu'elle allait s'offrir en dépit de ses faibles moyens, comme on choisit un livre et pas un autre, un vin et pas un autre, pour vivre telle vie, goûter telle saveur. Elle avait envie de s'emplir d'une histoire, d'une liqueur. Elle les voulait raffinées et plutôt fortes, sinon sublimes. Évidemment elle aurait préféré un chanteur peut-être, non, trop entouré, ou un acteur, encore qu'ils soient duplices, un écrivain surtout. Une fois, elle avait envoyé une lettre à l'un d'eux dont la beauté l'avait bouleversée, il aimait beaucoup la nature, comme elle, en revanche elle n'avait jamais pu terminer un seul de ses livres, d'interminables histoires d'Indiens, il n'avait pas répondu. Elle s'en moquait bien, à présent qu'elle avait trouvé son danseur. Elle allait donc s'avancer sur la piste en bordure de laquelle elle l'observait encore un peu pour être sûre que c'était lui. — Moi ? dirait-il sans doute, étonné mais hors d'état de refuser. — Vous, oui. Only you.

Il parlait avec animation. Le gros l'écoutait

recueilli, le pouce sur le maxillaire, l'index à la pointe du sourcil, paupières presque closes comme s'il était gêné de la clarté ou sombrait dans une torpeur post-prandiale, notait Morand tout en continuant, comme s'il priait pour nous sans trop y croire, a pensé Martine, d'ailleurs n'était-ce pas un prêtre, après tout, l'idée soudain l'a traversée en même temps qu'une pointe amère de dépit, comment n'y avait-elle pas songé tout de suite à la vue de la tonsure, du col ecclésiastique et du Livre beaucoup compulsé ? Mais que diable le Dr Morand faisait-il avec un curé, lui qui s'occupait tant des femmes ? Elle s'est agitée, soucieuse qu'il ne soit pas trop différent de l'image qu'elle avait gardée de lui et que lui restituait sa présence inespérée, à peine un peu fripée, nimbée d'un rayonnement sensuel sans confusion possible avec une auréole. Ça ne cadrait pas. À moins qu'il ne soit tout bonnement en train de préparer son mariage en grande pompe à l'église la plus proche — Saint-Sulpice, Saint-Étienne-du-Mont ? Il n'avait pas d'alliance, mais justement... Et elle, alors, qu'est-ce qu'elle devenait dans l'histoire ?

En attendant il se confessait toujours, des mensonges encore, aussi bien, malheureusement le bruit de la rue, la rumeur d'océan du Luxembourg et les beuglements d'un juke-box dominaient tout, produisant avec les grandes orgues et les cloches sonnées à toute volée dans la tête de Martine une cacophonie assourdissante, si bien qu'elle ne comprenait rien, une syllabe ici ou là : argent, à Lise — l'élue s'appelait donc Lise — Martine a collé l'oreille à la vitre en feignant de chercher le soleil, qu'est-ce qu'il racontait ?

— J'espère achever cet été ma série d'articles sur le sport. La Société Argentine de Psychana*lyse* m'a déjà demandé le copyright ! Ce colloque a vraiment été tout bé*nef* pour moi, je dois dire. Mais j'ai une telle masse de fiches ! Reste à les classer, à faire le tri : ça fait *peur de ranger* tout ça. Les vacances vont être courtes !

... Lise à nouveau, nef, fleur d'oranger : Martine Gras a serré les dents, elle avait vu juste : le Dr Morand allait se marier, et avec faste, apparemment. Elle avait tiré le bon numéro, une fois de plus ! — Cette chaise est-elle libre ? s'est enquis un jeune gandin en nœud papillon, une main sur le dossier déjà. — Non, a-t-elle aboyé en montrant les crocs, j'attends quelqu'un. Il est parti en adressant à la chaise un sourire de condoléances.

— Le tennis, par exemple, est une vraie mine. Je m'y suis mis moi-même depuis deux ans pour saisir le jeu de l'intérieur, ou plutôt l'enjeu : l'*investissement* que crée ce sport est incroyable... En *Argen*tine, c'est le football, naturellement.

... Investissement, argent, le mot revenait souvent dans la conversation, ils devaient régler le détail de la cérémonie : un vrai maquignonnage. Et le curé opinait du chef sans répondre, sa tête demi-chauve toujours inclinée sur l'épaule comme le Christ en croix sous sa couronne d'épines, Ouiiii ? a dit le garçon. Martine Gras s'est plongée dans la carte, un dépliant à trois volets surmonté des armes de Paris, Fluctuat nec mergitur, elle n'avait pas mangé depuis le matin : une salade auvergnate, s'il vous plaît — c'était la moins chère. Elle avait envie de pleurer, elle n'était plus dans la course. D'ailleurs, elle s'était trouvée là par hasard, en ce dimanche de juillet le beau temps l'avait attirée au Luxembourg, dans ce quartier où elle ne venait jamais, où l'on parlait latin jusque sur les menus, elle habitait Levallois.

— Et vous, Gérard, vous prenez des vacances, cet été ?

Les épaules de Gérard se sont soulevées lentement jusqu'à ses oreilles et sont retombées d'une seule masse. Il préférait ne pas s'appesantir sur le sujet. Par l'ouverture de la baie, Martine tentait encore d'accrocher quelques mots au vol, par désespoir. En principe, il devait se reposer quinze jours en août dans sa maison du Poitou (Dieu voit tout, a décrypté Martine, qui, elle, n'entendait rien) mais son fils (il l'appelait « mon fils » !) continuait à lui donner les pires soucis, c'était vraiment la brebis galeuse de la famille, Dieu savait pourtant combien il avait été aimé ! Il divorçait pour la troisième fois et n'avait aucun métier sérieux : travailler ? trop peu pour lui ! Il dilapidait le patrimoine (brebis, divorce, dieu, troupeau, tout le tralala, le prêche complet), d'après lui il suivait sa vocation, il écrivait des chansons. DES CHANSONS, répétait Gérard en prenant son jeune confrère à témoin ; mais c'était bien fini, il ne se laisserait pas éternellement refaire le coup de l'enfant prodigue, malgré tout l'amour, non, plus question de dire amen à tout (enfant, amour, fin de l'oraison). Une trompette a retenti derrière les grilles du jardin. Des couples passaient avec des poussettes, des femmes dans des robes à fleurs, des enfants portant religieusement des cornets de glace. Martine Gras s'est absorbée dans sa salade.

Peu après, les deux hommes se sont séparés sur

le trottoir, juste à la hauteur de sa table. De trois quarts dos par rapport à elle, le Dr Morand caressait du bout de l'index et de l'annulaire réunis le dossier de la chaise vide en face d'elle, ses mains étaient longues et fines, quelques veines bleues les parcouraient, Martine a reposé sa fourchette au bord de l'assiette, la gorge nouée. — Vous serez là quand ? a dit le gros, qui serrait son livre contre son cœur, ce n'était pas la Bible, Sé-mi-nai-re, a déchiffré Martine à travers ses doigts boudinés. — À part un break pour le 14 Juillet, que je passe à Viorne, je ne bouge pas d'ici ou de Chartres. À bientôt donc, n'est-ce pas ?

Puis ses doigts se sont envolés du dossier vers un taxi qui a freiné brutalement contre le trottoir, il a disparu à l'intérieur et la voiture l'a emporté en direction de l'Odéon, tache blanche derrière la vitre. Dans la scène suivante, idéalement, Martine Gras hélait à son tour un taxi providentiel, suivez-le, ordonnait-elle, et le chauffeur démarrait en trombe. Mais devant le *Rostand* l'air s'est rempli de la poussière soulevée par un peloton de coureurs au petit trot, des milliers de particules en suspension dans l'espace lumineux ont brouillé un instant le champ de vision, la vieille dame était toujours sous l'abribus et Martine sur sa chaise à récapituler le peu qu'elle avait appris et tout ce qu'elle ignorait : Chartres (la cathédrale ?), Lise (la promise ?), Viorne (où ?), Morand (quand ?), les paumes sur les cuisses, stupide, incrédule, comme devant l'écran neigeux de la télévision après la fin des émissions.

GUIMAUVE

Assise sur son lit, la main encore posée sur le récepteur, Lise Imbert contemplait le mur en face d'elle, où, selon qu'on regardait le motif peint du papier ou son fond blanc, s'entrelaçaient des guirlandes de roses et des têtes d'éléphants. Voilà, c'était ainsi, l'avion n'était pas parti, on n'y pouvait rien. L'après-midi s'est étiré d'un seul coup à l'infini comme une piste d'envol. Elle a sorti machinalement son agenda, il fallait qu'elle gomme Yves de son dimanche. En haut de la page, elle avait écrit Max, point d'interrogation : au-dessous, en grosses lettres espacées sur toute la largeur, Yves, points de suspension, suspendu en effet, alors que l'autre, pourquoi en douter, ne manquait pas un rendez-vous. Elle a effacé avec l'embout du minuscule crayon doré, le nom est parti en grumeaux, laissant sur le papier une traînée courbe et blanche, trajectoire dans le ciel. À quoi s'occuper maintenant ? Sortir prendre l'air, par un temps si beau ? Elle n'en avait pas envie. Aller au cinéma ? Ils ne donnaient que des inepties. En outre, elle avait du travail en retard, ces fragments de Milton égarés à plaisir dans un roman moderne, et sur lesquels elle achoppait depuis trois jours : pour les repérer, elle devait donc se coltiner cette vieille barbe, rouvrir *Paradise Lost*. Quelle langue parlait-on en Argentine ? Le portugais, l'espagnol ? Pour ce qu'elle avait fait depuis le départ d'Yves, elle aurait pu aussi bien l'accompagner, elle aurait visité Buenos Aires, réalisant discrètement pour elle-même le voyage de noces qu'elle n'oserait pas évoquer après le mariage de peur de paraître mièvre — d'ailleurs, il n'avait encore été question de rien, ni de lune ni de miel, il ne s'était pas déclaré, mais le charme idyllique de la maison d'Auvergne y pourvoirait, et bientôt ils vogueraient ensemble vers d'autres horizons.

Il n'y avait aucune carte dans tout l'appartement, juste un vague dépliant touristique sur les monts du Forez, qu'elle a mis de côté pour l'emporter à Viorne. Dans le dictionnaire illustré, elle n'a pas trouvé de rubrique « Monde » : ni article ni représentation qui eût permis de relier du doigt les villes les plus lointaines ; elle aurait fait plus attention, chez Max, si elle s'était doutée qu'Yves y était encore. Elle a cherché à Amérique. Le sud du continent s'étendait sur fond d'océan, parcouru d'un réseau enchevêtré de frontières et de fleuves, artères et veines schématisées sur le crâne fossile d'un mammouth à la tête inclinée, qui de sa trompe aurait bu l'eau des mers. Buenos Aires était situé à l'embouchure du Rio de la Plata, imprimé en capitales et souligné d'un trait noir. Ça voulait dire « bon air », probablement. Lise a retiré son doigt, étonnée, elle a rapproché son nez en tordant le cou sur la gauche, elle avait bien lu : *Patagonie*, en lettres fines qui suivaient la courbe d'une parenthèse ouverte, où se refermait-elle dans la typographie du monde ? Son cœur s'est serré. Connaissant ce nom depuis longtemps, elle n'avait jamais cru qu'il désignât une terre réelle, qu'il pût être ce grand plateau aride et sombre quand il était pour elle un tout petit pays d'enfance ignoré des cartes, un drôle d'Eldorado en pâte à modeler, une contrée imaginaire peuplée de patapoufs et bercée de chansons que chantait sa grand-mère, et ron et ron petit patapon. Eh bien ça existait, c'était sec et rocailleux comme un jardin abandonné, et le chagrin de Lise, intense et bref, était le même que lorsque, enfant, elle avait perdu un jouet. Elle a détourné le regard. Sur la page voisine, le masque funéraire d'Aménophis III fronçait ses sourcils de pierre sur des yeux vides et pourtant pleins d'une réprobation silencieuse. Lise a rabattu sur lui la couverture du dictionnaire.

C'est vers six heures que le navire a fait naufrage. Lise était accoudée au bastingage dans une robe de mousseline rose, elle regardait jouer les dauphins entre les flots ; Yves s'approchait, apportant d'un pied marin deux coupes de champagne. L'astre de Séléné dardait sur eux ses rayons blonds, une clochette retentissait à travers l'immensité du soir égyptien, rappelant aux passagers de première classe le cocktail offert par le capitaine. Lise prenait le bras d'Yves et ils se dirigeaient lentement vers le petit salon, tu es la plus belle, disait-il au moment même où de la rumeur confuse des invités montait soudain une clameur suivie d'un piétinement et du bruit d'objets qu'on renverse, le tintement de la cloche a décru dans le labyrinthe des coursives, Lise s'est dressée sur son séant, Yves..., baignée de sueur, le drap en vagues à ses pieds, tandis qu'obéissant à une injonction martiale la benne à ordures tournait le coin de la rue. Le petit salaud, le petit salaud... Elle fixait le mur de sa chambre où il faisait grand jour, les roses s'effaçaient dans la lumière, restaient les éléphants, qui trompent énormément. Ce n'était pas possible, et cependant Lise en était certaine : les deux notes stridentes qu'elle avait perçues en arrière-fond pendant qu'Yves lui téléphonait, la veille, et qu'il avait prétendu être (le petit salaud) un signal sonore d'embarquement (et pourquoi pas un air de tango, pendant qu'il y était) à l'aéroport de Buenos Aires où il moisissait (qu'il pourrisse), ces deux notes étaient celles du clairon du Luxembourg, celles qu'un gardien, selon une vieille tradition municipale, tirait parfois de son instrument pour admonester un promeneur indiscipliné ou annoncer le soir la fermeture des portes. Que s'était-il passé ? Elle avait mal à la tête, elle n'y comprenait rien, tout allait si bien puis d'un coup tout chavirait. Elle s'est allongée sur le ventre en travers du matelas, la bouche sèche, blême de sommeil et d'angoisse, un bras tendu doigts écartés vers l'extérieur du lit, les traits déformés par l'incertitude où elle était de flotter longtemps sur le radeau de fortune qui la portait encore, nauséeuse, enroulée dans un reste de voile, implorant de la main dans cet océan d'amertume un peu d'eau fraîche, un peu d'amour, mais à Paris comme à Chartres il avait mis le répondeur, on pouvait laisser un message, larguer une bouteille à la mer, Help, Hého du bateau, S.O.S., salaud odieux salaud, forget me not, adieu, la bande est arrivée en bout de course avant qu'elle ait rien pu décider, une vague de désespoir l'a submergée, des larmes ont inondé ses joues : il l'avait trompée, il l'abandonnait, tout tombait à l'eau, le mariage et les croisières Paquet, la vie à deux, les projets, les vacances dans sa maison d'enfance. Elle a eu envie d'appeler sa mère, de lui dire « Maman, c'est fini, il m'a menti », mais celle-ci ne le connaissait pas, les présentations justement devaient avoir lieu cet été, elle aurait dit « Tu sais, les hommes... À cet âge, ils mènent une vie de patachon, n'y pense plus », soulagée peut-être d'échapper à la rencontre officielle dont la perspective l'effrayait un peu (« Un psychiatre ?! » s'était-elle écriée la première fois que sa fille en avait parlé, redoutant non pas tant une nouvelle alliance médicale, habituelle dans la famille, que l'hypothèse de paraître idiote à son futur gendre, de sonner creux sous son marteau à réflexes). Lise est partie à la dérive dans un désert de sel, laissant glisser peu à peu entre ses doigts le fil où pendait mollement, tel un poisson mort au bout d'une ligne, le combiné du téléphone.

À neuf heures, elle était au Luxembourg, arpentant fiévreusement les allées comme s'il pouvait s'y trouver encore, comme si par un juste retour des choses elle allait l'apercevoir soudain, l'air misérable, qui l'attendait sous l'orme ou sous un palmier en pot. Dans le kiosque, une fanfare massacrait une valse, tandis que toujours plus nombreuses s'asseyaient alentour de vieilles dames parées de ce sourire cotonneux spécial aux sourds. Non loin, des barrières métalliques délimitaient un espace réservé que traversaient des rails de travelling, mais l'endroit était désert pour l'instant. Pas un gardien n'était visible à la ronde, et de toute façon aurait-elle osé lui demander d'emboucher sa trompette, juste pour vérifier, ou l'interroger sur les infractions qui, la veille, avaient nécessité un rappel à l'ordre : un gamin imitant Tarzan accroché aux grilles, un pervers serrant de près une nymphe déjà élue des pigeons, non ? et n'avait-il pas remarqué aussi à travers les barreaux un homme en train de mentir dans une cabine téléphonique, grand, blond, les yeux doux, elle n'aurait pas été autrement étonnée qu'on l'eût surpris en train d'arracher les fleurs du parterre afin d'en faire des bouquets, pour qui ? ou couché sur le gazon là où c'est interdit, et avec qui ?

Devant la fontaine de Médicis, des touristes commentaient la mine féroce de Polyphème, le cyclope jaloux. Des gens paraissaient dormir au soleil, le visage aussi rouge et tuméfié que par des larmes. Ils partageaient avec Lise l'expérience intime du *farniente,* si étrangement commune aux vacances et au désespoir. Le jardin s'emplissait de bruits, chuintement des tourniquets, grincement de landaus et de brouettes, halètements des sportifs ; Lise marchait à travers eux, oppressée, sécrétant sa douleur tels les arbres leur résine, elle allait du pas vif de qui veut rattraper quelqu'un, comme on se hâte de rattraper une faute, un mot blessant, seulement elle était impuissante puisqu'elle n'avait rien fait, elle n'était pas coupable du crime qui la chassait du bonheur. Des coureurs la dépassaient, certains en petites foulées souples, d'autres la jambe traînante. L'un d'eux, arrêté en bordure de l'herbe, effectuait laborieusement des pompes : reins bloqués, il se soulevait sur ses avant-bras avec des han de bûcheron comme s'il besognait son coin de pelouse, se mêlait au Grand Tout en une union cosmique à vous dégoûter de la nature, il s'est relevé en rajustant l'élastique de son short. Les mêmes visages revenaient, plus marqués par l'effort, Ixions exsangues ou rubiconds à leur roue attachés, usant leurs rêves jusqu'à la corde — le Luxembourg est cet amour dont je ferai le tour. Devant le Sénat, des policiers orientaient deux jeunes filles, penchés tête contre tête au-dessus d'un plan, de leur guérite en plexiglas parvenait le son d'une radio, « et le règlement ? » s'est dit Lise avec irritation, ils avaient des sourires d'arracheurs de dents, c'était des hommes aussi, en fin de compte, des menteurs qui trompent leur femme et qui aiment les chansons, et ron et ron petit patachon. Lise Imbert s'est assise près d'un chalet où l'on vendait des cerceaux, des bilboquets, des kaléidoscopes et d'informes pâtes de guimauve dans des bocaux en verre, jeux et bonbons d'une autre époque en un jardin sans âge, la marchande elle-même avait l'air d'une pomme qui a cuit longtemps. Lise s'est sentie très vieille.

Sur la gauche résonnaient le choc mat des balles de tennis frappées irrégulièrement et des cris sourds qui, étouffés par le dôme des feuillages, évoquaient plutôt les jeux d'eau d'une piscine, Lise avait fait une partie avec Yves, ici même, un mois auparavant. Elle avait un peu perdu la main depuis les leçons de son adolescence, mais il assurait qu'elle était douée, qu'elle se déplaçait bien, qu'on en tirerait quelque chose : il formait donc des projets d'avenir, avait-elle pensé, ravie, et elle s'était appliquée, un bout de langue entre les dents, à écouter ses explications, attentive à flatter en lui la fibre pédagogique qu'elle jugeait empiriquement toujours bonne à cultiver chez un homme. Dans l'attente d'une panoplie complète, il lui avait prêté une de ses raquettes. Le soleil brillait, et ses mains s'étaient peu à peu imprégnées du parfum de l'utilisateur habituel ; non pas du vétiver dont il se met le matin quelques gouttes, limites de son territoire social, mais de sa chair même, mélange de sueur et de fleur, de cuir et de peau révélé par la chaleur sur le manche gansé. Bientôt sa propre odeur s'y était mêlée, sa respiration était devenue saccadée, elle était rouge et laissait échapper à chaque coup un petit cri plaintif. Le match fini, il avait paru enchanté, il l'avait félicitée en la harcelant de questions, elle était contente, elle avait bien joué, oui, on recommencerait, évidemment ?

Et maintenant il ne restait rien : plus trace en elle ni de ce parfum grisant ni de la volupté qui l'accompagnait. Elle avait beau porter les mains à son visage et les humer, tout avait disparu aussi incroyablement que la sensation de la douleur quand on ne souffre plus : souvenir vide. Que garder de l'amour alors, si ni l'odeur ni le malheur ni le bonheur le plus violents, dociles dans l'instant mais volatiles, n'entraient jamais dans le répertoire de la mémoire ? Rien que des images, à peine des sons : lui en extension vers un smash impossible, la balle qui rebondit par-delà le grillage jusqu'au boulodrome où les joueurs s'indignent, son rire (encore net parce qu'entendu depuis), quelques paroles et des milliers d'images, mouvements, mimiques, gestes qu'un flou croissant fait trembler aux gros yeux myopes de la mémoire sur l'écran brouillé par l'oubli. Lise a reniflé. Des gens passaient devant elle, une vieille sorcière déguisée en pigeon — manteau gris, fichu blanc, col douteux — lançait du pain à toute volée en roucoulant parmi des ramiers qu'abusait l'artifice et qui, la pupille imbécile, s'amoncelaient sur le gravier de l'allée, sales et repoussants, comme de sombres pensées en un esprit serein. Lise s'est maintenue au bord des larmes. Elle est repartie vers la sortie de la rue d'Assas. Les boulistes n'avaient pas changé, elle a reconnu l'un d'eux à sa casquette écossaise; visière sur la nuque, il déroulait gravement un mètre-ruban tandis que les protagonistes, sourcils froncés, gencives dubitatives, restaient penchés sur la pomme de discorde. Au pavillon d'apiculture, on pouvait en quelques cours apprendre à récolter du miel grâce à nos amies les abeilles. Les parterres étaient multicolores. Il faisait très beau.

Au coin de la rue Guynemer, elle est entrée dans une cabine téléphonique, a refermé la porte vitrée, soudain prête à affronter la vérité avec le même héroïque courage que l'aviateur français (1894-1917) qui, rabattant sur lui le panneau de son cockpit, jetait à ses Cigognes la devise répercutée dans l'espace et le temps : « Faire face! » Lise Imbert attendait la tonalité, les yeux levés machinalement non vers le ciel où il ne volait plus mais en direction du mur où se détachait, à hauteur du premier étage, sur la plaque bleue, une escadrille éternisée de lettres blanches, il était mort à vingt-trois ans, son avion avait dû être abattu pendant la première gu, allô c'est Lise à l'appareil. Tu as fait bon voyage ?

Il avait nié. Lise s'est repoudré le nez, le cœur dilaté de soulagement. Elle s'était trompée : il ne la trompait pas. Elle avait confondu, la déception du retard l'avait troublée, il n'y avait pas de quoi en faire une histoire, rendez-vous mercredi, départ pour Viorne. Elle s'est tapoté les joues comme on ramène quelqu'un d'un évanouissement. Le monde était intact.

Il avait décroché et dit : Oui ?, comme il répondait d'ordinaire, certes, mais à peine interrogateur cette fois, lui avait-il semblé, il ne disait pas Allô et elle en était charmée, ayant toujours trouvé vulgaire cet américanisme hérité de Graham Bell, cette manière d'appeler familièrement n'importe qui en mâchant du chewing-gum, avec la même aisance — à distance — que pour vous flanquer de grandes claques sur l'épaule dès la première rencontre, Oh hello vieux frère, nice to meet you ! Quand elle l'utilisait, elle préférait penser qu'il s'agissait d'une abréviation, des premières syllabes de quelque appel approprié, par exemple, initialement, à l'opératrice, à l'auditeur, puis, plus tard, selon des modulations variées, à l'autre bout du fil, à l'autre coin du monde, à l'homme que j'aime, ou bien, peut-être, à l'oreille, simplement.

Il avait donc dit Oui ? d'une voix ferme, presque résolue, avec toutefois cette infime suspension qui en faisait encore une question, qui maintenait un doute et réservait une décision en l'absence d'arguments suffisants, elle cherchait à se souvenir exactement : Oui ? avec tout de même ce refus d'user du mot pour ce à quoi il était destiné : affirmer, accorder, accepter, Oui je t'aime, oui tu m'as manqué, oui j'ai hâte de te voir, cet incroyable pouvoir de ne pas se livrer tout à fait dans la syllabe même du don, dans le murmure de l'abandon, oui, oui, et Lise tenait toujours son poudrier à hauteur du visage, tu es bien coiffée, oui, elle a refermé le boîtier doré, est sortie. À travers les grilles du jardin se profilaient les colonnes d'un temple d'amour. Lise a traversé la rue. Le soleil était devenu brûlant. Elle avait besoin de choses légères pour les vacances, bien que Viorne soit un peu en altitude. Elle allait s'acheter une robe d'été, elle voyait bien quoi, un tissu à fleurs, une jupe en forme, courte, dansante, quelque chose de très féminin, Yves Morand, acceptez-vous de prendre pour épouse mademoiselle Lise Imbert ici présente dans cette robe ravissante ? — Oui.

Elle s'est dirigée vers la place des Victoires. Aux guichets du Louvre, sur une corniche à quatre ou cinq mètres du sol, Pascal, Corneille et quelques autres avançaient un pied circonspect au bord de l'abîme, le cou déjeté en arrière, les genoux accusant une certaine flexion, comme des désespérés sur le parapet d'un pont qui, à l'instant d'agir, ont un mouvement de recul. Au milieu de la place, en revanche, le Roi-Soleil caracolait sans souci des états d'âme de son intelligentsia. Il y avait peu de monde dans le magasin. Les vendeuses prenaient le café. Seule l'une d'elles s'occupait d'une cliente.

Vous êtes très mince, vous pouvez tout vous permettre, disait-elle en l'introduisant dans un fourreau de soie noire brodé de guipure mauve. Oui, je ne mange jamais à midi, c'est pour ça, révélait la sylphide. très bronzée, très blonde — Lise a opéré un discret déplacement latéral — très quadragénaire, aussi. Ses bras et ses poignets avaient la même circonférence, l'ensemble de la silhouette aux reflets moirés n'était pas plus épais que le mollet de Louis XIV sur son cheval de bronze, elle ne devait pas manger grand-chose le soir non plus. Lise a pénétré avec ses robes dans la cabine commune. Ou alors, j'aurais ce bustier. Mademoiselle, flagornait la vendeuse, pendant que Lise se déshabillait, fondue dans une débauche de tulle et gagnée par cette évanescence, ces transparences, la cliente se tournait et se retournait devant la glace, que pourtant cachait Lise, sans paraître la voir. Et la jeune fille, ça va ? a lancé la vendeuse, très à l'aise dans la pyramide des âges. Lise s'est regardée : peut-être la robe faisait-elle trop fillette, avec ses fleurs et ses nœuds ? Elle avait tout de même vingt-six ans, elle avait coiffé Sainte-Catherine, comme disait sa grand-mère d'un air entendu où perçait le soupçon d'une tare étrangère à la branche maternelle. — Alors, ce bustier ? — Oh ! non, je ne peux pas, réellement. Il me va bien, c'est vrai. Mais on devine la démarcation du..., et puis — de ses deux mains, elle a fait bomber des seins aussi anémiés que les pigeons de Paris — c'est trop décolleté : vous comprenez, c'est pour un gala en faveur des handicapés.

La vendeuse a poussé un soupir, exprimant qu'évidemment, alors, dans ce cas-là... Tandis qu'elles inspectaient à nouveau les rayons, Lise a tiré sur elle le rideau de la cabine d'essayage et s'est concentrée sur sa propre image, en rose. Assise sur le tabouret, elle a tendu ses jambes face au miroir, comme en ce mouvement d'élan qu'une escarpolette factice eût donné à sa pose dans les anciens studios de photographie ; à Viorne il y avait une balançoire accrochée au pommier. Lise a penché la tête d'un côté puis de l'autre : la robe ferait parfaitement l'affaire.

À la caisse, la cliente achetait tout, le fourreau, le jupon et même le bustier, de toute façon elle pourrait toujours le mettre pour une autre occasion (à la soirée des Cannes Blanches, par exemple, a pensé Lise pendant que la caissière souriait en lui prenant son chèque comme une aumône aux déshérités). Le soleil inondait la vitrine. Elle s'est avancée sur le seuil avec son paquet, éblouie, plus très sûre déjà que la robe choisie ne soit pas abominablement province, est-ce que l'imprimé fleuri ne ressemblait pas au papier peint de sa chambre, plus très sûre non plus d'être aimée, les voix aiguës la transperçaient, son mari adorait qu'elle soit bien habillée mais ils n'avaient pas les mêmes goûts, Lise s'est immobilisée dans la lumière, plus très sûre de rien, ballottée entre vie et trépas, la porte freinée par le groom se refermait lentement, plaire aux hommes, ah quel ennui, quel tracas, et patati, et patata.

GYNÉCOLOGIE

Le Dr Morand officiait dans deux cabinets, au double titre de psychiatre et de psychanalyste. Le premier se trouvait à Paris, dans un appartement du boulevard Voltaire dont le loyer engloutissait à peu près tous ses honoraires. Il avait donc entrepris récemment, le couteau sous la gorge, de se décentraliser à Chartres où habitaient ses parents et où son père, statisticien de profession, avait établi après sondage discret de la population que si les confrères étaient moins nombreux, les fous l'étaient largement autant qu'ailleurs. Mme Morand, ravie de la proposition, lui avait aussitôt aménagé une pièce de la maison, celle qui donnait sur le jardin — elle enseignait la musique et s'était dit que le chant des oiseaux, si essentiel à la sérénité, seconderait efficacement un fils dont les méthodes par ailleurs lui restaient absconses. Les malades patienteraient dans le salon familial, inutile durant la journée, qu'elle avait pour l'occasion dépourvu de tout objet personnel ou décoratif, comme s'il existait un aménagement particulier aux salles d'attente, conçu dans un esprit de dénuement, comme s'il fallait, avant même de grimper dans un train ou sur la table du médecin, déjà éprouver solitude et chagrin, ne pouvoir se raccrocher à rien qu'à sa propre angoisse, avec le seul recours d'un journal pour tromper la peur du moment où notre tour viendra, comme si, de même que dans l'attente affleure toute l'attention dont on serait capable si le décor s'y prêtait — arabesque d'un rideau, pan jaune d'un tableau, cristal d'un lustre où faire miroiter le néant — de même se maintenait intuitivement dans la patience la souche indéracinable de la souffrance. Mme Morand avait donc, sur l'ordre de son fils, enlevé les tapis, les abat-jour, les vases. Il ne restait que le téléviseur, et dessus, replacées à l'insu du praticien, dans un cube, des photographies d'Yves à l'âge de dix-huit mois, nu comme un ver sur les genoux de sa mère, Yves au solfège, Yves aux sports d'hiver, destinées tout de même, dans l'idée de Mme Morand pénétrée d'un cours de rattrapage sur le complexe d'Œdipe, à réconforter ces pauvres malades en leur démontrant par la pédagogie de l'exemple qu'on pouvait se tirer harmonieusement de l'amour maternel.

Elle-même manipulait quelquefois rêveusement le cube, contemplait la photographie plus récente prise après la soutenance de thèse de son fils — « Abords topologiques de la pratique sportive : intension et extension du fantasme du corps père-fort-ment ». La lampe du flash avait tracé un faisceau lumineux qui semblait partir de son front, lumignon du mineur ou du spéléologue, pionnier de soi-même et des autres, il regardait intensément l'objectif en plongeant dans vos yeux, mi-défricheur, mi-orpailleur de vos contrées secrètes. Mme Morand n'approuvait pas sa spécialisation, elle aurait préféré qu'il soit gynécologue, c'était plus équilibrant, qu'il accouche les mères et pas les âmes, qu'il s'occupe des femmes et pas des fadas, et d'abord qu'il commence par fonder un foyer, lui aussi. Bien que toujours frustrée dans ses pronostics matrimoniaux, Mme Morand nourrissait encore des espoirs de ce côté-là : depuis quatre ou cinq mois, Yves fréquentait une jeune fille qu'il ne leur avait évidemment pas amenée, mais qui paraissait très bien. Le père justement était obstétricien, bon milieu bourguignon, des facilités d'installation professionnelle, avait-elle calculé ; Yves, malheureusement, n'était guère loquace, il avait des silences insondables, elle n'avait rien pu en tirer sur ses intentions et se demandait si l'analyse en fin de compte ne lui avait pas desséché le cœur : pionnier de soi-même, d'accord, à condition qu'ensuite la terre soit grasse et fertile. Aussi soupirait-elle parfois en époussetant le haut du téléviseur ; mais s'épuiser en conjectures était inutile, puisque le destin, comme le cube, avait sa face cachée, qu'elle appelait l'avenir.

Yves Morand avait parfaitement conscience que cette situation régressive était intenable, et il ne s'y était résigné qu'en se la jurant avec solennité provisoire : c'était l'affaire de quelques mois, croix de bois croix de fer, si je mens je vais en enfer, le temps d'éponger ses dettes, y compris auprès de ses parents, de se remettre à flot d'une façon ou d'une autre. Deux ans après l'ouverture de son cabinet parisien, des perspectives commençaient à poindre. Il collaborait à des revues, on l'invitait à la télé, sa clientèle s'étoffait. Ne lui manquait que le nerf de la guerre, et une installation stable et définitive. Il bloquait ses rendez-vous chartrains sur trois jours, évitait de dormir sur place, avait même cessé toute participation au groupe de musique ancienne que dirigeait, une fois par semaine, un collègue de Mme Morand, bref, prenait toutes les précautions pour rester crédible, même s'il ressentait violemment, aux repas de midi, dans le cadre chaud et familier de la cuisine, l'impression peu virilisante d'être une fille à marier. Il avait formellement interdit à sa mère de se présenter comme telle ; il lui avait montré comment ouvrir la porte d'un air neutre ; elle y parvenait à peu près, adoptant pourtant, lorsqu'elle annonçait « Par ici » en tendant le bras vers le petit salon, l'intonation à la fois polie et condescendante du gardien de musée à qui les lieux, mine de rien, appartiennent. Il lui avait en outre expliqué qu'on ne disait pas « les fous », que ces gens n'étaient ni plus ni moins fous qu'elle ou lui (tout de même, avait-elle esquissé), ni fadas, ni toqués, ni zinzin, que par ailleurs on ne disait plus « les analysés », terme obsolète, d'une passivité criante, mais « les analysants » (elle avait opiné du chef, encline à trouver très dérangeants les gens dérangés) ou alors, tout simplement, « les patients » — non, pas « les clients », il n'était pas épicier. Elle disait finalement « les malades », accompagnant ce mot, pour les dames de Chartres, d'un geste vague en direction du front, qui indiquait la zone atteinte ou prolongeait vers le haut un entonnoir imaginaire (des maboules, quoi !).

En ce mois de juillet, le Dr Morand respirait :

ses parents étaient en vacances jusqu'à la rentrée, il ne les reverrait pas de sitôt. Il introduisait lui-même les patients aux rendez-vous soigneusement espacés et s'étalait quelque peu dans le pavillon déserté, à l'ombre de Notre-Dame, en réfléchissant à la vie et aux moyens de sortir définitivement du tunnel.

L'habituel patient du lundi était allongé sur le canapé, les pieds sur une couverture multicolore tricotée par Mme Morand, Yves assis derrière lui dans une bergère, jambes croisées, le coude droit sur le genou opposé, le regard fixé sur une lame de parquet où jouait le soleil. Il était à la fois absent et concentré en lui-même, exactement comme l'était son père, les soirs d'hiver, devant la cheminée. Les paroles entendues engendraient en lui le même effet que produit la contemplation d'un feu sur le spectateur : le rougeoiement l'absorbe tout entier, les variations des flammes, leurs décroissances, il y est attentif au point de se saisir aussitôt d'un soufflet pour les relancer, embraser un charbon ardent, redresser une bûche effondrée, et cependant il rêve, il est ailleurs, la chaleur qu'il côtoie le gagne et l'envahit — la brûlure du désir, l'ardeur de vivre, les brasillements d'incertitude, ce goût de cendre à la fin qu'ont les choses dont on a joui.

Des femmes, qu'est-ce qu'on peut bien comprendre, si engluées dans les objets, les détails : leur intérieur, leurs robes, les rideaux aux fenêtres, les boutons aux cols de chemises. Et puis toutes ces dates qu'elles gardent dans la tête, c'est inouï : des anniversaires, des serments qu'on a faits, des noces de ceci, de cela ; c'est la guerre continuelle depuis le premier jour, « Vous serez comme des dieux », promettait Satan, et elles se prennent pour des déesses ! Nos choses à nous, par contre, elles n'en veulent pas. Tout ce qui bouge les dérange, elles détestent les trucs à moteur, par exemple, soi-disant à cause du danger, elles craignent qu'on meure ! En fait, elles doivent sentir que nous les polissons comme l'idée longuement travaillée du départ, nos autos — dans le temps, il y a eu une Simca qui s'appelait Grand Large — c'est là le danger, qu'on prenne l'air, qu'on file vingt nœuds vers une Terre Inconnue et qu'on se retourne pour faire coucou, les mains noires de cambouis.

Et puis elles ont tellement peur d'être trompées, qu'on leur mente. Encore ce matin, elle m'a traité de Judas — tout de suite les grandes phrases. Mais le mensonge, c'est bien, c'est la politesse de l'amour, bonheur menteur, amour toujours, comme dit la chanson. On n'est pas des béni oui-oui. Et d'ailleurs, elles, elles, elles mentent pour tout, pour rien ! Elles inventent. Elles ont des rêves aussi, peut-être, mais alors ce ne sont pas les mêmes, hein ! Des enfants, des maisons, l'éternité. Les vrais hommes, eux, sont des nomades, des athlètes, des aventuriers. Ni liens, ni biens. Ce que je veux, moi, c'est croiser d'autres yeux, sous d'autres cieux. Prendre du champ, de temps en temps.

Et pourtant, elles nous tirent à elles, elles nous passent la bague au doigt et la corde au cou, ah ah, ça me rappelle une cravate immonde qu'elle m'a offerte — une abomination, le genre de cadeau qu'on ne porte que pour les voir, alors forcément, on les voit moins. Mais elles nous tiennent, je ne sais pas comment, elles ont des parfums, des jupes — par son frou-frou la femme, de l'homme trouble l'âme — et on s'enlise, et au lieu de s'enfuir, on s'enfouit.

Évidemment, il y a ses jambes. Ça donne à réfléchir. Longues, nerveuses, douces, des jambes de danseuse, des gambettes pour les voyages et la liberté, au lieu de ça c'est moi qui roule au tapis, épinglé, rivé au sol, les reins pris dans l'étau : pas moyen de lutter contre. D'un autre côté, il faut bien se fixer. Fonder un foyer, pourquoi pas ? Mais sait-on entretenir la flamme ? Au début dans l'amour, elle avait le regard qui tremblait comme un décor derrière une brume de chaleur. Mais combien de temps cela dure-t-il dès l'instant qu'on n'est plus embrasé ? Combien de temps après qu'on a cessé d'être ébloui ?

Et je ne parle pas des fautes commises, irréparables quiproquos pour un oui ou pour un non, rencontres manquées, dîners ratés — et qu'est-ce que c'est que ce boui-boui ? Et ça fait dix ans aujourd'hui — vacances à l'eau, brutal besoin de respirer. Le lendemain, elles consultent leur montre avec des yeux mouillés, style « J'attendrai toujours ton retouuouour », elles nous ont à la chansonnette, et nous, au lieu de protester, au lieu d'être forts, on dit : l'heure est passée ? Ah pardon, en effet, excusez-moi, oui.

Le patient s'est redressé. La couverture avait peluché sur son pantalon, il a ôté quelques morceaux de laine rouille en évitant de regarder derrière lui. Il était souvent mal à l'aise en se relevant à l'issue de la consultation, tel le défunt d'une veillée funèbre refaisant surface sous l'œil d'un lointain parent qui s'espère couché sur le testament. Il se demandait aussi parfois à quoi servait tout cela. Le docteur, la plupart du temps, ne prononçait pas une parole, probablement qu'il n'en pensait pas moins, il disait Oui par-ci, par-là, c'était facile. Qu'y avait-il derrière ces Oui ? Pas une approbation, sans doute... Seulement la confirmation d'avoir reçu le message, d'avoir enregistré ? Peut-être même disait-il Ouï — entendu, cinq sur cinq, comme d'une tour de contrôle qui connaîtrait les aiguillages. Il eût certainement mieux valu, à son exemple, se taire afin d'ouïr en lui-même pourquoi dans tous ses rêves — la parole est d'argent, mais le silence est d'or — il a sorti trois billets de cent francs qu'il a posés sur le bureau — jouer les saint Jean Chrysostome, se terrer, s'enterrer, ou bien s'envoler, s'enfuir, mourir pourquoi dans tous ses rêves, il essayait d'étrangler Simone.

– H –

L'Histoire, avec sa grande hache.

G. PEREC

HALO

En entrant dans la chambre froide de la morgue, Lise Imbert a vu sa grand-mère morte. On l'avait mal habillée d'un tricot grenat qu'elle ne portait jamais. Seules la tête et la courbe du cou aux épaules étaient dégagées, le reste disparaissait sous un linceul violine qui ne cachait pas tout à fait une housse de plastique : ce détail surtout l'a glacée, cet aspect net et moderne pour une grand-mère si désuète et si vieille, qui semblait ainsi devoir partir pour quelque voyage interplanétaire, se prêter sans talent à la version contemporaine du départ pour l'autre monde. Lise s'est approchée, est restée longuement debout : on ne peut pas s'asseoir, le corps ne reçoit plus la chaleur de ce geste, le seul qui donnerait une illusion de vie : s'asseoir, comme auprès d'un malade, comme au bord du lit d'un enfant, d'un amant. Elle a scruté le visage jauni, son expression de rancœur exacerbée par le resserrement des cloisons nasales et les paupières mal closes qui laissaient filtrer un regard *en dessous*, l'air sournois des poupées cassées dont les yeux ne ferment plus bien quand on les couche. — Elle a le teint frais, la mine sereine, elle a fini de souffrir. — Elle avait les joues plus creuses, ils ont dû lui mettre du coton, pour arrondir... Si si, ils les arrangent, ils les font beaux. Il y avait des employés pour ça, qui maquillaient les morts dans le même but qu'ailleurs des politiciens aux dents refaites, pour persuader le public de croire à l'existence, ici-bas ou là-haut, des lendemains qui chantent. — Madame Tissier. Madame Tissier... Sa femme de ménage tout en larmes lui plissait la peau en la couvrant de baisers, sans souci des familiers. Bien que la mort fût évidente, même pour Lise qui n'avait jamais vu de cadavre, quand la joue a bougé sous les lèvres elle a pensé à ces héros prétendus morts dont on distingue la respiration régulière dans les gros plans de cinéma : car sa grand-mère avait gardé, obstiné, l'air de ressentiment obtus qu'elle avait presque toujours, les derniers temps, comme si, préoccupée à chaque instant par l'effort de vivre encore, elle en voulait aux autres de ne pas employer chaque minute à l'empêcher de mourir.

Autour de la table, les assistants, bras le long du corps et menton crispé, mimaient verticalement la raideur du cadavre. L'oncle Achille, le fils aîné, perpétuel accusé d'ingratitude, avait décroché d'une garde-robe restreinte, en même temps qu'un costume noir, le masque idoine : une tête d'enterrement dont la dernière sortie remontait à vingt ans, avec, sur les jugulaires, des sillons de douleur contenue qui prolongeaient exactement les plis du pantalon. À ses côtés, sa femme pinçait les lèvres sous un fard livide que craquelait par endroits le dépit de voir la femme de ménage s'attribuer le premier rôle et cabotiner sans vergogne en versant des pleurs pléthoriques. La vie sonnait faux, certes, mais quand Lise regardait sa grand-mère, elle trouvait que la mort aussi était mal jouée.

Elle avait en effet toujours cru ce qu'on racontait, qu'après le dernier souffle le visage aussitôt se détendait, se libérait des marques de l'âge. Le temps était une boucle, on revenait à la jeunesse, le temps refluait. Rides et cheveux blancs ne comptaient plus, puisque la mort les nimbait d'un halo éclatant. Comme les vieillards ont le souvenir des événements lointains alors qu'ils ont tout oublié des heures les plus récentes, c'était vers leur jeunesse que se tournaient leurs dernières pensées, à des gaietés puériles qu'allait leur légendaire sourire. Alors pourquoi n'y avait-il aucune trace d'enfance sur les traits de sa grand-mère, ni fraîcheur ni grâce, rien que cette obstination sans charme, à cent lieues d'une moue boudeuse ? La mort ne l'avait pas figée dans une insouciance antérieure — sieste de petite fille, les poings serrés, un pouce dans la bouche ; méridienne de l'épousée, un bras sur l'oreiller, cheveux flous ; repos des soirs d'été, dans l'herbe, à Viorne, un fétu de paille entre les dents — elle était là, sur le dos, dans cette posture qu'elle s'était toujours interdite parce qu'elle ronflait comme un sonneur. Lise ne comprenait pas. Les tourbillons des valses d'antan auraient dû faire naître à ses joues, avec des désirs un peu fous, la rougeur de l'ivresse ; elle aurait dû sourire à l'idée de rejoindre aux Champs-Élysées un mari disparu loin devant en éclaireur, mais point encore lassé de baliser pour elle le Royaume des Ombres ; elle aurait dû héler d'un signe de la main la jeune Marcelle qui trottinait là-bas, toilette claire et teint de porcelaine, laissant flotter dans le sillage de sa nuque un suivez-moi-jeune-homme.

Quelque chose n'avait pas fonctionné, au dernier moment le dispositif de sécurité s'était enrayé, et elle était allongée sur sa plate-forme d'envol, engoncée dans sa combinaison spatiale, n'ayant pas su, pas pu s'éjecter à temps vers les joies du passé — robes, rubans, regards — aussi guindée qu'à l'instant du départ, autrefois, lorsque, embarquée de force dans ce qu'il était convenu d'appeler des vacances, elle attendait, les narines réprobatrices, assise à la place du mort, que la DS noire commençât son ascension. C'était une femme d'intérieur, elle n'avait jamais aimé voyager.

Lise s'est avancée d'un pas. Le rose à joues qu'on lui avait mis jurait avec le violet du linceul. Ses cheveux se séparaient en mèches jaunes, elle qui pour rien au monde n'aurait dormi sans charlotte. L'air sentait la javel et la naphtaline. Elle était morte. Et cependant, sur ses traits parcheminés, feignant l'admiration, les vivants lisaient comme en des mémoires truqués la paix de l'âme, désireux d'emporter dans leur souvenir, pour le feuilleter plus tard sans souffrir, ce visage apocryphe. Au revers du plastique, une étiquette en résumait l'histoire : Marcelle Renard veuve Tissier, 75 ans.

Ils n'étaient pas nombreux dans la pièce fraîche et nue. Pendant que les employés de la morgue les faisaient patienter dehors, tout à l'heure, le temps de mystérieux préparatifs, Lise avait serré la main de son oncle et de sa tante, les embrassades n'avaient jamais été de mise entre eux. Elle avait salué la femme de ménage avant de s'enfouir dans le parfum de Sissi, sa mère, désemparée de venir seule : Patrice avait ses malades à visiter, il ne se libérerait que pour la messe, il fallait l'excuser. La froideur d'Achille la déconcertait : muet comme une tombe, il ne répondait pas à son flot de paroles, alors que la veille, prévenu par elle à son bureau, il s'était lancé de chic dans une oraison funèbre, il fallait bien casser sa pipe un jour, on y passerait tous, on irait bouffer les pissenlits par la racine, on avalerait notre bulletin de naissance, qu'est-ce que tu veux, c'est la vie, on finit tous par crever, lui-même ne se sentait pas très bien.

On ne savait pas au juste comment c'était arrivé. La mamie avait passé toute la journée du mardi dans le jardin de la maison, sans manger ni boire, malgré la chaleur. Elle allait régulièrement inspecter le petit bosquet près du mur, ou restait assise dans la gloriette, une capeline à ruban sur la tête, un bouton d'or au col de sa robe, souriant au moindre bruit d'un sourire inquiet et mécanique, elle n'avait pas faim, elle ne voulait pas de compagnie, oui c'est ça, à tout à l'heure. Vers la fin de l'après-midi, Patrice était rentré de sa tournée, il l'avait trouvée mal, on l'avait amenée à l'hôpital. « L'interne m'a affirmé que ce n'était rien, que maman était juste déshydratée. Une perfusion, et voilà tout. Ils l'ont installée dans une salle commune, il n'y avait que ça. Moi je l'ai laissée sans trop m'inquiéter : c'est vrai que les vieux supportent mal la chaleur. Le matin, ils ont téléphoné pour dire qu'elle était morte ; mais j'étais déjà partie de la maison. Quand je suis arrivée, son lit était vide. La voisine me regardait, la bouche grande ouverte. Une infirmière est passée. Personne ne m'a parlé. » Elle a repris sa respiration : « Je ne pouvais pas imaginer... Enfin, on ne m'avait pas dit que c'était grave. »

Elle continuait d'expliquer, à voix presque haute parfois, sous l'œil assassin de son frère. Elle ne comprenait pas cette mort, et cela l'empêchait d'être malheureuse. L'intéressée en tout cas ne paraissait pas disposée à livrer son secret. Comme on n'avait pas pensé à temps à lui remettre son dentier, de blanches rides transversales barraient la ligne de ses lèvres, déchirure du silence reprisée à gros points, maintenant ce serait motus et bouche cousue, on voyait bien qu'elle était furieuse, pas décidée du tout à se laisser tirer les vers du nez. En revanche, on lui avait, selon ses vœux, ôté son alliance. En la restituant à la famille, le directeur de l'hôpital avait signalé au fil de la conversation qu'outre les frais ordinaires il y aurait un supplément à prévoir, la pensionnaire ayant, le soir même de son admission, fait imploser le téléviseur de la collectivité en lançant sur lui son haricot de fer-blanc, on lui avait administré un léger calmant, elle avait bien dormi, tout doucement sans doute elle était partie. « Mais moi, j'ai l'impression qu'ils mentent, dans les hôpitaux, parce que lorsque je suis retournée dans la chambre chercher ses affaires, sa voisine de lit m'a jeté un regard triste et m'a dit : "Elle était bien mal, cette pauvre dame." Un paravent les séparait, mais la nuit elle l'avait entendue se débattre, gémir, marmonner des mots peu distincts, quelque chose comme Pépé, ou Papy, déjà disparu, enfui — elle ne se rappelait plus très bien, évidemment — et répéter plusieurs fois en pleurant : "C'est mal." De ça, la voisine était sûre, « je peux en témoigner », avait-elle ajouté avec véhémence, comme s'il s'agissait d'un crime et qu'elle fût la suivante sur la liste, à moins qu'elle ne voulût racheter par son témoignage le souhait qu'elle avait fait la veille de voir réduite en poussière la cinglée qui avait cassé la télé. Un cauchemar, sans doute. Mais à moi, sa fille, on raconte qu'elle a bien dormi, qu'elle n'a pas souffert, que c'est une grande consolation quand il n'y a pas d'agonie. »

La femme de ménage ravalait ses larmes pour donner son point de vue sur la déshumanisation du service public, elle avait une belle-sœur qui en était réchappée de justesse. Sissi compatissait. L'oncle Achille et la tante Colette se recueillaient en cette pénible circonstance. « Pas d'agonie, pas d'agonie », se répétait Lise en dévisageant sa grand-mère, tandis qu'un vaste pan d'enfance s'éloignait d'elle à son insu avec la lenteur insensible des continents qui dérivent.

Un appariteur est entré muni d'une coupe sur pied semblable au cendrier d'un hall d'aéroport, mais avec un pilon à l'intérieur. Le silence s'est fait. Les femmes ont défilé tour à tour, bénissant le corps décrété catholique, puis la tante Colette a tendu le goupillon à son mari qui s'en est emparé en serrant les dents, comme le dernier coureur du quatre fois cent mètres sur qui repose la victoire, elle lui a passé le témoin qu'il a saisi d'un geste vif, non sans jeter à sa sœur et à sa nièce, en retrait, le bref coup d'œil par lequel l'athlète s'assure qu'il a dégommé les tocards des couloirs latéraux. Mais sa coéquipière avait des doutes sur leur succès final : ça ne se présentait pas bien, personne ne les donnait gagnants dans la course à l'héritage. D'ailleurs, depuis trente ans, chaque fois que Colette Tissier regardait son mari, elle trouvait que ça se présentait mal.

Lise n'a pas pleuré. Le matin même pourtant, à Viorne, quand le voisin a poussé le portail et s'est avancé vers elle qui versait le thé dans la tasse d'Yves, « Mademoiselle Lise... » — il avait décroché le téléphone dans la cabine publique du village et il apportait la nouvelle, très contrarié une fois de plus qu'on l'ait installée si près de sa maison, c'était toujours sur lui que tombaient les corvées messagères, lui qui n'avait jamais bien su comment dire les choses, pas plus la joie que le malheur d'ailleurs, et puis d'abord il n'était pas payé pour ça — lorsqu'il s'est approché en se massant les cervicales, les larmes aussitôt lui sont montées aux yeux sans qu'elle sache pourquoi — un mélange d'intuition du drame et du chagrin de constater qu'Yves détestait la gelée de framboises dont elle avait confectionné cinquante pots l'année précédente. Elle avait pris le train précipitamment, sur le quai s'était blottie dans ses bras, au revoir petit a, tandis qu'il observait une réserve un peu raide. Si, en pleurant un mort auprès de quelqu'un que l'on connaît peu, on lui propose, en un sens, selon le principe des vases communicants, d'entrer dans notre vie, Yves Morand n'avait pas encore sauté le pas. Il n'avait pas voulu l'accompagner : « Je ne suis pas un proche », avait-il dit. Elle avait beau tourner et retourner la scène dans son esprit, analyser sa froideur comme de la déformation professionnelle, la confronter à des images plus chaudes, voire torrides, il fallait tout de même l'avouer, ça ne se présentait pas très bien.

Du temps a passé. Personne ne savait plus quoi faire. On se taisait, on contemplait sans expression particulière ses lacets ou la cruauté du destin, guettant un signe de l'appariteur, comme les usagers d'un ascenseur, un œil sur le bouton lumineux, languissent d'arriver à leur étage, de sortir de là. Peut-être l'âme de la mamie avait-elle commencé, bénie, son long périple vers la maison de Dieu ; mais on n'était pas du voyage, et l'on voulait rentrer chez soi.

On s'est finalement dispersés dans la cour, à demain à Saint-Jean. La mère de Lise marchait en avant, pensive. Le décès de la mamie lui restait un mystère. « Il faut bien clamser un jour », avait philosophé Achille. Selon le diagnostic de Patrice, le cœur avait lâché. Quant au curé contacté pour les funérailles, il avait dit en levant les paupières vers l'Inconnaissable que la mort, de toute façon, ma fille, est une énigme.

*

Depuis son remariage avec Patrice, la mère de Lise habitait Val-Saint-Georges, une belle bâtisse blanche entourée d'un jardin d'où l'on découvrait la campagne. Patrice est arrivé sur leurs pas. Les grilles de la cour se sont fériquement ouvertes et la Porsche noire s'est engagée dans l'allée tandis que la vitre remontait lentement sur le visage souriant du chauffeur ; il a claqué la porte, a embrassé Lise, il portait un costume croisé bleu et une trousse en cuir — tu parles d'un boulot de dingue !

— puis sa femme — ça va, ma chérie? — il les a prises chacune par un bras — si on buvait quelque chose? Il fait une chaleur à crever.

Il a débouché du champagne, dont une bouteille restait toujours au frais, au cas où. C'était du bon, de l'excellent, acheté l'an passé à la Foire aux vins, il en avait deux caisses à la cave, de quoi voir venir. Qu'est-ce qu'on fêtait au juste, personne ne l'a demandé : la visite de Lise qui se faisait si rare ces derniers temps? Ses fiançailles prochaines avec le damoiseau qui se morfondait à Viorne — pourquoi n'était-il pas venu? La splendeur étouffante de l'été? La proximité du départ aux Indes? Aux vacances, a dit Patrice en levant sa flûte. À nos amours, aussi. Puis il a vidé son verre d'un trait. Personnellement, il flottait sur un nuage d'euphorie dont pas grand-chose ne pouvait le faire descendre, pas même l'émoi qui agitait fatalement la clientèle à la nouvelle qu'une parente au docteur était décédée — si si, sa belle-mère, la mère de sa femme... Comme on dit, hein, les cordonniers sont toujours les plus mal chaussés. Elle devait plus être de première jeunesse, notez. Et lui, ça lui fait quel âge, maintenant? — dans un an, il prendrait sa retraite et se consacrerait à sa collection de boîtes précieuses, il en possédait plus d'une centaine déjà, rapportées du monde entier; s'y ajouteraient bientôt les merveilleux ouvrages d'ivoire dont le désir le tenaillait d'autant plus que le voyage pour les conquérir avait frôlé l'annulation. Sissi trempait ses lèvres dans le liquide doré, recueillie, paupières baissées, comme s'il se fût agi d'un précipité magique capable de supplanter la mort, d'un mélange de nectar et d'eau du Léthé, d'un — et elle serrait le verre entre ses mains avec application, c'était frais, c'était une bonne idée, au fond, ça faisait du bien, oui mais juste une goutte alors de ce délicieux — philtre d'amour, élixir de jouvence et magistère d'oubli.

Patrice l'a resservie à ras bord, À l'été, et toi? Lise a retiré son verre contre son cœur, elle en avait assez. Un peu de mousse est tombée sur la table laquée, ce n'est pas grave, a dit Sissi, ça ne laisse pas de traces. Plus tard, dans la chambre du nord où traînent encore les pantoufles de la mamie, tout en rabattant les volets elle expliquera à Lise qu'il faut comprendre, pour Patrice, ce n'est pas qu'il soit indifférent, mais les médecins ne voient pas la mort comme nous, l'esprit carabin, l'endurcissement, ton père était pareil, d'ailleurs. Bien sûr, maman, répondra Lise. Quant à Patrice, il est heureux sans arrière-pensée. Il subit la loi naturelle de l'écologie familiale, l'ancestral pousse-toi-de-là-que-je-m'y-mette nécessaire à l'équilibre de la tribu comme à celui du monde : la mamie est morte, vive Patrice. En sablant le champagne, il ne célèbre nullement la disparition de sa belle-mère : il boit à sa résurrection personnelle.

Il faut dire que c'était l'enfer (c'est vrai qu'ils avaient eu des moments pénibles). Elle avait toujours un pet de travers (elle n'était pas bien portante). Depuis trois ans, elle effectuait chez son gendre des séjours prolongés, ne regagnant son appartement, en ville, qu'à des dates choisies par elle ou déterminées par les accalmies de sa dépression. Sur place, elle partageait leurs repas, leur salle de bains, leurs soirées qu'elle agrémentait de questions sur la couleur idéale des selles et l'origine d'un point — elle se levait pour qu'il comprenne mieux — qu'elle avait là depuis deux jours, l'emmerdeuse (on est des anxieux, dans la famille). Elle descendait la nuit dans le jardin, déclenchant au passage l'alarme antivol, elle se foutait comme d'une guigne des boîtes précieuses du moment que ce n'était pas à elle, parce que sinon, rapiate au possible (elle avait souffert de privations, enfant). Elle choisissait elle-même les programmes de télévision et mettait plein tube de vieilles rengaines, la même vingt fois de suite à faire trembler les lustres (mon cœur n'est pas las de l'entendre). De temps en temps, à table, surtout vers la fin, elle demandait qu'on lui passât le vélo ou s'il ne restait plus d'aspirateur, s'énervait qu'on hésitât alors entre le fromage et la bouteille d'eau, et quand le fou rire les prenait (ça détend de rire un peu), elle regardait sévèrement sa fille à qui elle avait appris jadis les bonnes manières et levait un sourcil qui en disait long sur l'incompétence crasse de son gendre (il n'avait pas inventé l'eau chaude, celui-là). Elle n'avait d'ailleurs jamais vraiment admis la dégénérescence sociale qui consistait à divorcer d'un gynécologue pour épouser un généraliste, encore que, d'un autre côté, en fin de compte, ce fût pour elle une excellente opération à un âge où, la ménopause installée, on n'était plus tout à fait une femme et où, par contre, tout se détraquait.

Patrice avait rapidement baissé les bras devant le cas clinique de sa belle-mère ; il s'était senti impuissant comme mari et comme médecin : sa femme était nerveuse quand la mamie habitait avec eux, mais tourmentée si elle la savait seule chez elle. Quoique adulé comme un dieu chez tous les gens dans les cités H.L.M. où il allait à toute heure et par tous les temps dans son bolide couleur d'ébène, quoique habitué par son travail à toutes les promiscuités, à la saleté des corps, à l'odeur des excréments, à l'aspect dégoûtant des chairs et de la souffrance, il ne supportait pas la présence physique de sa belle-mère, passait rageusement l'éponge imbibée de Harpic sur la lunette qu'elle venait de quitter et tenait à l'écart son nécessaire de toilette. Lise l'avait même surpris un jour essuyant furtivement avec sa serviette les couverts que la mamie avait posés devant lui sur la nappe (elle cherchait à se rendre utile). Marié depuis huit ans seulement après une vie de célibat (-ton de chaise), il n'avait pas finalement franchi le pas (-tachon) pour hériter en prime d'un engin pareil (il n'y a rien de plus égoïste qu'un homme). Il subodorait qu'une harpie de cet acabit pouvait, à la longue, avoir raison de n'importe quelle harmonie, et il aspirait à la paix domestique. Il n'avait pas de scrupules de conscience professionnelle, car le cas était de toute évidence incurable. D'ailleurs, jusqu'à ce que la mamie le détrompât en mourant, il l'avait toujours soupçonnée de faire semblant d'être vieille.

Que s'était-il passé qui, à sa connaissance, justifiât la brutale dégradation mentale de la malade ? Lise s'est souvenue qu'on lui avait posé la question. Il y a quelques années, elle a été convoquée en plein mois d'août à l'hôpital des Ducs de Bourgogne : la mamie avait voulu baisser le store de son salon, elle avait essayé de le décoincer de l'extérieur, mais celui-ci s'était déroulé d'un seul coup et elle s'était trouvée bloquée sur son balcon, à neuf heures du soir. Les pompiers l'avaient délivrée, mais au bas de l'échelle elle n'avait pas voulu quitter les bras de son sauveteur, elle s'était accrochée à lui désespérément, si bien qu'on l'avait conduite à l'hospice. Par la concierge, la police avait eu les coordonnées de sa petite-fille, étudiante à la capitale, sa fille étant en vacances au Mexique, quant à son fils... Lise était donc arrivée tard le lendemain soir, était allée directement de la gare à l'appartement de la mamie où elle était entrée grâce à son jeu de clefs personnel. C'était bizarre de se promener seule dans ce lieu familier où, après le remariage de sa mère, elle avait vécu deux ans jusqu'au départ pour Paris. Elle avait erré dans toutes les pièces, ouvert les armoires, sorti des robes, déniché des vêtements des années cinquante, feuilleté des albums de photos et même découvert des liasses de billets de banque dans un carton à chaussures. Elle avait tout remis en place, sauf une robe de soie blanche imprimée de bateaux bleus qu'elle avait trouvée enfouie curieusement sous des piles de torchons. Elle semblait neuve, bien qu'il manquât un bouton nacré au corsage. Lise avait farfouillé dans la boîte à couture, rassemblé quatre boutons identiques, qu'elle avait cousus à la place des perles d'origine. Elle s'était plu dans le miroir : le décolleté mettait les épaules en valeur. Les petits voiliers d'un bleu sombre voguaient sur l'étoffe brillante.

Le matin, elle a d'abord rencontré le gériatre, lui a appris qu'elle ne pourrait pas se charger de sa grand-mère pendant les trois semaines à venir. Il n'a pas demandé pourquoi, il avait l'air d'accord.

C'était un homme très brun d'environ trente ans, avec des mains fortes aux veines saillantes. Ils se tenaient sur le seuil de son bureau. Lise a souhaité prolonger l'entretien, il l'a fait asseoir, a refermé la porte. « Démence sénile, délire paranoïaque », Lise a ouvert la bouche, il a continué, une main tendue vers elle : ce n'était pas irréversible, elle souffrait de solitude, simplement, elle avait besoin d'être entourée. « Vous savez, dans notre civilisation moderne, ou prétendue telle, les vieillards sont rejetés de la cellule familiale, et quand ils n'ont pas acquis l'indépendance suffisante pour le supporter... Les femmes, surtout — il a souri à Lise — l'ancienne génération. Enfance trop surveillée, mère castratrice, mari macho, je suppose... » Il l'a regardée longuement dans les yeux, elle a bafouillé, émue, ne raccordant pas bien ces notions connues de psychanalyse à la frêle silhouette de sa mamie. Il employait des mots qu'elle avait lus dans tous les magazines ; la veille encore, à la gare, elle avait parcouru les gros titres des journaux féminins, LA FIN DES MACHOS, HALTE À LA PARANO. Quel rapport ces théories récentes et galvaudées pouvaient-elles avoir avec une vieille dame ? Elle n'a pas vraiment répondu, mais, bien que Freud fût né cinquante ans avant sa grand-mère, elle a jugé déplacée cette interprétation de la saga familiale. — Vous allez la garder ici ? — Exceptionnellement, parce que votre beau-père est un confrère. Son état s'améliorera certainement à leur retour. Téléphonez de temps en temps, on vous donnera des nouvelles. Lise a acquiescé. De larges auréoles jaunâtres s'étalaient au plafond, tel le drap d'un malade incontinent.

Après tout, la vieillesse était l'objet d'une science, désormais : il fallait la laisser à ses spécialistes. — L'agente va vous faire remplir les papiers nécessaires, a-t-il dit en se levant. Nous nous retrouvons au parloir dans une minute, si vous voulez bien.

En entrant dans la pièce, Lise a vu sa grand-mère. Le parloir était une vaste salle meublée de fauteuils et de tables basses disposés le long des murs. Le centre était immense et vide, comme à la fin d'un bal où ne serait resté qu'un couple. Ils se tenaient debout face à face, immobiles. La mamie, plus petite, avait levé son visage vers le gériatre, qui s'abîmait dans son regard. C'était le plein été, il était torse nu sous sa blouse. Elle serrait dans ses doigts les revers de l'échancrure, une main sur le premier bouton, l'autre tout près de sa peau sombre et nue, souriant un peu de le voir si soumis, ce guerrier, si tendre, ce vainqueur, appuyé désarmé contre elle, front contre front, comme on attend le soir à la fenêtre le retour de quelqu'un qu'on aime.

Lorsque enfin elle a aperçu Lise, elle s'est tournée vers elle, la paume encore posée sur la poitrine du médecin, ah ! te voilà ! Ses yeux se sont arrêtés fixement sur la robe à bateaux que Lise avait gardée. Elle l'a observée sans proférer un son, s'est avancée de quelques pas. Hola... on s'est fait belle ! La voix était méchante, acerbe. Et où étais-tu partie traîner ? Tu sais l'heure qu'il est ? Et moi qui attends, qui m'inquiète. C'est une honte, une honte... Elle a agrippé brutalement le col de la robe. Viens un peu ici. Je ne te lâcherai plus, maintenant. Et cette robe de traînée ! Jeunesse perdue, jeunesse perdue... — Mamie, mais voyons, calme-toi ! Je n'ai pas pu arriver plus tôt, c'est loin, Paris, tu sais. La mamie s'est assise, elle tremblait. Regarde. je t'ai apporté du linge. Tu vas rester ici quelques jours, maman revient bientôt. Lise n'osait regarder personne. Elle avait commis une terrible erreur en s'appropriant cette robe apparemment oubliée, mais qui avait réveillé, au contraire, une image violente, suscité un accès passionné de fureur et d'envie.

Il valait mieux qu'elle ne revienne pas, qu'elle la laisse s'acclimater, qu'elle téléphone. Oui, oui, ponctuait-elle d'un air compréhensif, comme si le docteur lui prescrivait un traitement pénible mais efficace, à suivre à la lettre. Ils se sont serré la main. Plus tard, elle a appelé d'Agadir à l'hôpital, la mamie s'était bien adaptée, elle s'occupait même des autres pensionnaires, le cerveau ne paraissait pas lésé. Et puis Sissi était rentrée de vacances. Ni Lise ni sa grand-mère n'avaient jamais revu cet homme. Une seule fois, la mamie l'avait évoqué en cherchant dans sa mémoire comme le nom d'un ancien soupirant : Il était gentil, ce guériatre. Elle prononçait *guériatre,* elle voulait guérir de la vieillesse.

— Donc, il est psychiatre... Bien bien bien. Et quand nous l'amènes-tu ?

— Mais c'est vraiment sérieux entre vous, cette fois ?

Un ange passe, sourcils froncés sur quelques histoires louches, là-bas dans la capitale, on avait bien été obligé de la laisser partir, cette petite, apprendre l'anglais à Paris.

— Parce que tu sais que je vends mon cabinet

l'an prochain. Tu disais qu'il cherchait à s'installer : ce serait parfait pour lui, ici. Il n'y a pas un psy à cinquante kilomètres à la ronde, et les vignerons commencent à avoir des états d'âme, en plus du delirium tremens.

— Et puis ce n'est pas comme Patrice, médecin de campagne... Il n'aurait pas d'urgences ; c'est moins fatigant.

— Forcément, c'est ses clients qui battent la campagne, pas lui, ah ah !

— Il se ferait vite une clientèle, il, comment dis-tu, Yves, oui.

Sissi rougit, elle a du mal à appeler par son prénom quelqu'un qu'elle n'a jamais vu, elle ressent la même gêne qu'en lisant dans un livre les noms des personnages, elle n'arrive pas à y croire tant qu'ils n'ont pas été précisément décrits — et celui-là qui sera peut-être son gendre ne sort pas d'un roman de Balzac, elle ignore même encore s'il est beau — c'est un peu pour ça qu'elle ne lit presque pas.

— Et, il est comment, physiquement... Yves ?

Est-ce qu'il présente bien ? sondait la mamie dès les premiers flirts de Lise, immédiatement après s'être enquise de la profession du père. Il est su-perbe, répondait Lise, tu vas tomber raide amoureuse.

— On vous laisserait la maison, donc, on irait s'installer en ville, dans...

L'appartement de la mamie se trouve en plein centre, idéalement situé. Pour l'heure, il est sombre et confiné derrière sa lourde porte où l'oncle Achille a fait poser les scellés. Les objets sans nombre accumulés durant des décennies y sont rangés dans la pénombre, témoins de mondanités lointaines où tous — couverts à poisson, fourchettes à huîtres, à gâteaux, à escargots, cuillers à soupe, à moka, à dessert, pelle à tarte, pince à sucre, plat sculpté d'asperges, turbotière géante, beurrier, terrines, verres à whisky, à cognac, à madère, flûtes, ballons, services à café, à thé, à chocolat, petits plats dans les grands, pots and pans, nappes et napperons, assiettes plates et creuses, à initiales, à liséré bleu, à fleurs — eurent un rôle dans le protocole de soirées éclatantes ou l'hôtesse était reine et voguait gracieusement de l'un à l'autre, sourire aux lèvres, rose aux cheveux, dessinant sur le parquet ciré les arabesques du succès parmi les hommes à femmes, les cœurs à prendre, les têtes à claques et les filles à marier. Les vêtements pendent sur des cintres, mous et odorants dans des housses — vison, castor, coton, flanelle, jupes, manteaux et caracos, cashmere et soie, robes de cocktail, de soirée, de demi-saison, de bal, de plage, de chambre, 100 % laine, dry clean only ; et sur les étagères reposent linge et lingerie, serviettes de table et de toilette, draps de bain et de lit brodés main où s'accouplent des lettres, torchons, chiffons, souliers, dessous, dentelles, gaines, corsages, gants et chapeaux de ville, de soleil, de pluie, bibi, capeline et canotier, toque, habits qu'elle a portés ou non, élégante dans les dîners et les bridges, parmi les chiens de faïence, les gueules de bois et les yeux de merlan frit. Dans les tiroirs s'entassent des centaines de médicaments périmés ou qui vont l'être, potions, lotions pour les cheveux, pour la gorge, comprimés pour la circulation, pilules, gélules pour le cœur, pour le foie, gouttes pour le nez, sirop pour la toux, pommade pour la peau, remèdes achetés pour rien et bons pour tout, qui tentèrent d'entretenir cette santé précaire qu'elle promenait dans les raouts et les parties de campagne, parmi les compliments pour la forme, les propos pour la galerie et les poses pour la gloire. Des coffrets dont les clés sont cachées regorgent de bijoux, bouchons de carafe, diamants gros comme le Ritz, lapis-lazuli, bracelets torsadés, montres en platine, bagues en or, rubis, saphirs et escarboucles. Des tissus de soie imprimée enveloppent, vestiges d'une parfumerie que l'arrière-grand-mère a dirigée jusqu'à sa mort, des fioles en verre taillé et des flacons en cristal dont la fragrance est passée. L'appartement tout entier est donc un vaste réservoir d'odeurs et d'objets. Mais de même que la lumière réduit soudain en poussière les choses longtemps conservées dans le tombeau inconnu d'un pharaon, de même tout ici disparaîtra. Les héritiers auront beau en récupérer une partie et éprouver, quand ils ébrécheront par mégarde l'une des coupes à champagne, le même malaise que lorsqu'ils perdent une dent ou leurs cheveux, dans l'ensemble le cadre de la mamie sera détruit, son monde aura disparu.

Lise et sa mère sont montées au premier. La chambre sentait la poudre de riz. Elle était dans un désordre inhabituel : des chaussons roses gisaient à distance l'un de l'autre, un mouchoir pendait à un barreau du lit. Le réveil de voyage était renversé sur un vieux numéro en lambeaux de *Télémagazine*. « Elle est partie sans savoir. » Sur un guéridon était installé le vieux pick-up de Lise. On l'avait récupéré pour la mamie qui voulait écouter des chansons. Lise l'a mis en marche avec le disque posé sur le plateau. Vous ne pouvez pas savoir comme mon pauvre cœur est lourd, Sissi a baissé le son d'un geste fébrile, Pourtant, je le sens ce soir, l'amour n'interdit pas l'amour, combien de fois l'avait-elle passé, grands dieux ! Patrice en avait par-dessus la tête, Le jeu recommence, le printemps s'avance, tout chante, c'est encore mon tour, Lise contemplait la pochette sur laquelle un couple s'enlaçait, Lucienne Delyle 1942, Rêve d'amour, bonheur trop court au paradis perdu, c'était une voix d'époque, un peu nasillarde et qui roulait les r, Sissi a ouvert la fenêtre, une faible brise s'est engouffrée dans la pièce, une branche d'arbre venait toucher le bord du volet, Tendres espoirs, bouquet d'un soir dont le parfum n'est plus, Sissi agitait les battants vitrés pour faire circuler l'air, comme si la mamie était morte là et qu'il restât des vapeurs létales, puis elle s'est assise d'un coup sur le lit, « ce réveil, je l'ai toujours connu, maman l'avait déjà quand j'étais petite ». Le cœur cherche sans cesse l'écho de sa jeunesse, elle s'est emparée du mouchoir, Et chaque amour est un retour au paradis perdu, Lise a arrêté la musique, a éteint l'appareil. Il y avait aussi Lucienne Boyer, Mado Robin, Tino Rossi et plusieurs Claude François — en voilà un qui présentait bien, Cloclo. — J'y pense, a dit Sissi en se levant comme un ressort, j'ai quelque chose pour toi. Elle a sorti du placard un paquet informe, un assemblage cliquetant ficelé dans un torchon à vaisselle sur lequel la mamie avait écrit au stylo : Pour Lise, douze couteaux ivoire. Ils sont ici depuis longtemps. Elle les a eus pour son mariage. Prends-les maintenant, elle y tenait. Tu vas voir, ils sont jolis.

Lise a défait l'emballage tout en écoutant sa mère. Le notaire avait téléphoné. Toute la famille était convoquée chez lui le surlendemain. Sa présence était hautement souhaitable, elle pouvait bien rester deux jours, son, enfin, Yves l'attendrait, Yves comprendrait, non ? Elle a médité, a répété Non ?, toujours incertaine sur ce que les hommes pouvaient comprendre.

La lame des couteaux est brillante, l'ivoire très mat, un peu craquelé. Ils n'ont jamais servi, comme si, dès leur apparition dans le trousseau, la mamie les eût destinés à rester inaperçus afin de mieux les faufiler en douce, au poste de douane de la succession, histoire d'en garder à l'ombre, d'en mettre un peu à gauche, ce que, d'après Achille, elle avait sûrement fait avant d'y passer l'arme, mais comment le prouver ? De même était demeurée intacte dans le placard la chemise de nuit à fleurs que la mamie avait achetée spécialement, des années plus tôt, pour son repos éternel, cette chemise revenait de temps en temps dans la conversation ; « il faudra me la mettre », comme elle disait « Le tapis à ramages est pour toi, le service à thé en limoges aussi. » La mort faisait partie des meubles : c'était sa manière de l'oublier.

Elles sont redescendues. Lise tenait sa mère par les épaules. En bas, Patrice montrait au médecin qui devait le remplacer pendant les vacances comment brancher l'alarme la nuit, « c'est surtout pour mes boîtes. Et j'ai aussi quelques volumes rares dans la bibliothèque, des éditions originales, pas coupées ». Le confrère était un jeune homme poli qui marchait en canard afin d'éviter les tapis. Son regard bleu a croisé celui de Lise. Elle s'imaginait bien vivre dans cette maison, elle traduirait Byron pendant qu'il exercerait à côté, et à cinq heures ils prendraient le thé avec des scones. Le cabinet était contigu aux pièces d'habitation, « mais les clients ont une entrée séparée, naturellement », de la buanderie on les voyait traverser la cour intérieure jusqu'à la salle d'attente, ainsi elle pourrait surveiller discrètement les allées et venues : Sissi n'avait-elle jamais été jalouse ? Toutes ces femmes qui s'allongent, quand même... Cela dit, à Val-Saint-Georges, les pin-up ne couraient pas les rues, « les gens sont braves dans l'ensemble, pas de problèmes ».

Ils ont disparu dans la cuisine. Patrice explique au remplaçant le système du répondeur, assez compliqué, à ne pas oublier les jours de garde. « On ne peut pas laisser de message. Seulement, comme nous n'avons toujours pas de ligne privée, il y a un truc à connaître, pour les intimes : après le passage préenregistré, la bande se dévide à blanc une vingtaine de secondes, et là, la personne qui vous appelle peut crier, faire Hou hou, c'est moi... Si vous êtes dans les parages, vous avez le temps de prendre la communication. Vous comprenez ? »

Au salon, Lise et sa mère se taisent. Le chat chauffe au soleil. Le jardin est immobile. Une bulle par moments monte dans le champagne. « C'est comme ça qu'à la fin du message on entend des clients maugréer : Ah ! il est pas là, ce con ! Tenez, je rembobine... »

Et soudain *elle* crie, c'est sa voix, cassée, autoritaire et tremblante ; Allô Sissi ? Es-tu là ? Sissi, c'est moi, allô ? Lise met une main sur sa bouche comme pour étouffer dans sa gorge l'appel venu d'outre-tombe. Sissi est agrippée aux deux bras de son fauteuil, elle écoute s'égrener le compte à rebours dans une fusée parée au décollage, Allô maman, gémit-elle. À l'au-delà, à l'autre monde. C'est la toute dernière fois qu'elle dit maman — bien sûr, par la suite elle en parlera : « Maman pensait que, la photo de maman, la tombe de maman », mais c'est la dernière fois que ce mot établit un contact, est un lien qui l'attache et l'aliène, allô, allô, à l'auteur de ses jours, à l'horreur d'être seule. Lise tend la main vers elle, elle ne la voit pas. Son visage s'est creusé. A disparu d'un coup la rondeur du visage auquel allait si bien, malgré les ans, le surnom ancien de Sissi, elle n'a plus ses joues de petite fille, comme si l'on ne cessait vraiment d'être enfant qu'en perdant sa mère. « Ce n'est rien, ce n'est rien, bégaie Patrice, ce n'est absolument rien, ziiiiip, schmeurf, voilà. » Plus de message à l'orpheline.

Sur le seuil, ils ont tout récapitulé : le téléphone, les honoraires, l'alarme. Le remplaçant a repassé le buste dans l'encadrement de la porte, une main appuyée sur le guéridon, « bonsoir mesdames », puis il est sorti par le jardin, nimbé de la lumière du soleil déclinant. « Comment le trouvez-vous ? » a demandé Patrice. Tous le trouvaient bien, Patrice lui-même, Lise et Sissi, bien sous tous rapports, comme médecin, homme, médium.

HÉROS

À Viorne, Yves Morand n'a pas fait grand-chose de la matinée. Ils étaient arrivés tard la veille, il n'avait vu que l'escalier en pierre, quelques pièces au mobilier drapé de blanc, et voilà que Lise était déjà repartie, jusqu'à quand, il n'en savait rien.

Après son départ, il était remonté dans la chambre et s'était remis au lit tout habillé avec ses fiches à classer et la vague impression de se faire avoir, d'être la cinquième roue du carrosse qui s'éloignait à l'horizon — il était injuste, naturellement, Lise allait enterrer sa grand-mère, ça n'avait rien d'une partie de plaisir ; mais enfin, les vacances s'annonçaient bien ! Le ciel était gris plombé, la maison froide, la solitude pesante parmi tous ces cas pathologiques étalés sur la couverture ; et il ne s'était finalement débarrassé de ce sentiment d'abandon qu'en tombant sans résistance dans les bras de Morphée.

À son réveil, il était deux heures passées. Le temps s'était éclairci. La chambre était pleine de choses curieuses ou désuètes. Une table de jeu à damier munie de nombreux tiroirs occupait un angle. Un rouet attendait sa princesse, ou peut-être était-elle déjà venue. Près d'une cuvette en faïence, un broc à bec noir regardait par la fenêtre. Yves les a longuement contemplés, avec la même intensité qu'on met parfois à s'examiner dans un miroir, un trait après l'autre. Les yeux pouvaient rester fixés indéfiniment sur ces objets choisis avec soin comme si quelqu'un avait voulu jadis, en les installant, meubler l'ennui. Sur la table de chevet était posé un gros pavé de Milton en édition bilingue, il l'a ouvert — « de fleurs était la couche, pensées, violettes, asphodèles, hyacinthes ! le plus doux, le plus frais giron de la terre. Là ils s'assouvirent largement d'amour et de jeux d'amour » — love and love's disport.

Il est descendu, est sorti. Sur la gauche et à l'arrière du bâtiment s'étendaient une pelouse, un verger, un parc. La maison devait être une ancienne ferme rénovée. Quand Lise lui en avait parlé en évoquant le court privé, Yves Morand avait soupçonné le luxe vulgaire des parvenus, les grilles de fer forgé et les robinets à tête de dauphin. Lorsqu'elle avait ajouté qu'il n'y avait ni l'eau chaude ni le téléphone et qu'ils profiteraient peut-être de leur passage pour repeindre la cuisine, il avait flairé le guet-apens d'une masure en ruine et d'un terrain envahi de lichens, dont la restauration requérait des bras solides et du cœur à l'ouvrage, est-ce que pour quelques jours, au fond, il ne vaudrait pas mieux redécouvrir Coutances ou Bénodet ? Mais elle lui avait décrit les lieux en combinant avec exubérance des anecdotes enfantines à ses projets d'été, sautant à son cou comme une petite fille, si bien qu'il s'était pris à rêver d'un séjour idéal, raffiné et rustique, amoureux et sportif. Il n'était pas bricoleur pour deux sous, autant la prévenir tout de suite ; mais avec lui, elle allait sérieusement cultiver son drive.

Il s'est avancé dans le parc, derrière les dépendances. Le court ne semblait pas conforme aux normes officielles, il paraissait plus grand, sans doute à cause des allées bordées d'arbres qui le prolongeaient au-delà du grillage. Le filet n'était pas installé. Des brindilles traînaient un peu partout, des aiguilles de pin. Il est entré dans la remise. Le sol était couvert d'une poudre rouge mêlée de feuilles et d'araignées mortes. Un banc de métal à la peinture écaillée était retourné dans un coin, les pieds tordus, tel un gros insecte desséché, à côté d'un rouleau et d'un balai. Il faisait froid et Yves n'avait aucun courage. Mais il fallait pourtant qu'il bouge, qu'il secoue sa langueur, et puis qu'il s'entraîne avant le retour de Lise, qu'il soit d'attaque.

Il est revenu peu après, paré de plusieurs crocodiles, sa raquette Prince en cordage synthétique sous le bras, l'humidité étant fatale au boyau. Il se sentait les articulations douloureuses, il était seul et, de toute façon, la pluie allait sûrement dégringoler d'ici cinq minutes : il a donc renoncé à mettre le filet, et même à balayer les lignes. Celles-ci paraissaient presque neuves, les clous n'étaient pas rouillés, elles devaient remplacer depuis peu un infini travail de quadrillage à la chaux, le tracé minutieux et répété de l'échiquier ou de la lice qui précédait autrefois, en guise d'échauffement, le début de la lutte ou du jeu. Yves a effectué trois tours de terrain en petites foulées avant de se poster au fond, un tas de balles à ses pieds. Près de lui, blond et de blanc vêtu, dans ce décor de gaze grise où la terre rouge elle-même avait pâli depuis le temps qu'on ne s'en occupait plus, leur flaque jaune vif formait la seule touche gaie, réelle, et, pour ainsi dire, vivante.

Le cassé du coude était fondamental : il devait pointer vers l'adversaire, le viser quasiment, en l'occurrence un hêtre — ou un chêne — qui se trouvait dans l'axe. La flexion simultanée des jambes augmentait de beaucoup la puissance, décuplait l'élan des reins, et la balle arrivait presque à coup sûr dans le carré de service. C'était très simple dès l'instant que l'on coordonnait tous les mouvements, sans s'énerver mais sans réfléchir non plus, par un enchaînement à la fois mécanique et pondéré.

Enfant, le tennis avait fait rêver Yves Morand. À douze ans, il essayait de copier Rod Laver en lançant un volant de badminton contre la porte du garage. Mais les choses en étaient restées là : l'école de tennis avait lieu le jeudi, et son cours de solfège aussi. Il avait manqué de l'énergie nécessaire pour imposer sa volonté. Plus tard, l'inertie avait gardé le dessus, une nonchalance un peu maniérée d'adolescent l'avait tourné du côté du dandysme et des grâces vestimentaires, parmi lesquelles avaient cependant surnagé de son ancien désir, blancs à liséré rouge et col en V, amples et photogéniques, des pull-overs torsadés. Celui qu'il portait datait d'ailleurs de son dix-huitième anniversaire, il lui allait toujours.

Il aurait pu être un champion. Par exemple, la répétition ne l'effrayait pas ; au contraire il éprouvait un certain plaisir à recommencer les mêmes gestes, morcelés d'abord — lancer de balle haut et légèrement décalé à droite, hop, vingt fois, armé du bras, plié du coude, un-deux, vingt fois, avec arrêt sur image et vérification de l'attitude, bien tirer en arrière, tenir sa raquette comme un gratte-dos, projection accélérée vers l'avant avec rotation de l'épaule, han, et cassé final du poignet, vingt fois, frout, le tamis fendant l'air comme une lame (cas G : le patient qui ne pouvait jouer qu'avec un *petit tamis*) — puis recomposés en un seul élan méthodique. On refaisait ainsi l'exercice jusqu'à la perfection. L'ascèse du sportif de compétition, il l'aurait bien supportée, observée docilement comme un séminariste le rite des prières et des pénitences (cas C : le patient dont la femme, par ailleurs charmante, marmonnait « je vais te les faire bouffer » à chaque changement de côté — ça lui restait en travers de la gorge). Se concentrer sans se poser de questions : horizon parfait, modèle impeccable ! Se donner à fond, tout donner, tout lâcher (cas C : toutes les nuits, le patient arrive en barque près d'une sorte d'hôtel sur lequel une enseigne à bandes blanches indique : LA PENSION DU TENNIS). Oui, il aurait su être un champion. Maintenant il avait trente-trois ans, bientôt trente-quatre. So far away from Wimbledon. Cela dit, son corps fonctionnait bien, sa condition physique était restée excellente, le chant est très bon pour le souffle. Quand Lise reviendrait, il lui rappellerait la technique des principaux coups. Elle avait un jeu franc, mais elle courait comme dans des chaussons demi-pointes. Quelle application pourtant, l'autre fois, au jardin du Luxembourg ! On eût juré la belle Clorinde luttant contre Tancrède en y mettant du cœur (cas L : la patiente veut à tout prix *battre* son *partenaire*. Mais elle finit toujours par *prendre une branlée*).

Son stock de balles épuisé, il changeait de côté se proposant alors un objectif plus difficile, viser un angle, déloger une feuille en la tirant comme à la pétanque. Toujours placé au même endroit de la ligne de fond de court à peu près à la place du fou sur l'échiquier, il détalait parfois en diagonale pour une volée fictive, s'imaginant suivi par une caméra enthousiaste sous les hourras, fantasme stimulant qui obligeait à bomber le torse et à rentrer le ventre. Le clocher de Viorne a sonné sept coups, un coq s'est mis à chanter. Une forte brise s'était levée. Le ciel stagnait à basse altitude. Ses services rentraient de mieux en mieux, son taux de réussite atteignait un niveau plus qu'honorable. Il est vrai qu'il n'y avait pas de filet.

Quelques balles avaient franchi le grillage à la faveur d'un service canon dans le sens du vent. En fouillant les taillis autour du court, il n'en a retrouvé qu'une. Les feuilles avaient déjà jauni en quantité extraordinaire et l'on croyait toujours à tort tomber sur une Dunlop. En revanche, il a découvert au pied d'un arbre deux balles blanches bien en évidence, ou du moins avaient-elles dû être blanches et bien visibles des années plus tôt, avant de se fondre lentement dans la population des champignons. Elles étaient couvertes de concrétions qui s'effritaient au contact des doigts, et pourtant dures, autant serrer une pierre dans sa main pour en éprouver la souplesse. Elles portaient la trace des saisons, la boue du dégel, les mousses grises et frisées d'hiver. Le soleil les avait pelées, tondues, tannées. On ne pouvait plus s'en servir, bien sûr. Mieux valait les replacer là, à demi enfouies dans cet humus d'adoption où les avaient laissées des joueurs insouciants, une de perdue..., où elles allaient rester, protégées même des chasseurs de cèpes par leurs chapeaux blanchâtres de bolets Satan, combien de temps encore, jusqu'à la fin des temps ? En tout cas, elles avaient maintenant pour compagnes deux Dunlop Fort jaune citron presque neuves, camouflées dès juillet par les couleurs de l'automne.

Les nuages étaient si bas qu'il faisait déjà sombre. Yves Morand est remonté en sifflotant vers la maison, les feuilles mortes se ramassent à la pelle, emportant avec lui, du creux de l'oreille à l'extrême pointe de ses chaussettes, la moitié du terrain ; en ouvrant les lèvres en O pour souffler comme on fait en hiver, il en sortait de la brique pilée, fine et vaporeuse comme une buée rouge. Il avait un goût de terre dans la bouche, les souve-ni-irs aussi. Une bonne douche aurait arrangé les choses. Malheureusement, il n'y avait pas à proprement parler — c'était bien le mot — de salle de bains. Quelqu'un klaxonnait rageusement dans la rue, devant le portail. Une portière a claqué, « Vous en avez pour longtemps avec vos moutons ? » L'homme pressé avait un accent de titi parisien, la voiture était un diesel. Titou titou tou tou titou ou ou oui... La bergère ne manquait pas de coffre. Son cri de ralliement ressemblait à une tyrolienne à laquelle on aurait donné les intonations de la parole. C'était assez convaincant. Un toutou brailleur hâtait les opérations. Yves Morand a respiré à fond l'air de la campagne, hu, la poignée de la porte lui est restée dans la main : maison de rêve, tu parles ! Vieille bicoque, oui, qui tombait en quenouille.

Il tâtonnait dans le couloir à la recherche d'un interrupteur lorsque trois coups légers frappés derrière lui l'ont pétrifié. Le portail de devant ne fermait que par un crochet, et n'importe qui pouvait sauter le mur du jardin. On avait dû le voir entrer. Il n'a pas bougé. On a cogné plus fort, au carreau de la cuisine, cette fois. Un visage s'est encadré dans la vitre, grimaçant parmi les reflets. Le verre brillait comme un écran. — Bonsoir monsieur... J'ai des nouvelles. Yves a reconnu la voix : c'était le voisin du matin. L'homme pouvait-il le voir, ainsi statufié dans l'ombre, aux aguets ? — Monsieur... Vous m'entendez ? Monsieur, je vous apporte des nouvelles de... Yves a allumé le plafonnier et s'est avancé vers la fenêtre avec empressement. — Bonsoir monsieur, excusez-moi. Mademoiselle Lise a téléphoné. — Oh ! pardon, bien sûr. Une minute. Il est retourné à la porte. Le héraut s'essuyait les pieds avec soin, bien qu'il n'y ait pas de paillasson. Yves s'est effacé. — Entrez donc. Excusez-moi, je ne connais pas encore bien la maison, je m'y perds un peu. — Non, je vous remercie, je vais vous laisser souper. Je venais juste vous prévenir que la demoiselle a téléphoné, tout va bien, enfin, si on peut dire... Elle est bien arrivée, voilà. C'est triste pour vos vacances... Il a médité un moment, front baissé. Un naevus lie-de-vin couvrait le bas de sa joue gauche. Il avait le teint fleuri et les épaules voûtées, c'était le genre d'homme que la campagne conserve comme les cerises dans l'alcool, en les ratatinant. — Vous avez fait du sport, je vois : vous êtes bien vaillant ! Il a fait lourd aujourd'hui. — Oui, j'ai inauguré le court de tennis. Pas très entretenu, j'ai l'impression. — Oh, ça ! Ils jouaient, dans le temps. Le mari de Sissi, le père de Lise, par le fait, était assez fort, je crois. Monsieur Tissier lui-même, à ses heures. Mais ça, je vous parle, ça date de vieux. Il y a des années qu'il ne sert plus. D'ailleurs, à part mademoiselle Lise et ses, la famille ne vient plus. — Il y a longtemps qu'ils ont acheté cette maison ? — Mais c'est que monsieur Tissier était de par chez nous. De Ferrières, exactement. C'est à cinq kilomètres d'ici, sur la route de Montbrison. Son père était instituteur, j'ai un oncle, le Fernand, qui l'a eu comme maître. Un monsieur bien, pour sûr. Alors son fils, vous comprenez, il a fait du chemin, il a été aux Arts et Métiers, ingénieur. Mais il revenait toujours par ici. D'abord il a loué, chaque vacances, même après la mort de ses parents, et juste avant-guerre, il a acheté, son beau-père l'a aidé, je crois. — Ils habitaient là, alors ? — Non, pensez. Monsieur Tissier avait ses affaires en Bourgogne. Sauf pendant la guerre, là ils ont été bien tranquilles. Mais ils venaient en été. Sissi, enfin mademoiselle Tissier, aimait bien venir. Ils avaient des ruches, un potager. Le court, ils l'ont mis plus tard. Le voisin s'est comme secoué d'une emprise. Bon, je vous laisse. Ah ! aussi... Voulez-vous du lait demain matin ? Il doit y avoir un bidon, là, à droite du bahut. Vous permettez ? Il l'a décroché. C'est comme ça qu'on fait, d'habitude. Je vous l'apporterai demain, pour le café. Si vous n'êtes pas levé, je le poserai sur le rebord. — D'accord. Merci beaucoup. — Pas de quoi, pensez. Et bonne nuit. Vous verrez, ici c'est le bon air, on dort bien.

En fait de souper, il n'y avait que des œufs, mais cela tombait bien, c'était sa seule spécialité culinaire. Il s'est assis à la table de la cuisine devant une assiette creuse semée de petites fleurs rouges. Des dizaines d'autres étaient empilées dans le buffet, de quoi inviter tout le village sans manquer de vaisselle. La vitre noire lui renvoyait le reflet vague de son bras portant la fourchette à sa bouche, la reposant. Le pain laissait de la farine sur les doigts. À la fin du repas, il aurait volontiers mangé un gâteau, du chocolat, une douceur, mais les placards à provisions ne contenaient que de la mort-aux-rats. Le voisin n'avait pas précisé quand Lise reviendrait. Formidable, l'idylle auvergnate ! Désertés, les champs de bataille, les aires de jeu, abandonnés, le lit, le court, en friche ! Il restait là tout seul, Yves Morand, en tête à tête avec son double morne, frôlant la névrose spectroscopique, il ruminait dans le miroir obscur de la vitre, hôte unique d'une mamie morte. Le verre entre le pouce et l'index, il s'est porté un toast, eh oui mon vieux, c'est la vie !

La vaisselle est restée dans l'évier. Sur le bahut gisait la poignée de la porte d'entrée. Yves l'a considérée sans aucun effort de sympathie. Elle était tordue au bout. Il fallait réparer, pourtant, bricoler avec les moyens du bord, sinon à la prochaine sortie il risquait de se retrouver enfermé dehors. Il a grimpé énergiquement l'escalier en martelant la rampe. C'est un fou qui se promène dans le parc de l'asile. Il arrive près du mur d'enceinte, l'escalade, pointe la tête par-dessus et interpelle un passant : Hé, salut ! vous êtes nombreux, là-dedans ?

Il avait repéré dans la chambre une sorte de boîte à couture dans laquelle il espérait à la légère trouver un tournevis. La pièce était dans un fouillis qui l'a cloué sur place une minute. Leurs deux valises se répandaient par terre, Lise n'avait même pas eu le temps de défroisser ses robes. L'une d'elles avait le même motif que l'édredon fleuri. Un dépliant touristique vantait la Bastie d'Urfé, les momies de Saint-Bonnet-le-Château et l'eau de Volvic. Par terre, un oreiller perdait ses plumes. Le nécessaire à couture ne comportait pas de tournevis, mais il présentait une collection de boutons d'une infinie richesse : boutons blancs ordinaires de tout diamètre, pour col, chemise et braguette, petites perles tombées d'un corsage, losanges nacrés où pendaient encore des morceaux de fil bleu, disques métalliques gros comme des soucoupes, aux boutonnières improbables, d'autres en forme de fraise, d'éléphant, d'entonnoir, de pince à sucre. Il ne manquait qu'un bouton de porte. Cela en faisait, des vêtements négligés faute d'attaches, ou alors indiscrets, impudiques, robes s'ouvrant haut sur la jambe, blouses bâillant sur la dentelle, cachez ce sein que je ne saurais voir. Quoi décider, quel remède immédiat quand le bouton cédait au beau milieu d'une soirée mondaine, ploc, se baisser, le ramasser, telle Cendrillon s'enfuir en rougissant, excusez-moi d'interrompre cette valse, ce tango, ce boogie, ce cha-cha-cha, à plus tard ? Ou bien des mains les avaient arrachés, par impatience et maladresse, je vous veux, je vous aime, ah, savez-vous comme je vous aime ?

Yves Morand a refermé la boîte en soupirant. Ses mains étaient moites, il continuait à transpirer longtemps après l'effort. Il s'est déshabillé. Le cabinet de toilette contigu à la chambre était tapissé de ces carreaux blancs vernissés à la fois intemporels et pas chers qui sévissent indifféremment dans les toilettes des gares, les métros et les morgues. Ses ampoules vous donnaient un hâle de cadavre ambulant. Par terre, un rectangle brun délimitait l'emplacement d'un bidet défunt. Sur le sol, la rouille avait l'aspect du sang séché.

Le lavabo scellé dans le mur constituait donc l'unique pièce de mobilier, aidé dans cette tâche ingrate par un miroir piqué où se reflétaient les murs. Des mouches mortes traînaient sur la tablette. Le robinet se composait d'une manette énorme comme on en voit sur les portes des sous-marins, et d'un tuyau en U renversé qui ne supportait pas la pression et lâchait périodiquement avec des jaillissements de geyser. Yves a laissé couler un filet d'eau sur son polo, l'a tapoté vaguement du bout des doigts, est-ce que Lise s'occuperait de la lessive ? Il s'est passé une main sur la mâchoire. Dans la glace, avec ses cernes et ses yeux, il était presque entièrement dans un camaïeu de mauve. Il ne s'était pas rasé, sa barbe même paraissait bleue. « Les héros sont fatigués », a-t-il constaté. Et, bien que la remarque ne s'adressât pas à lui en particulier, le miroir a eu l'air d'accord.

HEURE

L'église était pleine de monde, beaucoup de gens que Lise ne connaissait pas, peut-être des commerçants de la ville, des relations de l'oncle Achille, des voisins bien élevés, et le contingent de vieillards qui traînent dans les églises, enterrement ou pas. Avant le début de la cérémonie, elle s'était attardée sur le parking où une ancienne camarade de classe l'avait accrochée par le coude, Tiens Lise, qu'est-ce que tu deviens ? La nouvelle du décès avait rapidement brisé l'entretien : l'amie avait un enfant à récupérer au patronage, un autre se pendait à son bras, l'air grognon. Lise n'était pas mariée, elle avait bien raison. Lorsqu'elle avait finalement pénétré dans la nef, encore éblouie par la clarté du dehors, le curé se raclait la gorge au-dessus du micro comme un crooner qui fait des essais de voix — une deux, allô, amen. Elle s'est glissée sur le premier banc libre, tandis que revenaient lentement à son regard les contours des choses. Une grosse dame lui a fait un signe apitoyé des paupières, sans oser toutefois se lever, la messe allait commencer. Lise a souri, qui ça pouvait bien être ? La dame avait la main posée sur la poignée d'une valise énorme qui obstruait la travée. C'est la valise qu'elle a reconnue : vingt ans plus tôt, elle l'avait vue étalée dans l'appartement de la mamie, tandis que celle-ci la remplissait de costumes et gilets d'homme, et que la dame — une cousine à lui venue de Limoges — tournait et retournait entre ses mains les chaussures du cher disparu en se rappelant avec émotion qu'il avait toujours eu de grands pieds. En cette occasion-ci, pourtant, la malle resterait vide. Sissi lui eût volontiers donné à remporter une partie de l'immense garde-robe, mais ils avaient mis les scellés, la procédure était légale ; elle rentrerait donc bredouille et nostalgique des années d'enfance : légal ou pas, de son vivant jamais Marcel n'aurait permis ça.

L'oncle Achille et la tante Colette se tenaient graves et dignes au premier rang, tels les châtelains du lieu sur le banc des seigneurs et que lorgne la populace. Patrice avait fait un détour dans son crapaütage quotidien. Il regardait sa montre avec toute l'inquiétude que suscite la pensée de malades sans soins et de boîtes sans surveillance. Sissi était assise à côté de lui. Elle s'était composé le visage impénétrable qu'elle prenait dans la société chaque fois qu'elle craignait d'être incompétente : quand la conversation roulait sur les îles Canaries et qu'elle ne savait pas où c'était, quand un intellectuel égaré effectuait un tour de table à l'heure du pousse-café pour connaître l'avis des convives sur le dernier Bourdieu, quand, au milieu d'une phrase, elle doutait s'il fallait dire « percepteur » ou « précepteur ». Elle avait adopté là ce même mystérieux maintien à cause de son peu d'usage des églises, et pour cacher à tous le désespoir et la honte qu'elle éprouvait de ne pas être arrivée à croire en Dieu, même pour les obsèques de sa mère.

Le curé a lissé son surplis, s'est approché de l'autel. La mamie n'ayant pas été une paroissienne modèle, il avait souhaité rencontrer la famille afin de mieux cerner la défunte. L'oncle Achille surtout s'était chargé de l'entretien. S'était-il épanché librement sur la biographie maternelle ou avait-il répondu aux questions du prêtre ? Ce dernier avait-il pris des notes en vue d'une messe documentée, d'une cérémonie personnalisée ? Pour le prix, c'était probable. on avait choisi le tarif luxe. On était en droit d'espérer quelque chose de bien, une oraison à la Bossuet — un enfant du pays, d'ailleurs. Il allait monter en chaire et s'écrier en agitant ses manches. « Ô Dieu ! encore une fois, qu'est-ce que de nous ? Si je jette la vue devant moi, quel espace infini où je ne suis pas ! Si je la retourne en arrière, quelle suite effroyable où je ne suis plus, et que j'occupe peu de place dans cet abîme du temps ! Je ne suis rien ; un si petit intervalle n'est pas capable de me distinguer du néant. On ne m'a envoyé que pour faire nombre ; encore n'avait-on que faire de moi, et la pièce n'en aurait pas été moins jouée, quand je serais demeuré derrière le théâtre. »

Mais le curé de Saint-Jean n'a pas prononcé ces paroles. Il n'a pas cité Bossuet. D'abord, il estimait que le devoir du prêtre est d'accompagner les morts sans effrayer les vivants. Et puis il ne prenait nullement à son compte la conclusion du célèbre prédicateur : personnellement, il trouvait qu'il avait un rôle essentiel à tenir, et il ne voyait vraiment pas qui aurait redonné du lustre à la paroisse Saint-Jean s'il n'avait pas été là.

« Notre sœur Marcelle Tissier a eu une belle vie. Le Seigneur lui a accordé la plus grande joie terrestre, celle d'un mariage heureux et d'enfants aimants. Puis, après le rappel à Dieu de son illustre époux, elle a su diriger fermement l'entreprise familiale, fournissant par son énergie de bons emplois à une centaine d'ouvriers de notre région, épaulée par son fils Achille qui l'a ensuite relayée à la tête des Établissements de Bray-les-Caumes. Ayons pour son œuvre une pensée reconnaissante, car Notre Créateur n'est pas hostile au développement économique ni à l'activité industrielle, bien au contraire. Il est beau qu'en ces temps de crise... »

Lise a parcouru des yeux l'assistance, abasourdie : elle s'était trompée d'enterrement. Il ne s'agissait pas de la mamie, de sa mamie à elle, que la seule vue d'un bleu de travail épouvantait, pour qui les OS étaient d'Odieux Syndicalistes, et qui avait cru jusqu'au bout que si, dans l'entreprise alimentaire Tissier, l'on mettait certains ouvriers *à la chaîne*, c'était que, sinon, ils eussent circulé librement en répandant le bolchevisme. Pas sa mamie à elle, qui enfilait un tablier avant l'arrivée du plombier pour qu'il n'aille pas s'imaginer qu'ils étaient riches, mieux valait faire pitié qu'envie, n'était-elle pas d'ailleurs vite devenue bien à plaindre lorsque Achille lui avait racheté ses actions trois fois rien en agitant le spectre du dépôt de bilan — soi-disant que la conjoncture était mauvaise, redoutable la concurrence des grands trusts américains, « Tissier te sied » ne faisait plus recette, le ketchup avait coulé le cornichon. Achille ne l'avait donc pas épaulée mais acculée, pas relayée mais reléguée après deux ans seulement de veuvage, elle le soutenait mordicus quand Sissi, la simplette, spoliée de même, cherchait pourtant des excuses à son frère, c'était vrai qu'on consommait moins de cor, pas sa mamie à elle, qui avait maudit cent fois le fils aimant, le bougre avait refait surface sitôt leurs parts récupérées, l'affaire était, depuis, florissante, ça marchait aux petits oignons. Elle ne s'était jamais brouillée tout à fait, au nom des liens du sang, au bénéfice du doute, mais elle avait remâché sa rancœur et regretté toujours, plus que l'argent perdu peut-être, le beau titre de P-DG, cette prise de guerre matricide qu'Achille s'était attribuée en traître et que, les jours où elle la lui abandonnait — Prince des Gredins ou Patron des Gangsters — elle couronnait du titre mérité de Roi des Condiments.

Le sire en question ne manifestait pas de remords particuliers. Il écoutait, l'air triste. Son règne en effet ne lui posait aucun problème. D'une part, sa mère n'aurait évidemment pas été capable de gérer l'entreprise, et son droit de regard en aurait à long terme entravé la bonne marche. Et puis surtout, lui n'avait jamais voulu exercer ce métier : ses parents l'y avaient contraint afin d'assurer l'avenir des Éts Tissier ; il avait donc suivi la voie de son père. Mais il avait rêvé d'être médecin. Enfant, il jouait au docteur avec Sissi, pendant des années il lui avait sauvé la vie tous les jours. Aussi estimait-il que le sacrifice de sa vocation justifiait son actuelle tyrannie : on lui avait mis dans les mains un sceptre dont il ne voulait pas, il n'allait pas ensuite le céder ou le diviser, d'autant qu'il l'avait arraché de haute lutte à un héritage bien plus important dont sa mère était légataire. Quant à sa sœur, elle avait sans doute été flouée, mais elle attendait son heure — et dans l'église où reposait la mamie, il se disait que son heure était venue — d'ailleurs, elle avait toujours eu de la chance : ne vivait-elle pas depuis trente ans dans le milieu médical qui le fascinait, lui, et dont il avait retenu, comme un ultime sursaut de révolte, le langage cru, l'argot de salle de garde, la liberté de parole ? Il n'avait donc pas à se défendre du peu qu'il avait conquis, car il savait que de sa mère il n'aurait rien d'autre en témoignage d'amour, des haricots, des clopinettes, elle était morte sans rien lui laisser, ou alors une misère, des clous, des nèfles, il lui avait organisé le plus bel enterrement imaginable, et il n'aurait que dalle.

L'officiant continuait l'éloge du fils productif, bienfaiteur du prolétariat, invoquait Jésus, cet Ouvrier du Seigneur qu'il semblait avoir beaucoup fréquenté, ils avaient dû garder les brebis ensemble, revenait à notre sœur exemplaire et méritante. La veille, Lise avait eu de la peine a reconnaître sa grand-mère dans un lainage mauve inconnu. Et voilà qu'elle ne la retrouvait pas non plus sous le discours qui la déguisait, l'affublait d'oripeaux rhétoriques qui n'étaient pas à sa taille et de couleurs qui n'allaient pas à son teint. Elle était pour le moins gênée aux entournures, comme si, pas plus qu'on ne choisit sa dernière heure, l'on ne pouvait choisir l'image qu'on va laisser, vérifier jusqu'à la fin les finitions, jusqu'au tombeau le tombé du linceul dans lequel on s'éloigne. Sans doute eût-elle été navrée de si peu d'élégance ; sans doute eût-elle rêvé, si la mort faisait partie des rêves, qu'elle arrivait charmante dans les limbes des patriarches et déposait dans un coin, en répondant aux sourires, ses cartons à chapeaux. Mais en un sens, elle y gagnait. Car sa mort était devenue aussi irréelle que l'évocation de la vie qui l'avait naguère animée. La plupart des prêtres, en exaltant, après le terrestre séjour, la vie éternelle, persuadent les parents émus que le défunt n'est pas vraiment mort : cela les console d'être en deuil. Le curé de Saint-Jean aboutissait au même résultat par une méthode moins catholique : célébrant un passé si différent de celui de la mamie, il faisait en sorte que sa mort n'avait pas plus de vraisemblance que la fable de sa vie. Héroïne de roman social inventée de toutes pièces, elle accédait à l'immortalité d'un personnage. Certes la mamie se serait retournée dans sa tombe au seul mot de révolution, mais le prêtre venait pourtant, pour elle, d'en accomplir une, en rendant sa mort impossible. Lise soudain s'est sentie soulagée, éperdue. Elle a souri dans le vague aux spectateurs. La cousine de Limoges s'est passé un doigt sous les cils inférieurs. Patrice cherchait quelque chose dans les cintres, une pendule peut-être. Au fond de l'abside, les pieds dans les glaïeuls, un Christ en croix assistait discrètement à la cérémonie.

C'est à l'église que Lise a rencontré Yves. Non pas de profil, à la dérobée, au lieu d'écouter les mises en garde du sermon, mais de face et tout à loisir. Elle était dans la nef centrale, au deuxième rang, et lui devant l'autel, assis à une grande table, tantôt seul, tantôt avec d'autres. Il chantait dans l'ensemble vocal *Reliques*, groupe d'amateurs de musique ancienne. Elle accompagnait des Anglais qu'elle promenait quelques jours dans la région de Chartres. Le matin, ils avaient visité la maison de Tante Léonie à Illiers, puis John, traducteur de Proust, s'était gavé de madeleines racornies ; le soir, ils étaient entrés par hasard dans la chapelle du village voisin. Il ouvrait le concert par un air de William Byrd. Ses mains sont toujours restées bien à plat sur la surface de bois verni. Il portait un nœud papillon noir. Pendant les longs intervalles instrumentaux, il se tenait parfaitement immobile, le regard fixé sur la porte du fond sans sourire, sans ciller, sans voir, comme s'il escomptait l'entrée du Messie venu présider la Cène finale ou multiplier les pains sur la table vide, Ah silly soul ! Près de Lise, deux jeunes filles étouffaient des rires : — Il n'est pas mal, dis donc ! — Oui, il est baisable, a décrété l'autre, et elles se sont étranglées derrière un livre d'heures qui traînait sur le prie-dieu. Lise a tourné la tête en direction du chanteur, l'a examiné avec plus d'attention. « Les jambes un peu maigres quand même. Je les aime bien campés, moi ! » Lise a suivi leur regard. Elles parlaient du Christ immense offert sur sa croix au-delà du chœur, dont tous les muscles étaient dessinés sur des jambes très longues. Au-dessus des musiciens masqués par leur pupitre et des hommes-troncs derrière leur table, ce corps d'athlète nu dégageait en effet une intensité de vie qui semblait absente des bustes pétrifiés et des visages cireux. « Je suis la vie », disait le corps, tandis que la voix humaine chantait la mort du timbre ambigu des contre-ténors, soutenue par la plainte des violes. O Death, rock me asleep, implorait l'artiste, impassible, les joues juste un peu rouges sur le col blanc immaculé. Il formait les syllabes avec application, articulait fortement, et cependant la voix émanait d'ailleurs — était-ce la résonance de la chapelle ? — elle tombait des voûtes de pierre, non pas céleste (il ne chantait pas assez bien) mais désincarnée, de sorte qu'il ressemblait à un poisson derrière le verre d'un aquarium, à un rhapsode trahi par le play-back. Le Christ avait de belles épaules à la fois minces et puissantes, un torse large fait pour le souffle et l'étreinte, pour le chant et l'amour. Ses bras ne s'ouvraient pas vraiment en croix, ils s'étiraient vers le haut (Vous admirerez surtout, stipulait le guide de John, le Christ janséniste aux bras étroits, en forme d'Y), exaltaient un triomphe, la jouissance d'une victoire. Il était le corps de la voix, la chair de la mélodie, une incarnation du désir dans un monde de statues. Le chant naissait du gonflement de sa poitrine et de son expiration profonde, le chant venait du coffre, du sang, du ventre. Le visage souriait comme les hommes parfois dans l'amour. Une grande chaleur a envahi Lise, elle s'est éventée avec un missel. Le concert s'est achevé par un extrait du *Combat de Tancrède et de Clorinde* : ils se battent à mort malgré la passion, elle tombe mourante à ses pieds. Lise tentait de calmer les battements de fièvre de son cœur. Le Narrateur tremblait un peu dans les aigus. Les exécutants transpiraient dans leur queue-de-pie. Il y avait bien une Clorinde dans le groupe, mais moche comme un pou.

Ils se sont tous retrouvés dans le seul restaurant ouvert à cette heure, et comme les Anglais les félicitaient, l'un des musiciens les a conviés à leur table. Sinon pour se présenter, et, plus tard, pour lui demander le poivre. Yves Morand n'a pas parlé à Lise, assise loin de lui. La conversation a roulé essentiellement sur Monteverdi et la cuisson du bœuf en daube. Une patiente du Dr Morand lui livrait à chaque séance une recette familiale. Le bourgueil avait de la cuisse. À la fin, comme si le meilleur moyen de se dire adieu était encore de se dire au revoir, on a échangé ses adresses, Come and see us, OK ? Sur le perron, il s'est approché d'elle, Où puis-je vous toucher ? a-t-il dit. Lise a donné ses coordonnées, troublée sous son regard et rendue perplexe par la révélation subite que même les psychanalystes ont un inconscient.

Le lendemain, il a téléphoné. — C'est vous ? — Oui. Vous allez bien ? — Oui. — Voulez-vous me voir ? — Oui. — Voulez-vous que je vienne ? — Oui. — Maintenant ? — Oui.

Évidemment qu'il a sonné, qu'il a monté les trois étages ; certainement qu'il a dit bonjour et souri. Lise ne s'en souvient pas. Elle aime à penser qu'elle s'est conduite normalement, selon les règles de la décence et de l'Église réformée, Entrez, je vous en prie, qu'elle n'a pas aussitôt tendu les mains vers lui telle, devant Jésus ressuscité, Marie de Magdala ; mais la découverte de son manteau tout froissé en boule près de la porte lui a laissé un doute affreux : apparemment qu'elle n'a pas dit Vous permettez que je vous débarrasse... Peut-être a-t-elle toutefois suggéré qu'il fît comme chez lui, qu'il ne se gênât point. Probablement qu'elle a ajouté qu'il se mette à l'aise, enfin.

Toujours est-il qu'il l'a fait.

Cela a duré longtemps : l'équivalent d'une apnée pour un nageur et d'une absence pour un impatient, avec cette même privation d'air et d'être qu'exprime aussi, par le jeu d'une étymologie perdue, l'a de l'amour. Elle est tombée amoureuse comme on tombe à la mer ou dans l'oubli. Plus tard, moite et nu contre elle, il a dit : Je viens ? Je peux venir ? et dans un va-et-vient confus du passé au présent, il a semblé à Lise avoir déjà entendu ces paroles, et qu'elle n'avait qu'à dire Venez, et qu'il viendrait. Alors elle s'est mordu la lèvre, a réfléchi — cinq et dix-huit, vingt-trois — le souvenir de son père en blouse blanche lui a traversé l'esprit, puis elle a dit : Oui. Ensuite il est parti comme il était venu, les traits tirés pourtant, las de l'amour. Son manteau était aussi fripé que s'il l'avait gardé durant tout ce temps.

Pendant des semaines, elle n'a pas pu prononcer son nom. Elle évitait de l'appeler, commençait toutes ses phrases par « tu », pronom tutélaire, seul indice verbal de leur intimité, puis, plus tard, « petit a », « mon petit a » — mi, mour, mant. Un soir qu'il descendait l'escalier en oubliant des papiers importants, elle avait dû rouvrir sa porte et crier « Yves », assez fort pour en éprouver de la honte, comme si Yves n'eût pas toujours été son prénom mais une obscénité, un mot ordurier qui la déclassait, « Yves, ton dossier ! » (« ta chemise », avait-elle failli dire, mais elle s'était par miracle arrêtée à temps). Elle s'était finalement habituée, avait copié son aisance ; mais tout en jouant librement avec son corps, elle maniait avec pudeur la syllabe d'Yves et son e muet, et même lorsqu'elle s'en amusait, offens-ive, agress-ive, respect-ive, elle rougissait, devenait inquiète. Elle ne lui a jamais raconté non plus la part qu'avait dans leur coup de foudre le sex-appeal de Jésus-Christ. Il n'aurait peut-être pas apprécié, ignorant qu'il était encore de ce que cette rencontre avait de crucial pour lui.

Tandis que Lise Imbert retombait en songe dans les bras d'Yves Morand, sa mamie s'était endormie dans ceux du Seigneur : après un pareil labeur, elle avait bien gagné son paradis. Les parents s'étaient levés et bredouillaient un cantique en s'aidant du manuel, sauf la cousine qui connaissait tout par cœur et chantait comme elle tricotait sûrement, sans penser à rien. L'église Saint-Jean était superbe, quoique trop chargée en statues et dorures, évidemment on était loin du dépouillement calviniste. La voûte s'abaissait harmonieusement sur les bas-côtés où étaient alignés plusieurs confessionnaux. À l'ombre du premier, à droite en entrant juste après le bénitier, se trouvait Max, arrivé en retard, assis, ou plutôt tassé, coudes serrés sur les genoux, paupières lourdes, dans la position de la grenouille qui, du fond de son bocal, attend des jours meilleurs. Il avait appris la mort de la mamie par sa mère, et il était venu ventre à terre malgré l'émission de radio qu'il devait enregistrer le lendemain matin à Paris, et bien que la défunte, de son vivant, n'ait pas raté une occasion de déplorer son envergure tératologique en répétant à la cantonade que ce *pauvre garçon, c'est tout de même dommage*. Il se sentait d'assez méchante humeur. Les idées de scénario se bousculaient dans sa tête sans qu'il puisse encore trancher ; et puis aussi, quand il avait téléphoné à Val-Saint-Georges pour présenter ses condoléances et connaître l'heure des obsèques, la mère de Lise lui avait parlé comme à un revenant — Max ?... Ah ! Max ! — avant de préciser que Lise allait arriver de Viorne incessamment, *mais sans son fiancé, hélas*.

L'église Saint-Jean, intérieur jour. Lent panoramique d'un transept à l'autre, arrêt sur le crucifix, gros plan sur le glaive d'un glaïeul, un vitrail en rosace.

Les portes s'ouvrent à deux battants : éblouissement du dehors, contre-jour. Elle est vêtue d'une robe blanche longue en dentelle et couronnée de fleurs d'oranger. Elle donne le bras à un homme en queue-de-pie, vieux, pas celui à qui elle va donner sa main (le père, l'oncle). Ils s'avancent, travelling arrière, grandes orgues, pom pom popom — non, ça c'est la Marche funèbre — ta ti tati tata tati tilala lala, plans rapprochés sur des visages du cortège — un cafard, une tête de con, une dame qui sanglote, quelques chapeaux ringards.

Le prêtre en surplis doré, contre-plongée : on doit voir ses molaires. D'un geste, il invite les promis à s'agenouiller : vue arrière. La traîne de la robe est déjà sale. Plan américain de dos. La bénédiction nuptiale commence. Bruits de chaises, toussotements en écho sous les voûtes... acceptez-vous de prendre pour époux, gros plan sur le fiancé : c'est la tête de con de tout à l'heure. Plan rapproché sur les lèvres de la future, qui tremblent et s'ouvrent.

Fracas du côté du chevet. La caméra s'emballe. Le héros surgit dans la nef en roulé-boulé ; il a un nœud papillon sous son treillis. C'est un beau grand type costaud, contre-plongée sur son torse qui s'évase en V, envahissant l'image. Il arrache la jeune fille au prie-dieu et la charge sur son épaule droite. Elle perd un soulier. Gros plan sur le soulier. Un calice se renverse : flaque de vin. Un chœur entonne : Un jour, mon prince viendra. Ou bien Johnny crie Que je t'aime à s'en faire éclater les bronches. Ils démarrent en cabriolet rouge en laissant du caoutchouc sur l'asphalte. Zoom avant sur la tête de con. Fin de la séquence.

Les gens s'approchaient de l'autel à la queue leu leu. Lise a eu envie de se joindre au mouvement afin de satisfaire une curiosité qu'elle n'avait jamais eu le courage d'assouvir, connaître le goût de l'hostie. Une fois de plus, elle n'a pas osé, d'ailleurs le moment était mal choisi. Max a réussi à attirer son attention. Il agitait la main et articulait des mots qu'elle n'entendait pas, debout dans son confessionnal — cabine téléphonique pour l'interurbain, liaison urbi et orbi — Lise a coupé.

L'oncle Achille et la tante Colette ont communié. Leurs enfants sont en vacances dans le Midi et ne se sont pas déplacés pour une grand-mère indigne qui les a négligés. Ils ne lui rendaient visite que le Premier de l'An ; comme elle ne les voyait que ce jour-là, elle leur offrait de maigres étrennes ; et comme ils savaient ce cadeau sans commune mesure avec la fortune dont elle jouissait — du flouse, elle en avait, allez, du pognon, des pépettes, elle nageait dans le blé, elle pétait dans la soie — ils ne retournaient pas la visiter avant janvier suivant. Les seules exceptions étaient, dans l'intervalle, les cérémonies où la tradition veut que l'on fasse un présent : communion solennelle, succès au baccalauréat, mariage. L'enterrement ne faisait pas partie du nombre, et l'on était en juillet : les cousins étaient donc restés sur la plage de Cannes.

Le sacristain les a alignés à droite de la nef, l'oncle Achille en tête du rang. Il a fallu serrer des mains molles, dans l'atmosphère soudain tendue des moments qui précèdent les duels, comme si le combat avait attendu, pour s'engager, la présence et l'assentiment de chaque partie. Après avoir embrassé la tante, les amis de l'oncle Achille lui tapotaient l'épaule en plissant les yeux avec le rictus du manager qui, au seuil de l'heure H, encourage son poulain à tout casser sur le ring. Sissi et la femme de ménage pleuraient. La cousine limougeaude, prise de vertiges, s'était effondrée sur sa valise et ahanait en fusillant Achille du regard. Max est passé, genoux pliés. Patrice était parti. Il y avait aussi un type que personne ne connaissait, et qui avait l'air si chagrin, l'oreille penchée sur l'épaule et la main frémissante, que Lise lui a présenté ses condoléances.

On s'est attardé sur le parvis comme à la sortie d'un théâtre. « Tu ne t'es pas mise en noir, ma chérie, tu as raison, ça ne se fait plus du tout », a dit à Sissi sa partenaire de bridge en la prenant par le bras. Les employés des Pompes funèbres revenaient précipitamment vers le corbillard, laissant un fond de rouge dans leur ballon, à la terrasse du *Moulin à vent*. Du temps à tuer et des idées noires. Ils ont chargé le cercueil dans la voiture, y ont accroché les couronnes, À ma mère chérie — Le personnel des Éts Tissier, regrets — À notre chère grand-mère (Interflora-Cannes). L'un d'eux, bouche bée, regardait l'épaule droite de Max, puis la gauche, puis à nouveau la droite, comme s'il assistait à un match de tennis : le jour où il faudrait se le coltiner, celui-là, ce serait coton. Les gens avaient ramassé sur les bancs des prospectus annonçant les offices spéciaux de l'Assomption et s'éventaient avec en échangeant leurs impressions, Il était bien, ce curé, je l'ai trouvé simple et direct, tu vois, bien... C'était plein, d'ailleurs. Pourquoi n'ont-ils pas demandé de musique ? C'est magnifique, l'orgue, Ma mère n'entrait jamais dans les églises, elle disait que ça lui faisait penser à la mort, Si on avait dû mettre de la musique, il aurait fallu passer *Paradis perdu,* elle, Nul, en tout cas, le curé ; avec son laïus sur la maison Tissier, il a vraiment enfoncé le clou, non ? Debout à côté de Max, Lise contemplait au travers des rideaux gris le cercueil de la mamie. De petites pastilles de plomb pendaient autour du couvercle, semblables aux scellés qui fermaient son appartement, protégeant pareillement un contenu sans vie, placards, bahuts, buffets, tiroirs, bureau, console, bonheur-du-jour, cœur enfin consolé, crâne où ne vibraient plus les mélodies d'amour, bonheur trop court, boîte à musique, intérieur nuit.

Le prêtre s'était mêlé à la foule, on lui parlait avec déférence et il répondait avec la modestie d'un acteur qui aime à rencontrer son public. L'oncle Achille a constaté au cadran de sa montre que la cérémonie avait duré une heure pile. Vu l'enveloppe qu'on lui avait remise, le curé de Saint-Jean se faisait largement plus que le SMIC.

Au cimetière, les fleurs ont rejoint la stèle du grand-père et la plaque de l'arrière-grand-mère, produit encombrant d'une collecte de ses vendeuses. LE TEMPS PASSE, LE SOUVENIR RESTE. Le fossoyeur s'est retiré, ils n'étaient plus que quatre au bord du caveau, dont le marbre gisait à côté, couvert de terre. « J'espère qu'ils vont rincer la dalle », a proféré l'oncle Achille en s'épongeant l'occiput. Lise fouillait en vain dans ses souvenirs à la recherche de la dernière fois où elle avait vu sa grand-mère, et ce qu'elles s'étaient dit. Elle savait que ça reviendrait, à la façon d'un mot qui, dans une traduction, échappe : qu'il suffisait d'attendre au bord du trou de mémoire.

« C'est drôle, a dit Sissi tandis qu'elles repartaient dans l'allée gravillonnée, je la revois le jour de mon mariage, à Viorne. Elle était émue, la pauvre. Et puis la fois où j'ai rencontré ton père!... » Elle s'est arrêtée un instant, s'est expliquée : « C'est curieux, quand les gens sont vivants, on ne pense jamais à leur mort; et puis quand ils sont morts, on pense à leur vie. » Elle a médité ainsi jusqu'à la grille du cimetière où le fossoyeur balançait dans une tranchée des tombereaux de bouquets fanés, et là, en conclusion d'un récit intérieur, elle a dit : Quelle histoire, tout de même...

HISTOIRE

Sur la route, maman se sentit mal. Elle avait été très contrariée par la dispute que nous avions eue l'avant-veille, quand elle m'avait, de colère, presque arraché ma robe. De plus, dans la précipitation du départ, elle avait oublié ses médicaments sur le bahut. Comme ses bouffées de chaleur empiraient, papa arrêta la voiture. En apercevant la pancarte CHALON, maman se souvint brusquement que des amis d'amis y habitaient, dont le fils était docteur, mais si, tu sais bien, les Bredel nous en ont souvent parlé, des gens charmants, paraît-il. Une main sur le front, elle avait de l'autre tendu à papa son carnet d'adresses. Sous BREDEL se trouvait le réseau social des Bredel, parmi lequel figuraient les Imbert. Tout récemment, des informations à l'encre bleue avaient complété leurs coordonnées par ordre d'importance : pas d'argent, protestants, et, en dessous, fils gynécologue, présente bien. Allons-y, souffla maman, sinon je vais mourir.

Chez les Imbert, la table était dressée pour le thé, avec des napperons et des gâteaux secs. La dame avait une robe à fleurs et l'air au courant de leur visite, d'ailleurs il y avait six tasses préparées sur le buffet. Elle était désolée, leur fils assurait une garde à l'hôpital, il n'avait pas encore de cabinet à lui, la vie était difficile pour un jeune homme sans espérances, mais elle ne se faisait aucun souci, il avait tout pour réussir, et puis c'était un si beau métier, mettre des enfants au monde, n'est-ce pas ? Il n'allait pas tarder, toutefois si l'état de santé de... Mais maman allait déjà beaucoup mieux, la joie de faire connaissance, sans doute.

Il entra d'un seul coup dans le salon. Il portait une blouse blanche immaculée et une trousse qui devait contenir de quoi mettre les enfants au monde. Ses cheveux étaient noirs, ses yeux bruns. Il émanait de toute sa personne une assurance virile, on sentait qu'il connaissait la vie. Il était grand, il était beau, il ressemblait à Tyrone Power. Il s'avança d'un pas vif et décidé, une main en avant, comme un homme qui veut vous empêcher de glisser, vous retenir de tomber. Il sourit. Quand il souriait, il ressemblait davantage à Clark Gable.

HOME

Yves Morand a refermé le livre. C'était le premier volume de la série *Les Hommes en blanc* ; la collection complète était rangée sur l'étagère à côté des poèmes de Paul Géraldy, du tome I des *Comédies* de Musset et d'un pot-pourri de *L'Astrée*. Suivaient différents titres enguirlandés de rubans, *La Maison du bonheur, Romance bleue, Toi mon amour, Ce soir je t'enlève,* et, discrète affirmation d'un goût plus exotique, *Ça dessoude au Soudan.*

Le rez-de-chaussée se composait, outre la cuisine, d'un grand séjour et d'une autre pièce que Lise avait appelée « la salle de jeux ». Yves en a ouvert les volets. Bien qu'une table de billard couverte d'une housse l'occupât en partie, elle ne correspondait pas aux images de roulette et de baccarat que son nom avait suscitées ; il s'agissait plutôt d'un lieu pour enfants, avec, aux murs, des dessins naïfs et des restes de lampions. Sur un côté, on s'était amusé à reconstituer des panneaux de signalisation champêtre : DANGER — RALENTIR : CROTTIN. VIORNE : 112 HABITANTS, DONT 83 CHÈVRES. ATTENTION : UNE VACHE PEUT EN CACHER UNE AUTRE. Sur une table étaient empilés une multitude de quarante-cinq tours, des yéyé surtout : Richard Anthony, Claude François, Petula Clark, Johnny tout jeune et le regard féroce. Le tourne-disque marchait. Un vieux système permettait d'en écouter plusieurs en enfilade, qui tombaient régulièrement l'un sur l'autre ; un twist a démarré avec l'énergie des choses auxquelles le temps est compté. En poussant le billard, on avait pu danser jusqu'au vertige aussi bien les valses les plus tourbillonnantes que le rock à figures acrobatiques, et se voir soudain décoller du sol, l'espace d'une seconde, dans le haut miroir face à la porte. Un coffre en bois contenait un bric-à-brac de jouets en mauvais état : une raquette au cordage troué, des crayons cassés, un valet de cœur, une dame de pique, quelques pages de *Tintin au Tibet* maculées de chocolat et des chiffons de toutes les couleurs. Un jupon en dentelle avait dû être splendide, comme si on avait abandonné à des enfants, pour un déguisement, une robe de mariée.

Hou hou, a fait le voisin d'une voix comme rajeunie par le souvenir d'anciennes parties de cache-cache. Déjà debout, a-t-il constaté en tendant son bidon. Yves a soulevé le couvercle et humé d'un air amateur : ça c'est du lait ! En réalité, il avait horreur du lait et se demandait ce qu'il allait faire de celui-là, qui répandait une forte odeur de vache, une odeur de ventre chaud. Ah ! ça dansait, a dit le voisin en secouant longuement la main d'un geste qui évoquait soit le nombre des ans, soit le nombre des fêtes, en tout cas c'était beaucoup. Puis le disque s'est arrêté et il s'en est retourné en promettant de se revoir.

Il restait un sachet de Lipton, morceau de papyrus desséché dans sa boîte. Yves a versé le lait dans une grande casserole qu'il a mise sur le gaz à côté de l'eau du thé : à défaut de le boire et faute d'oser le vider dans l'évier, on pouvait toujours le faire bouillir. À sa connaissance, Lise ne buvait pas de lait non plus. « On fait comme ça d'habitude », avait-il dit. Lise connaissait peut-être des recettes de yaourts ou de contrepoison.

Les mouches aussi étaient déjà debout. Elles tournaient au-dessus de la casserole comme autour des oreilles d'une vache et bourdonnaient à la surface de la mousse épaisse, prêtes à s'y poser. Les tiroirs du bahut regorgeaient de petits rouleaux de carton pourvus d'un crochet à une extrémité et illustrés d'une mouche noire plus grosse que nature dessinée avec exactitude sous le nom du fabriquant : Éts Lamartine — Lyons-en-Forez. Yves en a pris un, a tiré sur le crochet. Un long tortillon s'est déroulé en spirale poisseuse. Il l'a fixé au fil à linge dans un coin de la cuisine. Cela ne sentait rien, mais avec efficacité. Les insectes qui s'y laissaient attraper vrombissaient furieusement pendant d'interminables minutes, quand ils n'étaient pas collés sur le dos, les pattes battant l'air, ô taon suspends ton vol. La vue des premières victimes ne dissuadait pas les suivantes, qui venaient presque aussitôt s'engluer sur le serpentin luisant : vraiment pas la peine d'avoir des yeux derrière la tête ! Parfois, l'une d'elles, plus fine, parvenait à se dégager en y laissant une aile et s'en allait se noyer dans un verre ou s'assommer sur une fenêtre. L'air vibrait d'agonie. Le lait s'est sauvé avec un bruit de dernier soupir : ce serait toujours ça de moins. Refermant la porte après lui, Yves a pénétré dans la salle de jeux.

Sous la housse, le tapis du billard sentait l'humidité. Les pieds craquaient, ils paraissaient mal emboîtés. Yves Morand n'avait jamais vu que des vieux jouer à ce jeu, se déplacer lentement autour de la table, la Gitane papier maïs aux lèvres et le nez rusé, dans les derniers cafés de Chartres à contrer la poussée du baby-foot. Ils évoluaient dans un monde à part, dédaigneux des amateurs de belote comme des allumés du juke-box, Toi tu es bath pour moi, oua oua, eux régnaient sur les trajectoires, se rendaient maîtres du hasard. Yves avait assisté dans son adolescence aux dernières parties, aussi lointaines pour lui que la télévision en noir et blanc ou la baguette à quarante-deux.

Les queues étaient alignées le long de la bordure. Elles étaient d'un blanc ivoire, avec une petite rondelle talée au bout. Il en a saisi une, a posé deux boules ici et là, a donné un coup sec. Toute la table a grincé, mais la boule est passée en tournoyant à une encablure de l'autre. Évidemment ce n'était pas Paul Newman dans *L'Arnaqueur*. La tempe droite touchant presque le montant de la table, il ressemblait à un Indien qui, l'oreille collée au ras de l'herbe, écoute décroître au loin le galop d'un cheval ennemi ou s'approcher la diligence. Et j'entends siffler le train. Que c'est triste un train qui siffle dans la nuit... La pochette représentait Richard Anthony allongé, le menton dans la paume, l'air d'un chien mélancolique. Il avait pris du ventre, depuis... Quand est-ce que Lise revenait ?

La maison de la mamie était le genre de maison

où l'on est à peu près sûr de tomber sur un piano. Il s'en trouvait un, en effet, dont le bois était décoloré par le soleil. Dans une corbeille, quelques partitions gribouillées attestaient que, jadis, on en avait joué. Le tabouret en revanche avait disparu, il servait de console à une plante verte. Yves a relevé le couvercle. Les touches étaient protégées par un patchwork multicolore jumeau du couvre-lit de Chartres. Les trois premières notes du *Beau Danube bleu* ont rendu un son de crécelle. De fait, les pianos sur lesquels trônent *La Lettre à Élise* et *La Sonate au clair de lune* sont toujours désaccordés : Yves Morand tenait de sa mère cette vérité que l'expérience n'avait jamais démentie. Il avait remarqué, la veille, près du portail, à demi enfouie sous le lierre, la plaque de baptême de la maison ; elle ne comportait aucun nom, seulement ces notes sur une portée : do mi si la do ré. Difficile d'imaginer plus tartignolle.

C'est pourtant la musique qui les a d'abord réunis, Lise et lui. Elle était venue par hasard avec des Anglais, complètement idiots d'ailleurs, au dernier concert qu'il ait accepté avant de quitter la formation. Rapidement elle s'était laissé prendre au timbre de sa voix, elle était entrée dans le chant tout entière. Il est vrai que ce soir-là il tenait la grande forme, il avait tout donné, tout lâché. Elle était assise au deuxième rang. Il l'avait repérée du coin de l'œil, les joues rouges, en extase. La paire de jambes croisées au bord de la nef bénéficiait d'un galbe à faire damner le Bon Dieu et ses seins n'avaient pas l'air mal non plus. Elle portait haut la tête, il avait tout de suite deviné en elle la danseuse classique.

Au restaurant, il s'est présenté parmi les premiers, aux Anglais d'abord, « Yves Morand », puis à elle, poignée de main ferme, « Yves ». À ce moment, les Engliches se sont lancé un coup d'œil hilare et ont commencé à glousser, What's the matter? a dit Lise, des trois elle était la seule à avoir l'accent d'Oxford, No no nothing, les autres parlaient du nez, elle s'est figée en un sourire d'outre-Manche tandis qu'eux, nonobstant leur réputation de flegme, partaient d'un éclat de rire inextinguible. Renseignements pris, c'était seulement que dans leur idiome Yves n'était pas un homme, mais LA femme, Eve, you know, ah ah. L'humour du cru, sans doute. Elle souriait toujours, cheese. Il était allé s'installer à l'autre extrémité de la table où il avait passé la soirée à ne pas les regarder. Ayant saisi au vol dans la conversation que Lise était de Dijon, il lui avait demandé la moutarde, et toc! Au moment du départ, anxieux soudain de la perdre, il s'était rapproché d'eux. John s'était excusé pour tout à l'heure. Il avait un paquet de madeleines sous le bras. « Où puis-je vous joindre? » avait dit Yves à Lise, « Nous partons demain », avait répondu l'autre, apparemment peu au fait des valeurs du *vous* dans notre belle langue (lequel traduisait Proust, déjà?). Il avait décollé les bras du corps, navré, et mimé l'albatros en plein essor, tomorrow back home : c'est ça, bon vent.

Pendant des années, Yves Morand n'a pas supporté son prénom. D'abord, il soupçonnait sa mère de l'avoir ainsi baptisé par amour pour Yves Montand, ce qui déjà l'indisposait. Ensuite, neuf fois sur dix on lui prêtait des origines bretonnes qu'il avait l'impression de renier en les niant. Enfin, son analyse avec Gérard lui avait appris la raison profonde de ce rejet : l'initiale d'Yves l'inhibait, dont la forme dessinait son être ; elle proclamait partout qu'il était un garçon, ce dont il ne rougissait pas, certes — il était content d'être un homme et pas une quille à la vanille — mais quand sa mère l'appelait du pas de la porte, dans la rue, « Yves, viens », ou qu'un professeur le faisait lever pour réciter une leçon, « Yves, au tableau », il s'avançait avec un sentiment d'indécence indicible, la queue entre les jambes et la honte au cœur, tel Adam s'apercevant qu'il est nu. Le symptôme avait, depuis, disparu. Mais l'Y restait pour lui le sexe de l'alphabet.

Au-dessus du piano étaient accrochés deux petits tableaux, des gouaches grossières où l'artiste avait vu la vie en noir. La mer, pourtant étale, avait l'épaisseur du plomb fondu. On distinguait la signature : Pierre Renard, 1943. Entourés de cadres blancs crénelés, ils avaient l'air de dentures ouvertes sur la mort en un sourire d'éternité. Sur le manteau de la cheminée, trois jeunes gens s'affichaient en pied. Ils portaient des shorts larges dans lesquels flottaient leurs cuisses, des chaussettes montantes. Ils n'avaient sans doute pas dix-huit ans, mais, comparé à celui d'adolescents modernes, leur visage paraissait plus mûr, comme si l'âge du cliché, la désuétude du costume et de la coupe de cheveux avaient pesé tout ce temps sur les modèles, de sorte qu'ils semblaient, malgré leur évidente jeunesse, n'avoir jamais eu dix-huit ans. Celui du centre serrait sous son bras un ballon de rugby. La photo avait été prise en studio. Le fond représentait un vague portique qui figurait ici les poteaux du but, mais qui avait dû s'escamoter en tonnelle, en sous-bois, en balançoire. L'athlète de droite se tenait au garde-à-vous, comme raidi dans l'audition de l'hymne national. À l'autre bout, le plus menu avait joint à sa dégaine de Tintin reporter un maintien de danseuse, le bras légèrement arqué le long de la hanche, la pointe du pied au sol. Existait-il avec Lise un lien de parenté direct ? Au revers de la photo, quelqu'un avait écrit — l'encre était couleur de rouille : Mieux que les Voraces et les Coriaces, les frères Tissier. L'un d'eux était le grand-père de Lise. Celui-là, peut-être ?

Un déclic a retenti dans la salle de jeux : la pile de disques venait de s'épuiser, Capri c'était fini, il ne croyait pas qu'il y retournerait un jour. Yves en a placé d'autres sur le plateau. Dans la pochette de *Parlez-moi d'amour* se trouvait un paquet de lettres. Elles étaient serrées ensemble par un ruban rose qui provenait d'un confiseur de Montbrison. Il s'agissait d'une correspondance amoureuse, ainsi que l'attestaient des croix tracées au dos des dernières enveloppes, baisers rajoutés au dernier moment, preuve ultime des élans d'un cœur tout dévoué à Mademoiselle Tissier Simone. La même Marianne sur fond rouge offrait son sage profil — Brigitte Bardot, déjà ? — dans le coin droit de chaque enveloppe. Le tout était arrivé de Chalon, semaine après semaine, durant l'été 1956. À la huitième, le timbre passait de 60 à 65 centimes. Yves Morand a renâclé comme un vieux cheval : ça ne le rajeunissait pas, ni lui ni B. B., d'ailleurs. La flamme vantait la patrie de Nicéphore Niepce, l'objectif d'un vieil appareil était tourné vers le destinataire ou l'indiscret qui maniait à présent la première lettre du paquet comme s'il venait de la recevoir, s'en tapotait négligemment la paume sans montrer de hâte à l'ouvrir. Celle-ci avait été décachetée bien proprement sur le côté, l'incision était à peine visible.

La lire ? Ne pas la lire ? La Déontologie Universelle comprend certainement un alinéa relatif à l'individu laissé seul dans une maison étrangère, provisoirement abandonnée par ses hôtes. « Soyez retenu et aussi réservé que si l'on vous observait derrière un miroir sans tain. Que l'espace tout entier soit une vaste salle d'attente où vous vous rencognez, où vous vous pétrifiez dans la posture du voyageur en partance imminente et n'osez même faire les cent pas du pont du Gard sous lequel vous êtes assis à la cathédrale de Reims dont l'ange pourtant vous sourit. Votre conduite doit être exemplaire. Bien que l'on vous y ait sans doute invité, il serait extrêmement déplacé de *faire comme chez vous*. »

Eh bien, justement... Il lirait ces lettres comme, dans une gare, on feuillette une revue oubliée sur le banc par un inconnu, comme il a lu, déjà, d'anciennes coupures de journaux trouvées entre deux pages d'un livre qu'on lui avait prêté, ou des cartes postales insérées là en guise de signet. Lise n'était d'ailleurs même pas née en 1956, ça datait de vieux, comme disait le voisin : c'était donc figé, aussi vivant et aussi mort qu'une pièce de musée que l'Histoire expose à l'examen des visiteurs. C'était surtout sans incidence puisqu'il n'apprendrait de cette correspondance rien de douloureux ni de tragique, puisqu'il ne tirerait de sa lecture aucun sentiment de jalousie ni de rancœur, rien de plus qu'un amusement, une sympathie vague, au sein d'un séjour solitaire, pour un passé lointain et ses personnages sans visage, une déception peut-être. Et puis dans cette maison, de grandes fêtes avaient été données jadis, et la foule de gens pas forcément intimes qui avaient momentanément habité là conférait à la maison, à ses meubles, à tous ses objets, le caractère public et collectif des chambres d'hôtel. Et puis zut. Il a tiré de l'enveloppe une feuille blanche sur laquelle les marques de la pliure formaient une croix grise.

Mademoiselle,

J'ai été charmé de faire votre connaissance ainsi que celle de vos parents, malgré les circonstances ; j'espère que votre maman s'est bien remise, il est certain que la chaleur était pénible.

L'écriture était fine et d'une effrayante irrégularité. Les p chassaient vers l'arrière, les u et les i se tordaient comme des pattes de mouches. À première vue, le diagnostic ne présentait pas l'ombre d'une difficulté : c'était, ç'avait été un confrère, ou un dingue.

Je serais très honoré d'avoir de vos nouvelles. Saluez vos parents, gnan gnan gnan, signé Gilles.

Rien de bien croustillant là-dedans. Autant l'écriture était échevelée au vent d'une indéchiffrable tourmente — quoiqu'elle se ratatinât par endroits, comme retombée de sa propre hauteur, écrasée —, autant les mots restaient plats, le discours sage. La demoiselle devait être collet monté, à moins que l'épistolier n'ait eu réellement aucune conversation. Mais ce n'était que la première lettre, après tout, l'abord prudent d'un rivage étranger : il ne souquait pas encore très ferme, pour les cas d'assaut ou de voie d'eau il ménageait ses arrières, pas si fou l'animal, jusqu'au moment de décider vraiment entre la fuite et la conquête. L'inspiration suivait peut-être.

Elle ne suivait pas... beaucoup de plaisir... très heureux... ravissante... transmettez.

Les parents occupaient le décor, c'est à eux qu'il faisait la cour, Ils avaient l'air contents, la mère surtout. Gilles — vous permettez que je vous appelle Gilles ? — avait été invité un dimanche à Viorne. Cette journée l'avait enchanté, merveilleusement diverti de sa triste semaine entre la maternité de Chalon (un accoucheur — le père de Lise, par le fait) et le cabinet du Dr Curetet, dont il était l'assistant, très mal payé, mademoiselle, depuis son succès au dernier examen. La maison surtout lui avait plu, et le tennis, et le parc où ils avaient parlé un moment seul à seule ; le e avait été rajouté après coup avec une application visible dans le chaos de la page. Cette lettre-là s'achevait sur Tendrement. C'était la quatrième. Huit jours plus tard, ils se fiançaient — cette journée restera gravée à tout jamais dans ma mémoire.

Yves est retourné dans la salle de séjour, s'est assis dans un fauteuil devant la cheminée. Un nuage s'est échappé de dessous la housse. Le voisin, selon Lise, venait deux trois fois par an aérer les pièces ; mais le vent n'emportait pas la poussière, qui se déposait en couches laineuses. Il y avait des toiles d'araignées en haut des abat-jour.

20 août 1956

Chère mademoiselle,

Comme tout s'arrange bien grâce à vos parents ! Ma famille et moi-même ne voyons pas d'inconvénients à ce que notre union soit célébrée à l'église de Viorne, mais je suis heureux que vos parents acceptent que nos enfants soient élevés dans le culte protestant. Nos enfants ! Ah quelle joie d'écrire ces mots ! Dimanche, nous chercherons des prénoms, voulez-vous ? Le pasteur Dracourt, à qui j'ai...

C'est vrai qu'elle est parpaillote, s'est dit Yves en dépliant une autre lettre.

Fin août, monsieur Tissier avait eu la gentillesse de partir surveiller les travaux dans leur futur appartement. Évidemment, Gilles aurait préféré une autre ville, plus au sud, dans les Cévennes aussi bien — lui aussi avait une maison de famille qui lui était chère, il avait hâte de la lui faire découvrir, c'était le berceau de ses ancêtres — mais il comprenait très bien que Sissi — vous permettez que je vous appelle Sissi ? — veuille rester près de ses parents, c'était tout à fait normal pour une jeune fille. Ce qui était vraiment parfait, c'est que le cabinet médical soit à l'étage en dessous, et les parents à l'étage au-dessus.

Tu parles, Charles.

Jamais il n'oublierait tout ce qu'il leur devait : une si belle corbeille de mariage ! Ils avaient tout prévu pour l'installation. La 203 avait été commandée en même temps que le scyalitique et la table d'examen. M. Tissier avait choisi le dernier modèle, avec des phares anti-

Et en voiture, Simone.

Le voyage de noces même leur était offert, quelle joie pour lui dont les moyens ne lui auraient pas permis... Venise ? Si cela lui convenait ? Quelle question ! Et puis septembre était la meilleure période. Ils partiraient le lendemain de la cérémonie.

À la tienne, Étienne. Ils étaient partis, et Lise avait dû revenir de Venise avec eux, dans les valises. C'était la dernière missive, naturellement : mariés, ils avaient cessé de s'écrire. Yves avait retenu distraitement des explications de Lise que sa mère avait divorcé, s'était remariée. Quand avaient-ils commencé de s'aigrir ?

Récemment, lorsque les actualités télévisées, championnes de l'anachronisme, avaient repassé les images des *nice guys* embarquant dans la fusée que le frou-frou des sphères n'avait pas encore écrabouillée, à les voir ribouler des yeux et faire le V de la victoire, le monde entier avait eu l'estomac noué. « Oh ! les pauvres... » avait gémi Mme Morand en se prenant les joues dans les mains, effarée. Ils étaient là avec leurs petits fanions étoilés et leurs sourires pionniers, héros de l'espace envoyant des baisers aux caméras, lançant une plaisanterie — le fond de l'air est frais, la marche est haute. Ils auraient dû incarner la grandeur de l'Amérique, mais par le jeu des retours en arrière, leur naïve assurance ressemblait à la suffisance des imbéciles : l'ignorance, même celle de

l'avenir, a quelque chose de ridicule, comme si le comble de la bêtise humaine était de ne pas connaître la date de sa mort. Ainsi, face à l'attendrissement de sa mère, Yves Morand avait gardé pour lui la seule phrase qui lui était venue à l'esprit, et de nouveau en lisant cette correspondance : « Ah ! les cons... » L'affaire ne sentait-elle pas déjà le roussi en 1956 ? La demoiselle, par exemple, n'aurait-elle pas pu s'apercevoir que la passion manquait au rendez-vous ? Elle devait être assez godiche. Et lui s'était laissé amarrer au lieu de lever l'ancre, de mettre les voiles. Était-ce donc si compliqué de dire non et pas oui ?

Il restait une enveloppe, mais libellée d'une autre écriture, sans timbre, et vide, à l'exception d'une fleur séchée qui s'y émiettait, à moitié réduite en poudre. Yves a replacé les lettres à l'intérieur du ruban rose, puis dans la pochette de *Parlez-moi d'amour* ; le disque était passé déjà sans qu'il y prête attention. Si seulement tu m'avais dit la vérité, nous ne serions pas sur le point de nous qui, il a soulevé le bras du pick-up, a fait remonter le microsillon sur son axe, a reposé le bras sur le bord du disque précédent. La mamie a fait cent fois ce geste, autrefois, quand, tout en époussetant les meubles avec une précision maniaque, le matin, elle se rendait compte qu'elle avait laissé filer sans l'écouter vraiment l'une de ses chansons. Alors elle la remettait sur le plateau et, son chiffon à poussière à la main comme un mouchoir, les pans de sa robe de chambre ramenés sur les genoux, elle se tenait assise, grave, concentrée, et, les yeux fixés sur la cheminée qu'elle essuierait tout à l'heure, elle écoutait. Parlez-moi d'amour, redites-moi des choses tendres. Votre beau discours, mon cœur n'est pas las de l'entendre, pourvu que toujours vous répétiez ces mots suprêmes : Je vous aime. Vous savez bien que dans le fond je n'en crois rien, mais cependant je veux encore écouter ces mots que j'adore ; votre voix au ton caressant, qui les murmure en frémissant, me berce de sa belle histoire, et malgré moi je veux y croire. Parlez-moi d'amour, redites-moi des choses tendres ; votre beau discours, mon cœur n'est pas las de l'entendre. Il est si doux, mon cher trésor, d'être un peu fou : la vie est parfois trop amère si l'on ne croit pas aux chimères. Le chagrin est vite apaisé et se console d'un baiser. Du cœur on guérit la blessure par un serment qui le rassure. Parlez-moi d'amour, redites-moi des choses tendres. Votre beau discours, mon cœur n'est pas las de l'entendre, pourvu que toujours vous répétiez ces mots suprêmes : Je vous aime.

*

La demie a sonné. *Ça dessoude au Soudan* finissait mal, tout le monde y laissait sa peau, sauf le héros qui échappait *in entremis* à la boucherie générale. Yves Morand s'est levé, il mourait de faim. Le réfrigérateur était vide. À part les pots de confiture et le bidon de lait, la maison n'offrait pour vivre que de l'amour et de l'eau fraîche. À la surface de la casserole, la crème se plissait en vagues jaunes. Les mouches étaient mortes. Yves a tiré la porte d'entrée et l'a calée avec deux pierres.

La place du village était déserte. Le café-boulangerie avait l'air ouvert, mais la petite porte latérale par laquelle on accédait au dépôt de pain était close. Derrière le rideau du café, un vieillard a fait non de la tête, impassible. Deux consommateurs en bleu de travail se sont retournés et l'ont regardé. Il a continué jusqu'à un marchand de Cadeaux-Journaux dont le présentoir, à l'extérieur, s'interrogeait énergiquement sur la santé de Sheila et les départs à la télévision, tandis que *Détective* conjuguait au présent l'éternel féminin : ELLE TUE SON AMANT À COUPS DE HACHE. Tous les détails en page deux. En devanture, une batterie de cocottes rouges voisinait avec des piles d'exemplaires des *Copains* de Jules Romains, de l'Académie française. C'était l'une des deux gloires locales, avec le mérite d'un format plus accessible et d'un titre plus directement sympathique que *L'Astrée* d'Honoré d'Urfé, d'autant que la distinction académique de l'un valait bien la particule de l'autre. Pour fermer, on avait enlevé la poignée.

De l'autre côté de la place, près de l'église, Yves a cru voir quelqu'un passer derrière la vitrine d'un magasin d'allure ancienne qui arborait une enseigne noire art déco avec des guirlandes de fleurs tressées. Boucherie-Épicerie se détachait en lettres d'or. Il a pressé le pas. Tout allait par deux, dans ce patelin, mais en défiant les lois ordinaires de la bivalence commerciale : ni tabac-journaux, ni boulangerie-pâtisserie, ni boucherie-charcuterie... En revanche, la ménagère pouvait, d'un seul coup d'un seul, se procurer *Télé-7 Jours*, un moule à gaufres et une pendulette suisse. Le dimanche, après la messe, on prolongeait la communion en sifflant des verres de rouge, sa miche sur les genoux : le pain et le vin, la chair et le sang s'étaient unis naturellement, depuis des siècles, pour faire la nique aux protestants. Quant à la boucherie, elle vendait des conserves et du Coca-cola. Yves est entré. Une sonnerie a retenti dans l'arrière-boutique, derrière une porte en verre dépoli. Rien n'a bougé. Un morceau de rôti tout ficelé s'égouttait sur un plat blanc. Un 10 tonnes a traversé la place et manœuvré devant le café, faisant trembler les vitres. À la poignée intérieure de la porte pendait une pancarte en métal : Je reviens de suite. Yves allait sortir, mais, dans le silence retombé, des voix lui parvenaient d'en bas, bizarrement assourdies, sépulcrales. Une femme protestait : « Depuis le temps que j'te dis de faire attention, hein ! T'es plus malin que les autres... Ben appuie-toi sur moi, viens ! Et tout ce verre cassé. Faudra que le petiot nettoie. Mais enfin, pourquoi tu n'allumes pas, hein ? Où que t'as mal ?... Et la Jeanne qu'est partie à Lourdes ! Ah, nous v'là propres ! Appuie-toi, appuie-toi... »

Le blessé ponctuait ces considérations de « Bon sang de bonsoir » caverneux. Yves hésitait sur le parti à prendre tout en traçant des ronds dans la sciure du bout de sa chaussure, lorsqu'une porte basse s'est ouverte sous le choc d'un violent coup d'épaule : la bouchère émergeait du Tartare. Son fardeau s'est affalé sur la première marche.
— C'est fermé, monsieur... Ah ! quelle histoire ! Je ne peux pas vous servir, désolée. Yves a reculé. Tu n'as pas la jambe cassée, au moins ? Et la Jeanne qui n'est pas là ! Bon, attends-moi ici. Elle a foncé sur la porte. Excusez-nous, monsieur, hein... Passez, passez. Yves a senti son bras lui entourer la

taille, le pousser dehors ; elle n'avait pas le temps de tailler la bavette. — Je, je peux peut-être vous aider... Son cœur battait fort. — Non non, merci. Je m'en vais au pharmacien. — Mais, euh, je suis médecin.

La sonnerie a retenti de nouveau, longue et stridente. Depuis la fin de ses études, Yves Morand n'avait jamais prononcé cette phrase qu'en réponse à une interrogation mondaine, pour indiquer sa position sociale à un inconnu s'enquérant de « ce qu'il faisait dans la vie ». C'était la première fois qu'il la formulait en situation, et il avait l'impression de s'embarquer dans une aventure, de courir des risques. Son dos ruisselait de sueur.

La bouchère est restée une seconde la bouche ouverte, à baver quelques ronds de chapeau, puis elle s'est épanouie. Sur ses joues, la peau était rose, luisante et tendue à craquer. Son chignon d'un blond paille, compact et volumineux, lui prolongeait la tête vers l'arrière, rappelant les crânes préhistoriques. Elle portait une blouse blanche, comme les infirmières. — Vous êtes docteur ? Ah ben ça alors, vous parlez d'une chance ! Mon mari est tombé dans la cave, forcément, il n'allume pas... Il a mal à sa jambe. Si vous voulez regarder, docteur. Elle a précédé Yves jusque derrière le comptoir, battant des bras à droite et à gauche pour lui dégager une voie royale. Léon, monsieur est docteur, il va regarder. Le boucher s'était adossé au mur et tâtait son tibia avec des soupirs d'exaspération. Il a relevé vers Yves un visage blême et a grimacé tristement. Au contraire de son épouse, rubiconde et dodue, il était maigre et blanc comme de la farine ; à la réflexion, ce devait être lui, l'épicier : malgré sa chute, il avait encore son crayon sur l'oreille. Yves s'est accroupi. — Où avez-vous mal, monsieur ? Une image est passée bêtement : lui dans cette posture, assis sur ses talons, discutant une balle litigieuse. Ici ? À côté ? Au bout d'une minute, confiant dans l'homme de l'art, Léon s'est désintéressé de la question. Il s'est étendu par terre de tout son long et n'a plus bougé. Il se laissait palper, modulait simplement des grognements du grave à l'aigu selon l'intensité de la douleur. La bouchère suivait avec passion le détail de la manipulation, à la fois angoissée et rassurée par la présence d'un spécialiste, partagée entre l'espoir que son mari se soit seulement tordu la cheville, le désir que ça en vaille la peine pour le docteur et la peur que Léon n'ait un pied dans la tombe. — Je pense qu'il ne s'agit que d'une foulure. De toute façon, il faudrait faire une radio. En attendant, je vais lui mettre un bandage. Pourriez-vous aller à la pharmacie voir s'ils ont de l'élastoplast ? — De l'élastoplast, a-t-elle répété de l'air incrédule et déçu de la commerçante qui n'a pas cet article en magasin mais se promet de le réclamer à son grossiste, de l'élastoplast... Oh ! c'est fermé, mais je cognerai chez eux.

Cinq minutes plus tard, elle est revenue avec la bande, et, curieusement, une bouteille d'eau de Javel : la pharmacie faisait aussi droguerie, probablement. Ils ont porté le blessé dans l'arrière-boutique, ce qui a achevé de mettre Yves en sueur. La bouchère a tiré deux bouteilles d'un bahut. — Vous prendrez bien quelque chose, docteur ? Yves a tout refusé en bloc, le pastis et ses honoraires. Vous n'allez pas partir comme ça, docteur, a-t-elle développé en lui tapotant le bras ; et elle a disparu dans une chambre froide. C'est de l'extra, vous m'en direz des nouvelles... Elle a contemplé avec tendresse le morceau de filet : Vous êtes en vacances par chez nous, docteur ? — Oui, a dit Yves. — Alors, venez demain à la fête, qu'on vous offre l'apéritif, tout de même. — La fête ? — Oui, c'est à la sortie du pays. Il y a des stands, un orchestre, tout. On s'amuse. Elle a lancé machinalement le paquet sur la balance, qui s'est affaissée d'un seul coup tandis que l'aiguille s'emballait. Évidemment, Léon ne pourra pas danser... Elle a esquissé un geste de la main, ça valait peut-être mieux, dans le fond. On compte sur vous, alors ? On vous gardera une place à la buvette. Vers sept heures, d'accord ? Et, voyant qu'il hésitait, elle a dit pour emporter le morceau : et puis comme ça, vous regarderez le pied de Léon.

Avant de sortir, Yves a jeté un regard aux rayonnages de l'épicerie. Il lui aurait fallu du sucre, du thé, de l'huile, des spaghettis, du thon, des œufs, de la Vache qui rit. Les premières gouttes de pluie s'écrasaient sur la place. Il a couru jusqu'à la maison en s'abritant vaguement sous son paquet, home sweet home, domicile adoré. Le steak pesait au moins cinq cents grammes.

HYMEN

« Succession Marcelle Tissier ? »

Ils se lèvent tous d'un bond à l'appel. Le notaire serre rapidement les mains en regardant chacun au fond des yeux, inquisiteur et miséricordieux à la fois, tel un confesseur qui lirait dans les âmes et dont dépendrait le salut. Il les installe en arc de cercle autour de son bureau et sort en les priant de patienter. Sissi garde la mine de pécheresse prise en défaut qu'elle avait déjà le jour de son remariage avec Patrice, quand l'adjoint a crié « Mariage Tissier-Leroy ? » à la ronde et qu'elle a fendu la foule avec un sourire d'excuse, c'était son tour, elle n'appartenait pas au cortège d'une des noces suivantes, ne célébrait pas celles de sa fille, non, c'était sa fille qui était venue à ses propres noces. Le maire, ceint de l'écharpe tricolore, les dix doigts légèrement appuyés sur la table, lui a adressé, ainsi qu'à la mamie, un petit signe distant des paupières. Sans doute connaissait-il le moindre détail de leur vie, sans doute repassait-il dans son esprit, tout en lisant son texte officiel, les épisodes les plus notoires d'une chronique qui avait traversé les années portée par la rumeur publique et se dénouait aujourd'hui sous ses yeux par un honnête hymen. L'iceberg émergeait lentement tandis qu'il sollicitait de Simone Lucienne Tissier, divorcée de Gilles Imbert, le oui prononcé vingt ans plus tôt, en robe blanche et grand tralala, mais pas dans sa circonscription. Il remettait en place les rouages familiaux liés à différents lieux de la ville qu'il administrait depuis deux décennies : le père, Marcel Tissier, industriel à Bray-les-Caumes, ancien sportif international et grande gueule, dont il avait rédigé l'éloge funèbre ; la mère, ici présente, digne et coquette, qui promenait dans les boutiques chic ses fourrures surmontées de chapeaux bizarres — elle ne s'était jamais remariée, elle : sûr que feu son époux n'eût pas apprécié ; un premier mari, médecin du centre-ville, transfuge de Chalon, pas là, naturellement, encore que de nos jours on en voit de drôles... L'histoire du divorce avait été saignante, par exemple ! Elle avait ameuté le quartier en hurlant qu'il voulait l'étrangler. Lui s'était à peine défendu, avait argué d'un cauchemar. On avait si l'on peut dire étouffé l'affaire, mais il s'était récupéré tous les torts et la clientèle avait déserté — se faire accoucher par un étrangleur, forcément... Il n'habitait plus la ville. Et là, à côté de la porte, ce devait être leur fille unique, étudiante à Paris, l'air sainte nitouche.

Devant le notaire comme devant le maire autrefois, Sissi a envie de se confier, de se justifier. Ce dernier l'avait intimidée, bien qu'elle ait toujours voté pour lui. Il représentait la ville où elle avait longtemps vécu, le tribunal des notables dont l'assentiment qu'ils donnent est capital autant que la peine peut l'être. Quant au notaire, c'est un homme de loi, il protège la propriété, la terre, le patrimoine ; bien sûr il défend la droite, comme elle, elle ne peut pas imaginer qu'un notaire soit de gauche. Certainement il la respecte en tant que membre d'une famille dont les biens ont fructifié dans la région. Mais elle se sent indécente d'attendre ce jour-là une succession assurée sans avoir jamais contribué en rien à l'aménagement d'une cité, à l'essor d'une industrie, à l'expansion d'un commerce, à la culture d'une terre. Elle voudrait expliquer au notaire, en aparté si c'était possible, qu'en effet elle n'a jamais travaillé, la mamie guère plus, qu'elles ont vécu peut-être, voilà ce qu'il pense sûrement, en parasites des détenteurs légitimes du pouvoir de l'argent dont lui-même est l'arbitre ; mais que cet héritage, c'est à une femme qu'elle le doit : à sa grand-mère, Sophie Renard, qui a trimé toute sa vie pour aboutir à son apothéose : trôner derrière la caisse de sa parfumerie jusqu'à sa dernière heure. Cela, le sait-il ?

Sophie Hénin est née dans le Nord. Elle a été élevée par une cousine paralytique. Par quelle initiative elle s'est retrouvée cousette dans un atelier de la capitale, l'histoire en a perdu définitivement l'explication, « mais c'est à Paris que je suis née », disait fièrement la mamie, seule source des informations de Sissi sur la généalogie familiale, qu'elle retraçait à sa manière :

« Mon père était un cavaleur. Ses moustaches en guidon de vélo avaient un succès fou. Quand il a rencontré ma mère, elle avait vingt-trois ans, il lui a fait croire qu'il en avait vingt-cinq. En réalité, il venait de recevoir son avis de conscription ! Ils se sont connus au bal. Quand elle s'est aperçue qu'elle était grosse — de moi — il était déjà parti sans laisser d'adresse. En plus, à cette époque-là, le service militaire durait très longtemps, trois ou quatre ans... Et puis un jour, peut-être six ans après, elle achetait du fil dans une mercerie, j'étais avec elle, je berçais ma poupée dans son landau, elle était tout en rose, mes poupées ont toujours eu de jolies robes, forcément, avec une mère couturière. Et une sœur de mon père est entrée — ma tante Lise : je ne l'ai pratiquement pas connue, elle a eu le croup. Elle nous a saluées, elle avait un peu fréquenté maman au bal, avant. Elles ont bavardé, puis il paraît qu'elle m'a regardée et qu'elle s'est écriée : « Mais ta petite ressemble à Pierre, c'est extraordinaire. » J'avais les cheveux très blonds avec des reflets roux, comme lui ; ils ont foncé, depuis. Ma mère me les frisait au fer, j'étais très mignonne. Alors elle a répondu en baissant la tête : « Oui. C'est sa fille. »

« Le lendemain, les grands-parents Renard ont débarqué chez nous aux cent coups. On avait tout astiqué. Je me souviens qu'ils me passaient sans arrêt la main dans les cheveux et qu'on m'a fait réciter un poème de l'école. Et aussi de maman qui est restée tout le temps debout derrière la chaise du grand-père, comme une servante d'auberge, et rouge, rouge ! Moi, j'avais peur qu'ils m'emmènent, ils ne s'en allaient plus, ils me prenaient sur leurs genoux.

« Mon père était garçon-coiffeur, encore célibataire. La famille a dû faire pression, j'avais tapé dans l'œil du pépé, me répétait souvent ma tante, après. Le pauvre vieux, il m'aimait bien. Bref, mes parents se sont mariés : voilà comment j'ai connu mon père, à six ans. Oh! Il a continué à courir. Mais il rentrait toujours à la maison. Finalement, ils ont acheté le magasin avec les économies de maman. Il faisait salon de coiffure, au début, avec juste un petit débit de parfumerie. Pourquoi à Dijon? Je ne sais plus. Une occasion qu'on leur avait signalée... Mais c'est à Paris que je suis née. »

Après la scène des retrouvailles du père et de la fille, ou, plus exactement, après les présentations, facilitées par les habitudes d'enjôleur de l'un et la coquetterie précoce de l'autre, Marcelle Hénin était donc devenue sans drame Marcelle Renard : elle avait en quelque sorte épousé son père. Elle lui était d'ailleurs soumise, et lui, fort de sa vaste expérience, avait pour idée fixe de la protéger des mâles environnants. Coiffant les actrices et les cocottes, et tourmenté par la question de savoir si la galanterie se transmettait par les gènes comme la couleur des cheveux, il couvait sa fille d'un œil sévère. Quand, peu douée pour les études, celle-ci avait rejoint le magasin, il l'avait établie vendeuse côté parfumerie; mais par le jeu des miroirs du salon attenant, entre une frisette et un compliment, il s'assurait que Marcelle laissait sa mère servir tout ce qui portait moustache.

Voilà ce que Sissi veut dire et qu'elle ne dira pas : qu'elle est assise aujourd'hui dans l'étude de Me Pouillet pour recevoir ce qu'aucun homme, fût-il généreux de ses biens, n'a jamais offert à une femme, et que sa grand-mère, par ce jeu de l'amour qui fait qu'on peut donner ce qu'on n'a pas, lui lègue à travers les générations, pour le meilleur et pour le pire : la liberté.

L'oncle Achille s'est absorbé dans l'examen des parois chargées de portraits et de photographies, a chaussé ses lunettes pour déchiffrer le serment de la profession. Puis, comme le notaire tarde, il se lève. Les mains croisées derrière le dos, il se déplace latéralement, avance le nez, jusque sous le cadre d'un cliché, recule pour prendre une vue d'ensemble. Il longe ainsi le mur entier sans parler, tel le visiteur d'un musée, sourit d'un air attendri devant la photo d'une équipe de rugby au grand complet. La tante Colette, de son fauteuil de cuir, paraît ravie de cette découverte. Elle se souvient avoir croisé Me Pouillet sur les gradins du Rugby Club alors qu'elle attendait son fils à la sortie de l'entraînement dominical, il l'a même saluée très respectueusement, cela lui revient nettement. Elle se détend, confiante dans la fraternité occulte des mordus du ballon ovale. « Pour ça, on aime le rugby, dans la famille », disait vertement la mamie, se rappelant que s'il avait fallu marier Sissi à dix-neuf ans avec un médecin hérétique inconnu d'elle trois mois auparavant, c'était, entre autres, parce que celle-ci manifestait un intérêt très prononcé pour les joueurs du RCD ; elle accompagnait son père et, tandis qu'il s'animait dans d'interminables discussions sur les espoirs de la poule A, elle courait réconforter les piliers jusque dans leur vestiaire. Évidemment, l'époux qu'on lui avait choisi n'avait pas les cuisses d'un demi de mêlée. Mais il y avait d'autres critères.

Est-il possible que l'oncle Achille présente physiquement des points communs avec le grand-père que Lise a toujours révéré ? Il est long, maigre, et cultive le genre rustique, des pantalons mous et des godillots poussiéreux. Lise avait six ans lorsque son grand-père est mort de son quatrième infarctus, mais elle revoit un bel homme à la carrure d'athlète, avec une barbe dure à fleur de peau et un parfum de tabac brun : il fumait sans cesse, c'était même l'une des raisons pour lesquelles il allait la chercher à l'école, vers la fin : elle promettait de ne rien dire. Il portait des foulards à impressions cachemire et un chapeau gris ou noir comme Lise n'en voit plus qu'à de très vieux messieurs, dans la rue, de ces feutres qu'ils soulèvent sur le passage des dames. Depuis sa mort, elle a la secrète sensation qu'on parle d'un héros chaque fois que quelqu'un évoque Monsieur Tissier ou Ce cher Marcel, ou même quand la mamie lui demandait, parfois, si elle se rappelait son « pépé », utilisant un mot que Lise jugeait trop familier et n'osait plus employer. D'anciens camarades remémoraient à la mamie de folles veillées autour d'un jeu de belote, ou la colère qu'avait piquée Marcel quand la télévision était tombée en panne pendant France-Galles. Un contremaître à la retraite se souvenait du jour où le patron avait eu la manche prise dans un engrenage, on avait cru qu'il y perdrait le bras. Une commerçante peu au fait des inimitiés familiales s'extasiait : « Ah! madame Tissier, j'ai vu votre fils hier. Il ressemble à feu monsieur Tissier, c'est frappant, vraiment. Même prestance, même courtoisie. » Lise a toujours gardé la certitude que cela ne constituait pas une vraie vie, qu'il n'avait pas vécu une suite de journées quotidiennes où rien le plus souvent n'est à signaler. Chaque épisode concernant son grand-père forme au contraire pour elle un événement isolé, se découpe sur le fond doré des années comme une image d'Épinal, et son accès de colère devient une philippique, son accident une tragédie, sa distinction un charme unique. Elle a visité en 1980 le nouveau musée des Sports inauguré peu avant dans l'enceinte de la Maison de la radio. Chaque année disposait d'une salle. Les gardiens étaient tous des Asiatiques, ils ressemblaient à la photo AVANT dans les publicités pour des extenseurs : d'anciens champions de ping-pong, peut-être. Lise a traversé les couloirs au pas de gymnastique, lorsqu'elle a aperçu, dans l'axe d'une porte, une immense photographie de son grand-père marquant son essai historique contre les All Blacks, en 1929. La foule était debout sur les gradins du stade de Colombes et encourageait sa course fantastique en hurlant son nom. Le Néo-Zélandais Népiat, vedette alors incontestée, le talonnait, mais il plongerait et ce serait le délire. Lise est restée submergée par l'admiration. Il y avait aussi des coupes, des écussons, des médailles, divers clichés très contrastés qui montraient les matchs, l'entraînement. On l'y reconnaissait torse nu, les bras levés dans la victoire, souriant à l'objectif. Des coupures de journaux titraient en gros caractères : TISSIER ADMIRABLE. L'INOUBLIABLE ESSAI DE TISSIER. BRAVO TISSIER! La mémoire de Lise est pareille à ce musée, où, sous la forme d'images dispersées et sublimes, règne un champion nommé Tissier. De même que les annales sportives ont morcelé son existence pour n'en retenir que la gloire, elle se rappelle seulement quelques moments où il a été avec elle : un tour d'autos tamponneuses qu'il lui a fait faire, et le suivant qu'il a proposé d'offrir à un petit bohémien assis par terre en guenilles, les yeux exorbités par le désir : une séance de dessin sur son tableau noir — il dessinait remarquablement bien les objets, avec leurs contours exacts et leurs proportions réelles —, une partie de pétanque sur la place de Viorne, une fois, Henri Salvador était passé, ils avaient fait équipe ensemble; un récital de chansons à la fin d'un repas de famille — Partir, c'est mourir un peu, Sous les noirs peupliers, et la cavatine de Faust que Lise a écoutée cent fois depuis, chantée par Georges Thill parce que le ténor triomphait dans ce rôle en l'an de grâce 1929, à l'Opéra de Paris. « N'empêche qu'il a eu une vie de bâton de chaise », insinue parfois l'oncle Achille. Mais c'est absurde, évidemment. Marcel Tissier n'a pas eu de vie, il a seulement une biographie, qui répand son aura, son halo héroïque, sur ceux qui l'ont aimé. Et si Lise n'a pas encore parlé de lui à Yves Morand, que le sport fascine, c'est qu'elle garde cette révélation comme une botte secrète, un sprint final, une échappée du peloton, un smash de derrière les fagots, afin qu'il tombe à genoux, qu'il cède, et qu'elle monte avec lui sur le podium, au son de l'harmonium, au son de l'harmonie, qui entonne la marche nu, la Marseillaise.

Le notaire ne reparaît pas et la gêne commence à peser lourdement sur le petit comité. Lise se penche vers sa mère, plongée dans ses pensées, et lui chuchote : — Maman, tu sais comment il s'appelle, le notaire ? — Me Pouillet, pourquoi ? — Non... son prénom ? — ... ? Lise lui glisse sur les genoux un papier à en-tête : Daniel Pouillet, notaire associé. SCP titulaire d'un office notarial, successeur de Me J. Gros, en pointant l'index sur l'initiale : ça fait D. Pouillet... Pas mal, pour un notaire, tu ne trouves pas ? À ta place, je m'inquiéterais. Sissi part d'un éclat de rire. À ce moment, le sujet de son hilarité s'encadre dans la porte, marque un temps d'arrêt avant d'aller s'asseoir, impassible, derrière son bureau. Tout le monde s'est redressé ; l'oncle Achille se hâte vers son fauteuil. « Mesdames, mademoiselle, monsieur... » L'orateur toussote, relève la tête et regarde droit devant lui en plissant les yeux, comme si son discours était inscrit sur un téléprompteur au-dessus d'une caméra en action. « Je vous ai convoqués pour vous donner lecture du testament que Madame veuve Tissier Marcelle a déposé entre mes mains le 23 janvier 1981 et que je suis chargé d'exécuter, sauf cas de dispositions rédigées postérieurement. » Il tire d'un porte-document une enveloppe de papier kraft où chacun reconnaît la signature de la mamie. Il la décachette, en extirpe délicatement deux feuillets réunis par un trombone et lit, dans un silence de distribution des prix :

Je soussignée Marcelle Tissier, née Renard, déclare être saine de corps et d'esprit et lègue tous mes biens comme suit :

À ma fille Simone, la propriété de mes titres, actions boursières, bons anonymes, ainsi que tout l'argent que contient mon coffre à la Société des Banques,

l'appartement de la rue Amiral-de-Coligny, n° 3,

l'appartement de la rue Crébillon, n° 34,

l'appartement de la rue des Chaudronniers, où j'habite, avec tout ce qui s'y trouvera, et puis aussi les terrains de Viorne, le pré des Croix-Blanches, le bois du Loup. Mais pour le métayage, il faudra régler les choses avec Levoisin, qu'il paye un loyer : c'est un peu facile de s'en tirer en versant dix litres de lait par an.

À ma petite-fille Lise, les murs de la parfumerie *La Rose des Sables* : qu'elle pense à augmenter le loyer quand le bail viendra à échéance, sinon elle en a pour neuf ans.

À mon fils Achille, puisqu'il paraît que la loi m'interdit de le déshériter, l'appartement du bd Foch, nº 41. Mais il s'est mal conduit avec moi et avec sa sœur, et les lois sont mal faites.

Le notaire a adopté une voix neutre, comme s'il ne comprenait pas ce qu'il lisait, comme un présentateur annonce en enfilade les deux mille morts du dernier séisme et les quatrièmes fiançailles de Johnny. Chacun copie son tact en prenant un air distrait. La tante Colette semble se dégager soudain de toute contingence, tandis que la mamie finit de régler ses comptes.

Enfin, je lègue la maison de Viorne, en Auvergne, le parc environnant et mon alliance de diamants à Patrick Poivre d'Arvor.

– I –

Ce qu'il y a à trouver est aussi concret que l'oiseau dans la cage, que l'appât de l'hameçon, que le bout de fromage dans la souricière. C'est ce qui compose chaque ligne, choisit chaque mot, met un point sur tous les i, trace toutes les virgules.

H. JAMES

IDYLLE

Martine Gras était malheureuse. Elle ne suscitait aucune curiosité, aucun désir, et il lui apparaissait clairement que, depuis un bon moment, personne ne s'était demandé ce qu'elle devenait. D'un autre côté, si on lui avait posé la question, elle n'aurait pas su quoi répondre ; pour devenir, il faut aller d'un point à un autre, couvrir une distance, infime ou longue. Les trajets sont multiples : il y a des gens qui deviennent riches, qui deviennent puissants, qui deviennent célèbres. N'importe qui peut devenir quelqu'un, et un pékin quelconque peut devenir important. Dans ce lacis d'itinéraires, trois destinations intéressaient plus spécialement Martine Gras, pour lesquelles elle était prête à faire le voyage : la beauté, le bonheur, l'amour. Mais la manière d'y parvenir n'était écrite nulle part, il n'en existait pas de carte topographique, et des individus qui s'y trouvaient installés, on disait seulement : ils sont beaux, ils sont heureux, ils s'aiment. Par où étaient-ils venus, mystère. Ils avaient l'air d'avoir toujours habité là, dans cet *état*. Comment être quand on n'est pas, telle était la question. Et si l'on peut croiser sur un chemin quelqu'un qui va quelque part, en revanche Martine Gras n'a jamais rencontré personne qui soit en train de devenir heureux.

Elle était donc perdue, déboussolée, et, craignant de s'enfoncer davantage dans des voies sans issue, elle s'était arrêtée sur un bas-côté où ne passait pas un chat, si bien qu'à la question : Qu'est-ce que tu deviens ? elle eût répondu : pas grand-chose, préférant ne pas se rappeler l'unique métamorphose en cours — ni éclosion du cœur ni aventure d'amour —, qu'elle devenait vieille. Oh ! bien sûr, la situation n'était pas encore désastreuse, elle n'avait que vingt-cinq ans. Mais quand elle marchait dans la rue, il lui semblait être grise. Des regards la transperçaient, aigus d'une acuité dont elle n'était pas la cible, et elle finissait par se retourner pour vérifier qu'une fille superbe ne marchait pas sur ses talons, dont elle aurait gêné la contemplation à la façon d'un verre dépoli. Martine Gras n'avait pas de prétentions exorbitantes, elle ne rêvait pas d'une idylle de star ou d'un destin d'idole. Elle voulait seulement, même pour pas longtemps, devenir intéressante.

Le type au téléphone s'impatientait — encore un qui n'était pas tombé sous le charme de sa voix et qui voulait savoir tout de suite si c'était un V6 ou un six cylindres en ligne parce qu'il n'avait pas de temps à perdre. Martine a parcouru des yeux le panneau suspendu au mur en face d'elle, où devaient normalement figurer toutes les informations techniques. « Euh... restez en ligne », a-t-elle dit. Il a eu l'air satisfait, d'ailleurs il était pressé. Est-ce que la lubrification se faisait par carter sec ou humide, le vilebrequin avait bien cinq paliers, combien y avait-il de rapports, était-ce équipé en couchettes ? Martine a donné les bonnes réponses, elle a saisi son crayon afin de noter sur son bordereau le rendez-vous qu'elle venait de décrocher pour un essai gratuit et sans engagement de votre part du tout dernier modèle Berliet, Turbo-Mammouth, le camion qui déménage. « Je vous marque donc pour jeudi », a-t-elle conclu, fidèle au principe premier du commerce, qui est l'alternative entre d'accord et OK. Il a hésité, pourtant, puis il a repris, méfiant soudain : combien qu'il a de roues, votre machin ? Martine Gras s'est un peu affolée, ce n'était pas précisé sur le tableau ; alors elle s'est lancée au hasard : « Euh, quatre » — un mammouth, ça a bien quatre pattes ? Le patron des Transports Dubois a soupiré, comme soulagé d'un grand poids, qu'est-ce qu'elle voulait qu'il fasse avec quatre roues, et il a raccroché, merci quand même.

Martine Gras travaillait depuis trois ans à Allô Performance, société de démarchage par téléphone où le seul espoir de promotion était de passer de la console des opératrices au bureau de la surveillante qui, branchée sur une ligne ou l'autre, s'assurait du rendement et de la moralité des échanges. Il était ainsi impossible de profiter de l'érotisme diffus d'une conversation sur l'*Encyclopédie cosmique* en quarante-cinq volumes, payable à tempérament, pour opérer un rapprochement amical, et plus si affinités. Il convenait en effet de ne pas s'écarter outre mesure du guide de vente où les questions posées d'un ton enthousiaste induisaient une réponse non moins chaleureuse — vous aimez la bière de qualité, n'est-ce pas ? Je sens en vous un homme de culture, n'ai-je pas raison ? Vous recevrez donc la première livraison la semaine prochaine, entendu ? — dont l'objectif ultime consistait à obtenir que, dans l'illumination subite de son désir enfoui — je la veux, il me la faut — l'interlocuteur s'écrie Oui, oui, j'ai besoin d'une tronçonneuse, oui je commande le buffet Henri II en kit, oui je souhaite effectuer un essai, où peut-on vous rencontrer ?

La veille, Martine Gras avait enfin trompé la vigilance de sa chef et accepté. Mais, quoiqu'elle ait sauté le pas pendant la campagne sur une *Histoire de la pensée des origines à nos jours*, l'élu s'était présenté sous les apparences pansues du client type ciblé par la promotion précédente, des barriques de cervoise directement du producteur au consommateur, et Martine avait dû raccorder l'entretien à l'article 6 du guide de vente : « En cas d'inadéquation manifeste entre le produit et le client, prendre congé *poliment* », poliment souligné. On ne se baigne jamais deux fois dans le même fleuve, assurait un présocratique à la lettre H du tome II. Martine Gras, après avoir médité toute la nuit cet aphorisme sur l'éternel mouvement des choses, avait décidé de ne plus se mouiller, de rester sur le bord.

La sonnerie de dix heures a retenti, les filles de la première tranche horaire se sont levées et sont parties en week-end. Martine devait demeurer au bureau. Elle avait accepté de faire de la recherche de numéros, qu'elle notait soigneusement à côté des noms des transporteurs routiers dont la prospection se prolongerait le lundi suivant. C'était payé le minimum, mais cela dispensait de penser :

les annuaires ressemblaient à de gros dictionnaires, avec cette différence qu'ils comprimaient l'esprit au lieu de l'élargir, et que plus on les feuilletait, plus on s'abêtissait. D'une manière générale, à Allô Performance, un certain nombre d'employées se soumettaient à la loi héraclitéenne du devenir universel en finissant complètement abruties.

La semaine suivante, la zone d'action s'étendait sur la Loire et le Puy-de-Dôme. Martine Gras a empoigné le volume jaune, orné d'un fleuve assoupi dans son lit. Il s'est ouvert à Velun, Vilard, Viorne ! C'était bien le nom qu'elle avait entendu dimanche dernier au café du Luxembourg, son cœur s'est serré, et Lise, et Morand ont afflué à sa mémoire, et le sang s'est retiré des ventricules à grands coups de pompe. Les abonnés étaient peu nombreux : Boucherie-Épicerie Saule, Méré, pharmacien, quelques particuliers sans signe distinctif et un téléphone public. Alors, sans réfléchir, saisie d'un vif pressentiment en même temps que la chef, par une de ces coïncidences de séries parallèles indispensables à la progression dramatique, éprouvait une envie pressante, elle a composé le numéro de la cabine de Viorne. Au bout d'un court moment, une sonnerie s'est déclenchée, tandis que le sang revenait en force dans ses oreillettes.

Le voisin a reposé son verre, *boire un petit coup c'est doux*, a plissé les yeux, *Gaston, y'a l'téléfon qui son*, s'est engagé dans l'allée, *viens poupoule, viens*, a ouvert la porte de la cabine, *la mer qu'on voit danser*, a tâtonné sur l'appareil, *et v'lan passe-moi l'éponge*, a décroché : allô, j'écoute.

Il n'y avait pas de Dr Morand à Viorne, ni de docteur Toucour, en cas d'urgence, *j'ai la rate qui se dilate*, il fallait appeler Montbrison. Lise ? Oui, elle était là, enfin non, elle n'était pas là, elle était partie à Dijon enterrer sa grand-mère, *ces petites misères seront passagères*, mais lui il était là, son fiancé, enfin non, il n'était pas là, il venait de passer à bicyclette *avec Paulette*, mais il n'allait sûrement pas tarder vu le temps de cochon, il visitait le coin, *Prosper youp la boum c'est le roi du macadam*, il était seul, oui, pôvre, c'est ça, au plaisir *d'amour ne dure*, bonjour mad. Le déclic a cliqueté. Il a raccroché, *tout va très bien, tout-va-très-bien*.

Durant quelques secondes, Martine Gras a regardé couler le fleuve en y trempant mentalement un orteil. D'un esquif au milieu du courant, la chance lui a souri en lui faisant signe de se jeter à l'eau. Alors elle a repris le combiné, composé le numéro des renseignements SNCF. Elle se sentait comme ivre d'une liqueur forte, d'une eau-de-vie ; elle allait l'avoir, son aventure, les choses allaient changer, elle ne savait pas encore exactement comment, mais ce ne serait pas une histoire, allô — l'adagio d'Albinoni l'a priée de ne pas quitter — à l'eau de rose, on allait satisfaire sa demande.

*

« Quant à l'inclination que vous voyez ici, elle permettait par conséquent aux cavaliers d'accéder directement à la galerie du premier étage. Car notez qu'au XVIe siècle, ils ne savaient pas encore très bien construire les escaliers... »

Yves Morand s'est gratté la tempe de l'index en roulant des yeux vers les autres visiteurs, mais personne n'a bronché. On a gravi la pente à la queue leu leu. Le premier de cordée portait une casquette à carreaux, une veste de serge bleue, des chaussures de marche. Arrivé au sommet, il a regardé la procession monter lentement en ahanant, les lèvres plissées en un sourire d'infinie patience et le nez tordu par l'hypothèse que si c'est pas malheuleux de voil ça. Il n'avait pas cet accent gras pas seyant du tout qu'Yves avait observé chez la bouchère et le voisin, mais une intonation plus méridionale ou gasconne — il est vrai qu'on se trouvait à vingt kilomètres au sud-ouest de Viorne — avec des liquides qu'il s'efforçait de canariser mais qui parfois flanchissaient le ballage. Il avait adopté le ton magistral et emphatique par lequel les guides s'assurent qu'aucun petit malin n'aura l'audace de demander si, à cette époque, ni quoi ni qu'est-ce. Il appréciait les gens sérieux et a fusillé plusieurs fois du regard un bébé saisi d'une crise de hoquet pendant ses explications, avant de s'en prendre à la mère présumée, elle n'avait qu'à s'allanger pour l'allêter.

« Le château a donc appartenu par conséquent à Honoré d'Urfé (1568-1625), illustre auteur de *L'Astrée*. Vous admirerez tout à l'heure les treize volumes de son œuvre, par conséquent dans la bibliothèque. Honoré d'Urfé, donc, était un aventurier, il a voyagé, il a été un défenseur de la Ligue ; vous connaissez la Ligue : par conséquent c'était les catholiques qui ne voulaient pas d'Henri IV. Mais il avait beaucoup de tendresse pour sa province natale et donc par conséquent il a aménagé la bastie, selon la mode italienne puisque c'était la mode de la Renaissance. Par conséquent je vous montre maintenant la salle de bains. Tous les coquillages qui couvrent les murs sont d'origine et incrustés dans la pierre des Monts du Forez, par conséquent je vous laisse regarder. Non madame, ne touchez pas, c'est ancien. »

Yves s'est approché d'une croisée à meneaux, mû par ce réflexe qu'il a depuis toujours de rechercher les ouvertures dans les lieux clos où il pénètre : il aime le côté fenêtre des trains, les chambres d'hôtel qui donnent sur la mer, les baies vitrées, les issues de secours. Au-delà du parc la vue est bouchée par des collines grises ondulées. Des volcans ?

« Voilà messieurs-dames, jetez tout de même un coup d'œil au magnifique panolama. Vous découvrez d'ici le jardin à la française, très bien entretenu par conséquent. Les propriétaires actuels sont des négociants lyonnais, la bastie n'est plus habitée bien sûr, et, pâle conséquence, ils ont du mal à la restauler. Ne vous penchez pas, l'appui est bas. »

C'était probablement l'homme à tout faire du château : concierge, gardien, jardinier, intendant, guide. Si la tradition locale l'avait exigé, il eût joué le fantôme avec une égale gravité. Les visiteurs s'ébaubissaient le long des parois, tâtant d'un doigt les rainures d'une coquille Saint-Jacques pendant que leur cicerone avait l'œil ailleurs. Après le bain, l'illustre auteur de *L'Astrée* se mettait aussitôt au travail, on allait donc par conséquent maintenant visiter le bulot.

Le cortège est passé solennellement dans la

pièce suivante. *L'Astrée* était une histoire d'amour, donc une idylle par voie de conséquence, entre Céladon et Astrée, l'héroïne, par le fait. « C'est donc là que le célèbre auteur a écrit son œuvre, sur cette table », treize volumes, ça représentait du travail, est-ce que tout le monde se rendait bien compte ? Le troupeau a acquiescé en regardant la table avec déférence. À l'exception d'un jeune couple en lune de miel qui attendait la chambre à coucher, la plupart de ses membres paraissaient de la région : des commerçants désireux de ne pas mourir idiots, des fermiers qui s'offraient les vacances que leurs parents n'avaient pu prendre. Certains souriaient à la beauté, au génie, à l'opulence. D'autres, impressionnés par les dorures et l'érudition du guide, restaient fermés à double tour et ruminaient dans leur for intérieur aussi retranché qu'un oppidum. L'action de *L'Astrée* avait lieu en Gaule, une Gaule libre et fertile, préservée des conquêtes romaines. Tout se déroulait au bord du Lignon. Au mur étaient accrochées des gravures tirées de l'édition originale : des bergers folâtraient avec des bergères. Au-dessus du bulot, une image montrait une scène du livre, deux hommes en rut pour la moule d'Ast, euh, deux hommes en lutte pour l'amour d'Astrée. Ils se battaient jalousement, un peu gênés par leurs rubans, entourés des bergères qui attendaient le vainqueur en flattant le cou de leurs blancs agneaux.

« Il y avait des meubles précieux, des tableaux, mais ils ont été vendus, au XIXe siècle par conséquent, car à l'époque le château a été transformé en fabrique de vinaigre, donc en effet les occupants ne se souciaient pas beaucoup du reste. La pente que je vous ai expliquée tout à l'heure servait à rouler les tonneaux, par conséquent jusqu'en 1913. Et puis certains objets ont disparu pendant la guerre, on les a volés, par conséquent des gens des environs pour en faire du bois de chauffage. »

Un murmure de réprobation a secoué vaguement le groupe compact des visiteurs atterrés d'apprendre que certains de leurs congénères avaient été à ce point dépourvus du respect de la propriété.

« Un portrait de l'épouse d'Honore d'Urfé n'a donc jamais été retrouvé, il était là, vous voyez encore la trace par conséquent. En revanche, on a conservé une toile qui représente le célèbre auteur. »

Les visiteurs ont avancé respectueusement le menton vers la trace de Madame d'Urfé, puis vers la physionomie avenante d'Honoré lui-même personnellement donc ici plaisant. Il était tout frisé et portait un bouc. Il avait l'air très doux.

Dans la bibliothèque attenante, il convenait d'admirer d'abord le plafond à caissons, sur les poutres duquel était peinte en lettres d'or la devise de la famille : ny soumis ny rebelle. Tout le monde a levé la tête avec ensemble. Le plafond était d'un bois sombre, presque noir. Les dames sont restées bouche bée, tandis que même les plus taciturnes, le cou renversé en arrière, branlaient du chef d'un air compétent, comme pour dire qu'à vue de pays il était temps de rentrer les foins. Dans une vitrine, outre des commentaires critiques (« Toutes les histoires de *L'Astrée* ont un fondement vélitable, mais l'auteur les a toutes lomancées » — Sainte-Beuve), étaient exposés, avec quelques ouvrages de même inspiration, telles *Les Belles Jolies* de Lacan, les treize tomes de *L'Astrée*. Yves Morand s'est penché au-dessus du pupitre. À côté des *Bergeries* de Racan, le roman-fleuve était ouvert à la première page. Il s'y est plongé.

« Auprès de l'ancienne ville de Lyon, du côté du soleil couchant, il y a un pays nommé Forez qui, en sa petitesse, contient ce qui est de plus rare au reste des Gaules, car, étant divisée en plaines et en montagnes, les unes et les autres sont si fertiles, et situées en un air si tempéré que la terre y est capable de tout ce que peut désirer le laboureur. Au cœur du pays est le plus beau de la plaine, ceinte, comme d'une forte muraille, des monts assez voisins et arrosée du fleuve de Loire. »

« L'histoire commence par une dispute : Astrée reproche à Céladon de l'avoir trompée, d'être un pâle jules. Celui-ci, bien qu'innocent, ne peut fléchir sa froide amie, alors il décide de mourir, se jette dans l'eau plofonde, plof, et le coulant l'emporte. »

« Plusieurs autres ruisseaux en divers lieux la vont baignant de leurs claires ondes, mais l'un des plus beaux est Lignon qui, vagabond en son cours, va serpentant jusques à Feurs où Loire le recevant et lui faisant perdre son nom propre, l'emporte pour tribut à l'Océan. »

C'était au fond une sorte de mariage, l'hymen anticipé des personnages sous forme naturelle, des noces fluviales où Lignon est l'épouse malgré son nom et Loire est l'homme malgré son e, et ils allaient se fondre dans la tribu de la famille, et puis se perdre dans la mer. L'image d'un confluent entre ses berges s'est superposée un instant au visage de Lise.

« La nymphe Galatée le sauve de la molle, mais son cœul leste attaché à Astrée. La situation ne fait qu'empiler pendant des pages et des pages, il y a plein de pélipéties et de méli-mélo, mais finalement donc par conséquent son amour est si gland qu'ils s'unissent et vivent heuleux en leur telle d'élection. »

Sous verre, dans une autre vitrine, étaient reproduites les douze tables des lois d'Amour, vademecum du héros pour le bon usage des dames. La condition présente d'Yves Morand n'était pas sans rapport avec la table neuf, qui prévoit que « tout ce qu'Elle aime et qu'Elle honore soit aussi de luy bien aimé ». Or Lise a toujours eu la passion des maisons, depuis les miniatures pour poupées où tout est réduit aux dimensions des hôtes jusqu'aux demeures des personnalités où tout est proportionnel à leur gloire ; et c'est par courtoisie envers l'Absente qu'Yves fait sans elle ce qu'elle n'eût pas manqué de faire avec lui. Qu'espérait-elle y découvrir, quel secret, quelle âme logée dans une cafetière ou une lampe, comme si les choses pouvaient donner la clé d'une vie, comme si la vie était aussi facile à ouvrir qu'une porte ? Quelques semaines auparavant, elle lui avait envoyé d'Angleterre une carte postale sur laquelle s'étalait le divan de Freud admiré dans sa retraite londonienne. La carte disait : « Mon petit a, je sais tout du grand homme, je me suis même assise sur le canapé. Tu me manques. Lise. »

Très vite, elle l'avait appelé ainsi, petit a, sans qu'il sache encore vraiment s'il s'agissait d'une simple abréviation d'amour ou d'une référence plus documentée à la théorie de Jacques Lacan qu'un jour peut-être il lui avait expliquée. De toute façon, il s'était senti mal en recevant ce courrier, soit parce qu'il n'était pas cacheté, soit parce qu'il exprimait une dépendance trop forte à son égard, soit enfin parce que le tissu bariolé du divan de Sigmund ressemblait à s'y méprendre au couvre-pied multicolore du cabinet de Chartres. En outre, de retour à Paris, elle lui avait tendu un paquet, et, tandis qu'il déballait ce qui s'avérait d'ores et déjà être une cravate indubitable, elle avait loué le chic anglais, il avait noué la cravate, elle avait joint les mains, ravie, il avait serré les dents, groggy, et attendu que s'estompe la vision d'horreur, comme dans les cauchemars où l'on sait qu'on va se réveiller. « En tant que sélectionné dans les appendices du corps, comme indice du désir, l'objet petit a est l'exposant d'une fonction, celle de l'index levé vers une absence », dit le Maître quelque part. « L'objet petit a, paraphrase un disciple, est l'objet perdu, la cause du désir ; son absence irréparable engendre l'éternité du désir. Dans une seconde acception, l'objet petit a serait aussi le représentant de l'objet du manque (le phallus), l'objet métonymique du désir. » Dans le cas présent, l'analyse était sans équivoque : cette cravate n'était pas, ne serait jamais son objet petit a. Ce morceau de soie oblong ne le comblait pas, il l'encombrait ; il était hideux, infâme, et, pour tout dire, en un mot comme en cent, abject. Il avait notifié que c'était trop, qu'il ne fallait pas. Lise, tout à son bonheur, n'avait pas saisi là l'occasion de parfaire sa connaissance idiosyncrasique, dont la remise à jour est pourtant la condition première du succès des rencontres, et dont il fût ressorti qu'Yves Morand, sous ses dehors civils, haïssait les

Anglais, les cravates et la plupart des maisons. Deux jours après, elle l'avait convaincu de la porter lors de l'émission « D'homme à femme », les cols ouverts n'avaient plus cours, démodés sur poitrine glabre, indécents sur torse velu, bref il allait faire un malheur parmi ces dames. Mais en déambulant dans les couloirs jusqu'au studio d'enregistrement, il avait eu le loisir de constater que tous les regards se fixaient à hauteur de sa pomme d'Adam habillée d'une touche de rose, puis descendaient le long du semis de pois verts dont l'effet approchait celui qu'on obtient en appuyant longtemps sur ses globes oculaires. Il avait suivi en héros son chemin de croix, conscient qu'on n'avait jamais vu une chose pareille, même à la télé, et qu'en effet il faisait un malheur : le sien. Un peu plus tard, il s'était vengé secrètement de la donatrice en s'octroyant un jour de liberté, col béant au soleil du Luxembourg, à sa descente d'avion from Buenos Aires où il était censé avoir arboré le monstre, ce qu'il s'était bien gardé de faire, quoique, au fond, les Argentins eussent peut-être été les seuls à en goûter l'élégance.

La visite s'est achevée dans un sas en forme d'entonnoir, à la sortie duquel se tenait leur mentor, digne et modeste sous la pancarte : N'OUBLIEZ PAS LE GUIDE. Pas de danger, on s'en souviendrait. La pièce voisine avait été transformée en une sorte de brocante où boitaient des fauteuils et crevaient des coussins. On pouvait acheter des cartes postales. Le tourniquet, à moitié vide, était tendu de réseaux arachnéens, système 100 % naturel mais sensiblement moins performant que le tortillon Lamartine pour attraper les mouches. Le gardien de la Bastie d'Urfé n'avait sans doute pas voulu ajouter à ses multiples fonctions celle, infamante, de femme de ménage : des toiles d'araignée enrubannaient les bribes de meubles, bibelots, breloques ; un bouquet se fanait dans un vase dont on n'avait pas vidé l'eau ; il y avait des moutons sous les bergères. Yves a choisi la reproduction d'une carte de 1625 : elle montrait en planisphère les deux faces du Monde de la Lune. Un minuscule étang d'Amour était environné des monts de Fausseté, village de Trahison et collines de Songe-Creux. La région Est s'appelait Friandise, la région Ouest Vanité. Autour du continent s'étendait l'océan de Tromperie, où naviguaient des trois-mâts : passé l'extrême pointe rocheuse — le cap du Vertigot — on franchissait encore, si l'on pouvait, le détroit des Enragées, et l'on arrivait en Terre inconnue. Yves Morand a payé sa carte comme on monnaye un alibi ; il a acheté la preuve de son passage en ces lieux, le témoignage de sa fidélité envers Lise qui, sinon, le soupçonnerait peut-être de mentir. Il ne la connaissait pas encore très bien, mais il savait que, d'une manière générale, les femmes vous demandent toujours la lune.

Les visiteurs se sont dispersés dans le parking, chacun est retourné à ses occupations. Yves a repris sa bicyclette. À l'aller, le vent l'avait poussé. Sur le chemin du retour, il a dû appuyer plus fortement sur les pédales. La route était d'abord quasiment plate, mais trouée de nids-de-poule, puis elle montait un peu. Un paysan l'a regardé passer, immobile au bord de son pré. Yves n'aurait pas été surpris d'apercevoir, dans un champ, un couple tête baissée posant pour *L'Angélus*. Le pays souffrait de l'exode rural, c'était clair. Le vélo, quant à lui, avait sûrement connu celui de 1940, voire les congés payés de 36. Il s'est mis à grincer à chaque tour de roues. L'air était gris sous le ciel floconneux. Penché sur son guidon comme s'il franchissait un col alpin, Yves avait froid. Il n'a pas croisé âme qui vive jusqu'aux premières fermes de Viorne. À l'entrée du village se tenait une Vierge tout en blanc, ceinte d'ampoules versicolores, ses cheveux jaunis maculés de concrétions. Lorsqu'il s'est arrêté devant le portail, la chaîne a lâché dans un bruit de ferraille. Il est descendu et s'est massé les mollets en contemplant sa monture : ce devait être un jour de chance, après tout.

La maison était très fraîche, et sombre. Yves est entré dans la salle. Au fond de la pièce, les frères Tissier souriaient à son accablement. Il n'avait pas remarqué, la veille, qu'une applique située sous le cadre s'allumait avec les autres lampes, éclairant la photo comme un ex-voto. Il s'est affalé dans un fauteuil. Incroyable, vraiment, cette prétention, cette vanité stérile qu'avaient les gens à propos du moindre événement de la dynastie ! Pierrot peint des marines, la mère joue du piano, le père des coudes, Junior est l'espoir du Viorne-Club et ma grand-mère fait du judo ! Combien de maisons au monde racontaient ces histoires et sublimaient, à travers le talent d'un oncle aquarelliste ou d'une grand-tante fanatique du canevas, l'itinéraire des générations ? Combien de pièces aussi, derrière leurs volets à fentes, laissaient entrevoir un bric-à-brac de choses mal faites, progrès insignifiants, projets inaboutis, ambitions déçues, désirs avortés, succès dérisoires ? À côté, par la porte entrebâillée, il a regardé la salle de jeux, les fleurs en papier. Il se méfiait des héritages, des dévotions posthumes, rejetait le soupçon angoissant qu'il fallût être mort pour qu'on vous soit fidèle. Il a frissonné. Une sueur froide coulait le long de son dos. Non, décidément il n'aimait pas les maisons, ces garde-meubles du passé où s'entasse tout ce qu'il faudrait avoir brûlé, ces cagibis remplis où l'on étouffe, ces débarras de la mémoire. Les maisons étaient pour lui semblables aux anciennes boîtes à biscuits d'où l'on collige des clichés de famille, ou, plus nettement encore, aux cubes dont sa mère parsemait les étagères, à cette différence près que les images en tapissaient l'intérieur. Dans la maison de Chartres où il avait grandi, comme si la production endogène était insuffisante, les patients étaient venus depuis peu épingler leurs chromos personnels, qu'ils affichaient au plafond en un puzzle bigarré et déchiffraient longuement par l'ânonnement d'une lecture sur le dos, attentifs à y découvrir ce qui formait leur être, *et donc pal conséquent* leur vérité, pleins de l'espoir que les morceaux s'assemblent et dessinent une image unique, et que le voile se lève et qu'ils puissent voir le rêve, *par le fait*. Yves Morand a soupiré, s'est levé. La vie est un roman, la maison son livre illustré. On peut s'y promener, tourner des pages, ouvrir des portes. Mais Yves est en vacances, du moins s'entête-t-il à le croire, c'est-à-dire dispensé pour un temps des voyages immobiles, explorations des profondeurs et autres visites immobilières.

Il est monté, s'est jeté sur le lit, Céladon se noyant dans l'oubli. Il s'ennuyait, il avait envie de faire l'amour. Il dormait déjà depuis une heure quand, indifférents à la chronologie, se sont amenés en gambadant toute une flopée de moutons qu'il n'a pas pu compter.

Il s'est réveillé les bras autour du visage, une paume serrée sur le poing adverse, dans la position du boxeur K.-O. qui est, couchée, la réplique exacte de celle du vainqueur, ce qui permet de méditer sur la relativité de sort individuel. Il a sautillé sur place en envoyant quelques crochets du droit dans les rideaux, a balancé un ace dans le carreau de la vitre, frout, et s'est senti mieux. Un coq a chanté. La campagne vous abrutissait fatalement, à la longue, à force de vivre avec cette volaille à l'œil rond. Quand est-ce que Lise rentrait, bon sang de bonsoir ?

Sur le couloir de l'étage, il y avait deux autres pièces. Yves est allé en petites foulées vers celle du fond. Elle était fermée à clef, mais la clef était sur la porte. Il a ouvert. Et là, comme dans le faisceau de la conscience qui soudain saisit le sens d'un rêve enfoui, éclairée par le jour qu'amenait l'embrasure, Yves n'a vu qu'elle : une immense photographie de *L'Équipe* qui titrait sur cinq colonnes à la une :

Les All Blacks vaincus

TISSIER SAUVE LA FRANCE

des gradins jusqu'au ciel à l'arrière-plan et, en dessous, une collection de coupes rangées symétriquement de chaque côté d'un haut vase de métal. Yves Morand a senti son cœur devenir lourd, cesser de battre et se solidifier. Certaines maisons disposent ainsi d'une pièce secrète, préservée autant que possible de la lumière et des métamorphoses qu'entraînent la présence et l'animation : grenier précieux, cave riche en bouteilles rares, chambre d'un parent mort où l'on ne veut plus dormir. C'était ici la salle des trophées. Il y régnait une odeur de pierre humide et de charogne, un rat devait se décomposer quelque part. Mais la photographie montrait un public debout, des bras levés, des bouches ouvertes, et celui qui courait comme un fou sur la pelouse, le ballon écrasé contre lui, celui qui se tendait dans cet effort merveilleux de tout donner, d'abolir les limites afin de jouir enfin, d'exister, celui-là était l'un des trois boy-scouts qui faisaient les clowns en bas dans la salle à manger. Yves a décroché le cadre, en éprouvant que l'admiration est à mi-chemin de la honte et de l'envie. Un fond cartonné couvrait la feuille de journal. Il a soulevé les languettes qui le maintenaient ; il voulait tout savoir, le lieu, la date. Un papier est tombé sur ses chaussures. C'était une petite photographie ancienne. Il l'a approchée de son visage en plissant le front, un peu désorienté par cette maison gigogne. Un couple d'amoureux posait sur une balançoire. La jeune fille avait un cou très long et une robe à bateaux qu'il avait déjà vue quelque part. Quant à l'homme... Yves a placé la photo à hauteur de ses yeux, comme on fait d'une radiographie sur laquelle figure peut-être un cancer, une fracture. Sur ce cliché-là, en effet, il y avait un détail incompréhensible, révélateur d'un mal caché difficile à diagnostiquer : une tache de vin qui s'étendait sur la joue, créant une zone sombre du maxillaire à l'oreille et du présent au passé, une ombre au tableau.

INFORMATIONS

La salle où se retrouvait le personnel de Lyon-Perrache venait d'être rénovée. On avait supprimé le comptoir, les chaises, et remplacé les tables par des champignons plats en plastique orange. Les anciens disaient toujours « la buvette », les autres « la cafette ». Les murs, les distributeurs de boissons et les tabliers des employées étaient orange. Des expositions itinérantes y étaient parfois organisées dans le cadre de l'association Travail et Culture. Étaient-ce les collègues roulants qui, lassés de leurs longues stations assises, avaient revendiqué avec succès la possibilité obligatoire de rester debout pendant les pauses, ou bien la direction avait-elle pris elle-même cette tonique initiative afin de contrer toute accusation de passéisme ?

Serge Durand était adossé au mur et tournait dans son gobelet de carton un bâtonnet blanc qui, en l'absence de sucre, ne servait qu'à édulcorer des réflexions amères. Il attendait l'heure du départ avec une impatience qui l'isolait des autres ; il aimait rouler, il aimait partir, il aurait même bien voulu aller plus loin.

La porte s'est ouverte, cédant le passage à une

odeur de tabac froid à laquelle un uniforme emboîtait le pas, la casquette dans une main et une cigarette pas encore allumée dans l'autre. Il a foncé droit sur Serge. Il s'agissait d'un contrôleur SNCF, et, plus précisément maintenant, d'Étienne Pic. Il avait trente-huit ans et il ôtait sa casquette aussi souvent que le règlement le lui permettait depuis que sa calvitie s'aggravait.

— Salut, Durand. Dis donc, tu vas bien du côté de Montbrison, ce soir ?

Il a mis sa casquette sous le bras et s'est rassemblé autour de sa Gauloise.

— Oui, je pars tout de suite. Pourquoi ?

— Ben, y'a une petite demoiselle qu'a raté sa correspondance et y'a plus rien avant demain. Elle va à Viorne. Je me disais que tu pourrais peut-être...

— Mais tu sais bien que...

Étienne Pic a expiré longuement, le temps que l'objection se dissipe en fumée.

— Oui, je sais, Mais tu la chargerais en dehors de la gare. C'est pour la dépanner, écoute. Les taxis sont en grève, elle vient de perdre sa grand-mère et Viorne est sur ton chemin.

Il a énuméré d'un trait ces trois propositions, puis, jugeant bon de faire une synthèse, il a dit : Hein ?

— Hon, a conclu Serge en récupérant sur la table le chapeau qu'il mettait pour conduire. La grand-mère de Pic se mourait d'un cancer des bronches, il lui rendait visite à l'hôpital aussi souvent que possible.

— Bon, alors, je lui dis de t'attendre à la sortie des camions... Ou plus loin, au coin de la rue du

Pont, hein, tu préfères ? À six heures, OK ? Elle va être contente. Bon, moi je file. À la prochaine, cow-boy.

Il a coiffé machinalement sa casquette et s'est dirigé vers la sortie en consultant sa montre. Des collègues l'ont interpellé du fond de la salle : « Hé ! mais c'est cet as de Pic ! Hé, Pic, amène-toi, viens, tu tombes à pic ! » Serge a souri de leur côté : il prenait le parti des rieurs, c'était sa façon de communiquer. Le contrôleur a marqué un temps d'arrêt avant de revenir sur ses pas, l'index sur sa visière, « Alors Étienne, tu rentres ou tu sors ? Tu devrais pas tant picoler ! »

— Ah ! j'oubliais... Elle est blonde, un peu rousse, avec une espèce de — sa main a dessiné dans la nuque un tortillon en spirale — et un imper beige. Enfin y'en aura pas des tonnes, de toute manière.

Il a suivi des yeux une volute de fumée blanche avec l'air de regarder monter au ciel une âme morte, puis il est parti. Serge a fini son gobelet, qu'il a jeté pile dans la poubelle. Les parois dégoulinaient de jus noirâtre, tout le monde n'avait pas le coup d'œil. « Attention, attention, le train à destination de Venise partira à 18 h 07 du quai numéro sept. » Une grosse brune passait la serpillière, un bras replié sur les reins. « Vivement ce soir qu'on se couche, hein Lucette ? » lui a lancé une serveuse. Elle s'est redressée, bouche bée, comme si une extra-lucide avait lu dans ses pensées.

À cette heure, le garage était quasiment désert. Serge a signé sa feuille de route et a grimpé dans son camion. Il n'avait qu'une livraison à effectuer à Rézolles avant de conduire le 10 tonnes au dépôt de Montbrison, où ils le garderaient deux jours.

Quand le gardien a levé la barrière, faisant dans l'encadrement de sa guérite le signe de reconnaissance, paume raidie à hauteur de la joue, Serge a eu, une fois de plus, l'impression de franchir une frontière. Sans avoir jamais quitté la France, il se représentait ainsi tous les postes de douane : une barrière rouge et blanche qui monte lentement à l'avant de la calandre, flanquée d'un planton végétatif dont le regard tout à la fois vous dévisage et vous oublie. Avec sa peau d'un rouge sanglant et ses cheveux drus, celui de Lyon-Perrache l'introduisait toujours dans le même territoire : une lointaine Amérique pacifiée au whisky, où perduraient encore des tribus insoumises. Serge lui souriait au passage, Hugh, puis il embrayait, la diligence s'ébranlait, la malle-poste. À son bord, il jouait tous les rôles car, ne roulant que depuis six mois, il éprouvait en même temps, et aussi vives, l'assurance du conducteur et l'anxiété du voyageur. Il lui semblait qu'en cas d'attaque il pourrait tout aussi bien défier, en serrant les dents, les flèches emplumées qui troueraient son chapeau que se ratatiner sur la banquette en bramant comme un veau ; il ne savait pas s'il était un lâche ou un héros, mais il avait assez de courage pour espérer une aventure, qu'il en ait le cœur net.

Dans le rétroviseur, Cochise avait réintégré son tipi. D'ailleurs, la squaw se tenait loin après le coin de la rue. Elle était tournée dans sa direction, mais ses yeux n'ont pas suivi l'approche du camion. Elle n'avait pas d'autre bagage qu'un sac de cuir en bandoulière, et elle gardait la tête si parfaitement droite, immobile, Fleur-de-Prairie, Perle-de-Lune, qu'il s'est demandé une seconde si elle n'attendait pas un taxi ou une voiture de maître. Il a freiné, le poids lourd s'est arrêté dans un bruit de bison qu'on attrape au lasso. Serge s'est penché au travers du siège vide, a ouvert la portière, lui a tendu la main. Mais quand, appuyé sur un coude, il a tiré d'une secousse pour la hisser, elle a résisté, son visage s'est crispé comme si elle voulait faire un bras de fer. « Bonjour », a-t-elle articulé, la voix blanche, du ton dont, aussi bien, elle aurait dit « Laissez-moi ou je crie ». À première vue, c'était le genre de filles qui s'arrangent pour vous reprendre tout ce qu'elles vous ont donné, même une poignée de mains. Elle était debout sur le pavé, se présentait à lui, à moitié couché dans la cabine, doigts pendants. — Euh, bonjour. Moi, c'est Serge. Elle a souri d'un sourire rétractile. Une seconde, je vais vous aider... Il s'est redressé, a sauté à bas du camion et en a contourné l'avant. Un craquement de tissu qui cède lui a froissé le cœur : elle venait de monter toute seule. — Vous avez abîmé votre jupe ? La marche est haute, quand on n'a pas l'habitude... — Non non, ce n'est rien, je vous remercie. Elle arrangeait le ruban de sa tresse, l'air chiffonnée. Un fin trait bleu prolongeait sa paupière, au ras des cils. Serge a repoussé le pan de son imperméable qui dépassait du siège. C'était bien sa chance d'être tombé sur la fille du chef ! Il a claqué précautionneusement la portière.

Il était vraiment gentil. Elle s'était trompée dans les horaires : l'omnibus de 17 h 02 ne marchait pas aujourd'hui, elle était vraiment étourdie, elle avait mal lu, heureusement qu'elle s'était adressée au contrôleur, on n'avait plus tellement l'occasion de rencontrer des gens serviables, il avait proposé cette solution, elle était vraiment confuse. — Oui, il est sympa, Étienne. Il ne laisserait pas quelqu'un dans l'embarras.

Lise regardait les rails qui filaient entre les pavés vers des hangars. Elle était montée précipitamment à Dijon dans le rapide Paris-Lyon-Marseille. Elle n'avait pas de bagage, que les couteaux en ivoire de la mamie, qu'elle avait plongés dans une poche de son imperméable. Elle aimait avoir les mains vides, en voyage : ce dénuement la parait d'un certain mystère qui lui servait de solitude, la maintenait étrangère aux porteurs de valises. Elle s'est mise à l'aise, a tiré de son sac le roman qu'elle était chargée de traduire. Quand le train a démarré, elle a tourné la tête vers la gare, où elle a vu, une fraction de seconde, dans l'angle de la vitre — bribe, au réveil, d'un rêve qui échappe — sa mère en larmes sur le quai. Tout à la hâte du départ, à la recherche futile d'une place, sitôt le dernier baiser échangé, sitôt le dos tourné, elle l'avait oubliée, quelques secondes certes, mais de la manière dont on oublie les morts. En face d'elle, à l'entrée du compartiment, était accroché un marteau rouge le long d'une lucarne. Elle a failli s'élancer, s'en emparer, briser la vitre et tirer la poignée, freiner, sortir, arrêter le temps, remonter le train, courir. Mais l'avertissement rappelait les peines encourues en cas d'abus, sans qu'aucune indulgence y fût mentionnée pour les abus commis en cas de peine. Le marteau pouvait seulement servir à s'enfoncer dans la tête l'idée de la succession : comme dans le distributeur où, tout à l'heure, elle avait acheté des chewing-gums, tout s'était décalé d'un cran. Sitôt le clapet tiré, la colonne s'était abaissée derrière la paroi en verre, le paquet suivant était venu se loger dans l'espace laissé libre, et Lise Imbert remâchait jusqu'à lui faire perdre son sens cette effarante pensée, qu'un jour sa mère allait mourir. Le train prenait de la vitesse, on quittait la ville, les toits de l'hôpital, les hautes tours de Saint-Jean. Lise a appuyé son visage contre la fenêtre où s'était encadrée sa mère et a collé ses lèvres au reflet de ses lèvres dans la vitre impossible à briser.

— Aïe, la sortie de Lyon est plutôt bouchée, à cette heure-ci. Enfin, j'ai vu pire, on s'en sortira. Évidemment, en train on évite tout ce trafic, c'est l'avantage.

Au sud de Dijon, la voie ferrée longeait la zone industrielle, les grandes surfaces, les panneaux publicitaires, et, un peu en retrait, les Établissements Tissier Père et Fils, dont on apercevait, du train, les grilles noires. La conserverie avait été transférée dans des locaux modernes juste avant la mort du fondateur qui, aux dires de l'oncle Achille, n'avait légué que des problèmes de gestion insurmontables. « Ne me dis pas qu'après trois infarctus, il n'aurait pas pu mettre de l'ordre dans ses affaires. » La petite Lise détestait son oncle : les Dieux du stade ne sont-ils pas des Immortels ? La mamie, quant à elle, supposait qu'il n'aurait peut-être pas succombé à sa dernière attaque si celle-ci ne l'avait pas surpris au volant de sa Facel, on ne pouvait pas savoir, puis, en envoyant Lise jouer dehors, elle finissait par conclure, avec moins de dépit que d'envie parce qu'elle n'aurait pas aimé non plus que lui soit jamais tendu ce miroir : « Marcel ne s'est pas vu mourir. »

Au passage de Chalon, une pendule saisie au vol avait donné à Lise l'idée de vérifier l'horaire de sa correspondance, l'heure d'arrivée à Viorne — de Lyon, elle appellerait Yves et la vie reviendrait à flots. Un renvoi en bas de page précisait : *sauf les samedis*, et elle s'était mise à pleurer sans pouvoir s'arrêter. « Quelque chose ne va pas, mademoiselle ? Je peux vous aider ? » Le contrôleur sentait le tabac brun. Lise lui avait montré du doigt le dépliant des horaires encore étalé sur la tablette, et avait proféré d'un seul trait, comme s'il s'agissait d'un commentaire adapté à son geste, comme si le dépliant était un journal dans lequel elle venait à l'instant d'apprendre la nouvelle et qu'elle en accusât la SNCF : « Ma grand-mère est morte. »

Cette phrase, elle ne pouvait, par définition, l'avoir déjà prononcée. Cependant, les mots en ont résonné d'emblée comme un écho, et non seulement ces mots, mais le wagon, le train lui ont paru familiers : ils avaient déjà servi de cadre à cette phrase impossible, Lise s'en souvenait avec certitude, comme dans ces lieux où l'on est sûr de n'être jamais allé et qui pourtant nous rappellent quelque chose. Brusquement, la scène entière a surgi du fin fond de son adolescence. Des années plus tôt, en été, elle s'était violemment disputée avec son petit ami de l'époque, un petit salaud qui avait eu l'extrême délicatesse de passer à Viorne accompagné d'une prétendue cousine. Lise les avait plantés là, se jetant à l'arraché non pas sous mais dans le premier train pour Lyon. Une fois assise, elle s'était libérée de toute la tension accumulée en versant des torrents de larmes et en reniflant puissamment, si bien qu'une vieille dame montée à Chazelles s'était émue : « Qu'est-ce qu'il y a, mon petit ? » Ses mains brunes et tachées étreignaient un sac noir à deux anses d'où dépassait une aiguille à tricoter. Inventant au hasard, par cynisme instinctif ou simple manque d'à-propos, une explication vraisemblable, Lise avait répondu en s'essuyant le nez d'un revers de bras : « Ma grand-mère est morte. » La vieille dame était allée s'asseoir à l'autre bout du wagon, la démarche traînante, les pieds à dix heures dix. Elle était descendue à Brenois sans avoir touché à sa layette.

— Ça ne va pas ? Vous ne vous sentez pas bien ?

Lise ne pleurait pas, mais son nez s'était bouché, elle respirait avec difficulté. Le camionneur la regardait par-dessus son chapeau de cow-boy, on ralentissait.

— Si si, ça va. C'est seulement que... ma grand-mère est morte.

Il a encore ralenti, respectant une minute de silence et la limitation de vitesse en agglomération. Lise s'est renversée en arrière, les yeux fermés. Elle jouissait du respect que lui valait son chagrin ; la douleur était une vertu, un bien reconnu d'utilité publique, et l'on n'entrait tout à fait dans la société qu'après avoir prouvé qu'on prenait sa part de malheur. Elle était fière d'être en deuil, comme si elle rejoignait ainsi, loin de la quête frivole du bonheur, ceux qui portaient sur leurs épaules, Atlas infatigables, les maux du monde. C'est donc avec orgueil et modestie qu'elle a laissé le chauffeur se découvrir devant le monument de son chagrin : Aux malheureux la patrie reconnaissante, puis demander timidement en suspendant son couvre-chef à une patère latérale :

— Vous allez à son enterrement ?

Pressentant que cette version de l'histoire lui procurerait une aide plus efficace, Lise avait fait croire au contrôleur qu'elle *allait* aux obsèques de sa grand-mère, à Viorne. Du moins était-ce ce qu'il avait compris, et elle ne l'avait pas détrompé. Mais le mensonge viciait un peu la pureté de sa souffrance, d'ailleurs ça ne servait plus à rien puisqu'elle était en route.

— Oui, enfin non, j'en reviens. On me l'a annoncé tout d'un coup, avant-hier. J'étais à Viorne, je suis partie en catastrophe à Dijon.

— Évidemment, ça fait un choc... Elle était malade ?

Pouvait-on dire que la mamie était malade ? Pouvait-on le dire autrement qu'on aurait dit : « Dans sa jeunesse, elle était blonde » ou bien « elle n'a jamais été très intelligente » — « elle est bornée comme un chemin vicinal », répétait le père de Lise, rêvant d'une autoroute où la fuir. La différence tenait à ce que, si l'on ne choisit ni son esprit ni la couleur naturelle de ses cheveux, la mamie, elle, avait opté pour la maladie, en avait fait son mode de vie. Elle avait des « malaises ». Elle s'asseyait d'un bloc dans les magasins où elle était connue et haletait un peu avant de repartir, une nouvelle robe sous le bras. Une seule fois, entre un étouffement et des maux de tête, une hernie étranglée avait failli avoir raison de tous ses symptômes, mais Patrice, gendre de fraîche date, était intervenu à temps. Elle ne lui en avait su aucun gré, l'accusant même d'avoir assorti son sauvetage de ce commentaire ambigu : « Si j'avais pressé davantage, vous y passiez », bien que Sissi ait ensuite cherché à la convaincre qu'il avait seulement dit : « Si je *ne m'étais pas* pressé davantage... » (et même ! est-ce qu'on dit ces choses-là ?). Mais en tout état de cause, elle ne présentait aucun signe d'une maladie mortelle. Alors ?

L'hôpital n'avait rien laissé filtrer. La dernière nuit, elle avait déliré, marmonné quelque chose sur la fuite, l'abandon, pépé, son père, son mari ? On ne le saurait jamais exactement. Avait-elle, au moment de mourir, revu sa vie comme un cauchemar, elle dont le plus grand cauchemar, toute sa vie, avait été de mourir ? Sur le visage buté de sa grand-mère, Lise avait lu ce mauvais rêve ; mais celui-ci, même terrible, n'avait été que l'effet de l'agonie, non sa cause. De quoi était-elle morte, en définitive ? Patrice s'était énervé quand Lise avait posé la question : « Elle est morte, quoi, elle est morte d'un arrêt du cœur. Tu t'étonnes comme si elle avait eu vingt ans. Il faut bien mourir un jour. »

Serge n'attendait plus de réponse lorsque sa passagère a dit d'une voix très basse :

— Non, elle n'était pas vraiment malade.

Puis elle a pris une longue inspiration avant d'ajouter beaucoup plus fort, presque avec fermeté :

— Elle était vieille.

Des pancartes indiquaient L'Arbresle à droite, Tassinla-Demi-Lune en sens inverse. Le camion roulait maintenant sur une départementale. À quelques mètres devant eux, un feu est passé à l'orange ; le chauffeur a rétrogradé avec un double mouvement des jambes, rapide et souple, qui a rappelé à Lise un jeu de pédales particulièrement difficile dans *La Sonate au clair de lune*. Il portait des tennis, un jean et un pull bleu marine d'où dépassait un col de chemise écossais. Il avait dans les trente ans. À quoi s'occupait Yves à cette heure ? De Lyon, elle avait joint le voisin, elle lui avait expliqué sa situation, le contretemps, le camion, il avait été très compréhensif, malgré le différend qui l'opposait depuis des lustres à la famille à cause d'une terre qu'il utilisait gratuitement pour y mener paître ses brebis, il l'avait écoutée gravement avant de lui présenter ses condoléances à la manière pudique des paysans, en assurant que dans la vie, fallait pas s'en faire et que tout ça s'arrangerait.

Ils traversaient un bourg où déambulaient des vacanciers en short, tongues aux pieds et serviette éponge sur l'épaule, désœuvrés comme des baigneurs qui reviennent de la plage. Les enfants traînaient des matelas pneumatiques. Un cornet de glace rose gisait écrasé au milieu du passage clouté. Lise a cherché bêtement la mer des yeux. Au fond à gauche, on distinguait des tentes et des caravanes. Le ciel bougeait de plus en plus vite, assombrissant ce rêve de Méditerranée à trente kilomètres de Lyon. Adieu seaux, sacs, râteaux, Ray-Ban : il allait bientôt pleuvoir sur la Croisette du treizième mois. Place de la Mairie, des hommes préparaient le bal du soir, hissaient des drapeaux, clouaient une estrade, dépliaient des chaises et des tables pour la buvette d'une fête qui promettait d'être arrosée.

Le camion a accéléré l'allure. Un bonhomme Michelin se balançait au rétroviseur. Le chauffeur a étendu le bras vers le levier de vitesse ; sur son poignet a glissé une gourmette en argent avec son prénom gravé dessus.

— Vous faites ce trajet souvent ?

— Oui, assez. C'est-à-dire que je suis du coin. Mes parents tiennent un garage à Andrézieux, alors je m'organise dans le boulot, quand je peux. Je suis né là-bas. Vous connaissez ?

— Andrézieux ? Bien sûr ! J'y allais souvent en vélo, dans le temps. C'est très joli, par là, il y a des fleurs.

Elle a souri à Serge comme pour le féliciter de ses talents d'horticulteur.

— Vous n'habitez pas à Viorne, si ? a-t-il dit.

— Non ! Je suis en vacances. (Est-ce qu'elle avait une tête à habiter l'Auvergne ?) Ma... ma famille a une maison là-bas. J'y vais depuis toute petite.

— Vous êtes de Dijon, alors ?

— Non, enfin oui, mais je vis à Paris. J'y suis partie pour mes études, et puis j'y suis restée.

— Ah, c'est bien. Et vous venez retrouver le calme en Auvergne...

— Oui, c'est ça.

Le tourisme marchait de mieux en mieux dans la région. À Andrézieux, ils avaient ouvert un camping : un fermier qui avait aménagé son pré. Il avait du monde, beaucoup de Parisiens, justement. Dix ans plus tôt, on ne voyait pratiquement pas de voitures immatriculées hors du département, tandis que maintenant... Sans parler de Montbrison qui devenait une mégapole. Est-ce qu'elle savait combien il y avait de confiseries à Montbrison ? Quatre ! Et il s'ouvrait sans cesse de nouveaux commerces.

La Parfumerie était à elle ! Lise se l'est soudain formulé : elle héritait *La Rose des Sables* — dépositaire Guerlain, Cabinet d'esthétique — elle devenait propriétaire de ce que, même après en avoir cédé le fonds, on avait toujours nommé le magasin, sans danger de se tromper, grâce à l'article qui définit dans les familles les choses essentielles et notoires, le buffet, l'honneur, le chien, la vie, le voisin, la réputation, la maison : passe-moi l'éponge, baisse un peu l'abat-jour, dis-moi la vérité. À combien pouvait se monter le loyer ? Devrait-elle retourner à Dijon pour rencontrer les locataires ? N'aurait-elle rien à payer, des impôts, des droits de succession ? En tout cas, elle allait vivre mieux, sans plus dépendre d'un contrat de traduction aléatoire qui obligeait sa mère, tous les mois, à « mettre au bout », comme elle disait. Et une fois mariée, ce serait son argent de poche, pour s'acheter des robes. Elle a pensé aux grandes pièces de soie ou de satin que son arrière-grand-mère drapait dans la vitrine pour composer ses étalages, et qui finissaient dans son coffre à jouets. Elle s'est souvenue d'échantillons défraîchis dont on lui permettait de s'inonder, vers cinq ou six ans : Câline, de Patou, Jolie Madame, Soir de Bal. Elle a revu le slogan publicitaire inventé par Marcel Tissier, et qui avait orné longtemps la porte d'entrée du magasin : Le temps passe, le parfum reste, ou quelque chose comme ça.

Lise Imbert n'éprouvait aucun sentiment précis envers son arrière-grand-mère. Le fait qu'elle ait existé appartenait à ces connaissances objectives qui s'accumulent dans l'esprit pendant les années d'apprentissage, tels la date de Marignan ou le postulat d'Euclide. Au cours de ses études d'anglais, elle avait été amenée à distinguer le vocabulaire actif du vocabulaire passif : on employait couramment le premier, toujours présent à la mémoire, tandis qu'on ne faisait que reconnaître le second lorsqu'on le rencontrait dans un texte. Son arrière-grand-mère occupait en elle la place d'un de ces mots moitié connus, moitié oubliés : elle s'en souvenait si quelqu'un l'évoquait ou montrait des photographies, mais elle n'y songeait pas spontanément. Pourtant, une fois mort le garçon-coiffeur, Sophie Renard avait vécu très vieille, et même elle avait survécu à son gendre. Mais lui, ce n'était pas pareil : il était comme la première phrase qu'on apprend dans une langue, My name is Marcel, I love you, et qu'on n'oublie jamais.

Ils ont roulé un moment en pleine campagne, puis il a braqué à angle droit dans une cour en terre. Toutes les tonnes de la remorque ont suivi sans encombre et se sont immobilisées devant des géraniums. C'était le Café-Restaurant de Rezolles, baptisé, au cas où l'odeur n'eût pas été assez éloquente, AUBERGE RUSTIQUE. Diverses pancartes proposaient des poissons du jour, des crottins frais et du miel pur à 100 %. Une voiture stationnait sur le parking, elle venait d'Italie, de Venise. Le camionneur est passé devant le pare-brise, une espèce de bloc-notes à la main. Des coqs chantaient, si on peut appeler ça chanter. Deux chiens se flairaient en cercle avec l'intention manifeste d'abréger les préliminaires. Lise a baissé les yeux.

La doublure de sa jupe pendait. Dans quoi s'était-elle embarquée, grands dieux ? Quand est-ce qu'on arrivait ? Le camionneur a ouvert sa portière :

— Bon, moi je décharge. J'en ai pour cinq minutes. Vous venez ? Elle a pris sa main, est venue.

La salle était proprette, avec une cheminée, des nappes à carreaux et des fers à cheval au-dessus du bar. L'intérieur du restaurant était décoré de photos de l'extérieur : l'Auberge Rustique et ses propriétaires, la façade de trois quarts, la cour et l'escalier latéral qui menait aux chambres d'hôtes, une haridelle attachée au bac à géraniums. Des gousses d'ail pendaient aux murs, indiquant que le patron avait hésité douloureusement entre la truite au bleu et la pizza napolitaine. Son visage, tandis qu'il sortait des cuisines au bruit de la porte, était d'ailleurs rongé par l'hypothèse qu'une crêperie eût fait sa fortune. Il avait un ventre énorme sur lequel s'étalaient deux mamelles. — C'est le SERNAM, a dit le camionneur. — Germaine, a traduit l'autre en simultané, c'est le bahut. Après quoi, il s'est absorbé dans la contemplation des genoux de Lise. Elle a ramené sur elle les pans de son imperméable et s'est dirigée vers les toilettes par un étroit couloir où de la vaisselle était rangée. L'air sentait la lavande.

À son retour, ils se tenaient tous deux à la même place, mais des cartons marqués Fragile jonchaient le parquet. Germaine comparait fébrilement la notice et le bon de livraison, elle était persuadée d'avoir commandé du Louis XIII et non du Henri II. Le chauffeur buvait un café. Il aurait préféré une boisson fraîche, mais, inexplicablement, la présence de sa passagère l'avait empêché de réclamer une bière. Le patron lui demandait quel âge il avait, tout en suivant des yeux l'ourlet de la jupe de Lise en déplacement dans l'espace. Plusieurs fois, la mamie avait parlé d'un « concours de jambes » d'où elle se flattait d'être sortie deuxième à trente-cinq ans. Les candidates s'alignaient anonymement derrière un panneau qui masquait tout le haut du corps jusqu'à mi-cuisses, et les hommes tranchaient.

— C'est bon, a dit Serge. On y va ?

Récemment, dans un magazine féminin, un article psychologique classait les hommes en quatre catégories, selon ce qu'ils préfèrent chez une femme. Les amateurs de seins sont enfantins, de bouche sensuels ; les romantiques donnent la priorité aux yeux ; quant à ceux qui aiment surtout les jambes, concluait sévèrement l'enquête, ce sont des dragueurs et des inconstants.

Il pleuvait. Des feuilles couleur de rouille traversaient la cour en tourbillons. Les chiens s'étaient quittés. Le chauffeur n'a pas aidé Lise à monter dans le camion, peut-être parce que le patron était sorti sur le perron assister au départ. Roulez jeunesse ! a-t-il crié. Au moment où, le front déjà semé de gouttes, la jambe gauche tendue en arrière, les bras crispés, elle se hissait sur le siège, nageuse émergeant du bassin en en faisant vibrer l'échelle, le bruit d'un choc métallique l'a stoppée dans son ascension : les couteaux en ivoire de la mamie dégringolaient, rebondissaient sur le marchepied, tombaient. Ce fut comme si elle voyait mourir quelqu'un, s'affaisser là brutalement par degrés, sans recours : les genoux se dérobent, le corps s'écroule, tandis que vous, qui alliez en tête, restez à demi tourné encore dans l'autre sens, le menton sur l'épaule, incrédule. L'aubergiste s'était avancé d'un pas, une main sur le cœur et la bouche tragique d'une basse-bouffe qui s'apprête à pousser son morceau de bravoure. Du ciel se déversait une lumière jaune de crépuscule et d'orage. — Alors, la p'tiote, on embarque les petites cuillères ?

La ficelle s'était dénouée autour du linge où la mamie avait entortillé les couteaux. Ils étaient épars dans le gravier. Lise a ramassé l'emballage. C'était un torchon de lin à fines rayures rouges, dont la solidité était conforme à la vocation de durer toujours qu'avaient, à défaut de l'amour, les trousseaux d'autrefois. La mamie avait inscrit dessus, d'une écriture malhabile contrariée par les grains du tissu : Pour Lise, douze couteaux ivoire. Pourquoi avoir écrit sur un torchon ? Pourquoi n'avoir pas utilisé une boîte, un papier, un plastique ? Lise s'est mordu la lèvre. Il lui semblait qu'une paysanne aurait agi ainsi, ou la femme d'un mineur préparant un casse-croûte dans un coron du Nord. Ce morceau de chiffon révélait quelque chose des origines de la mamie, quelque chose de sa modeste enfance enfouie plus tard sous les parfums et les robes. Mais le support qu'elle avait choisi pour écrire la repoussait beaucoup plus loin encore, dans un siècle antique où le papier n'existait pas : Lise tenait entre ses mains l'un de ces papyrus sur lesquels se penchent les spécialistes pour en déchiffrer l'alphabet. Sa grand-mère appartenait ainsi à une époque très reculée dont Lise n'avait jamais été contemporaine, à des millénaires de là, quand on écrivait sur du lin ou du roseau. En ce temps-là, les corps étaient portés sur la rive du soleil couchant. La mamie était aussi anciennement morte qu'une momie des bords du Nil. La mamie, la momie. Les yeux de Lise se sont remplis de larmes. Le chauffeur rassemblait les couteaux, qu'il essuyait soigneusement un à un avec son mouchoir. C'était donc cela, mourir : paraître d'un seul coup si vieux à ceux qui vivent encore.

Le patron avait tourné les talons avec des reniflements de mépris. Lise voulait s'expliquer, que le chauffeur comprenne ce que la présence de ces couteaux dans son imperméable avait de simple. Il les avait posés près d'elle dans le vide-poches avant de démarrer.

— Ces couteaux...

Il l'a regardée en écarquillant les yeux, elle a cru qu'il allait dire : « Quels couteaux ? »

— ... c'est ma grand-mère qui me les a laissés. Alors je les ai emportés, c'est pour ça.

— Oui, c'est bien. Comme ça, vous allez les ranger dans votre maison en arrivant. Ils sont très jolis, ces couteaux.

Il a souri d'un air de dire qu'elle aussi. Elle a eu envie de descendre en marche, ou de lui en planter un entre les deux yeux.

— Non, je-ne-les-rangerai-pas-en-arrivant, a-t-elle corrigé. Elle a laissé le bonhomme Michelin effectuer deux mouvements de pendule au-dessus de ce mystère domestique, puis elle a ajouté : — La maison n'est plus à nous.

Il s'est concentré en silence sur la route qui tournait un peu, comme s'il suivait les circonvolutions de son cerveau, et au bout d'un petit moment, il a dit :

— Je comprends.

Mais non, il ne comprenait pas. Il ne pouvait pas comprendre. Qu'est-ce qu'il avait compris ? Elle allait lui expliquer, mettre les points sur les i. S'il la jugeait un peu dingue, il s'apercevrait qu'elle avait de qui tenir. Elle allait l'envoyer au tapis en cinq sec, lui et sa compréhension. Cloué, le bec, rabattu, le caquet. Conduis et tais-toi.

— La maison n'est plus à nous parce que ma grand-mère l'a léguée par testament à Patrick Poivre d'Arvor.

Elle s'est tournée vers lui. Il a accéléré, s'est ramassé sur son siège, le cou dans les épaules, prêt à traverser, lui et ses dix tonnes, un cercle de feu placé deux mètres au-dessus de la chaussée. Ils étaient repartis sur le sentier de la guerre, dont la hache s'agitait devant lui au rythme des essuie-glaces. À quelle tribu appartenait-elle ? Aux Shawnee, aux Delaware, aux Micmac, aux Dakotas ? Il a réfléchi, il n'osait pas l'interroger. Mais *a priori*, c'était plutôt une Micmac. En tout cas, elle était de la haute.

— Elle était amoureuse de lui, amoureuse folle, c'est le cas de le dire. Je le savais ; je m'en étais rendu compte un jour, par hasard, mais il y a longtemps et je l'avais oublié.

Lise n'avait pas été vraiment surprise quand le notaire avait lu la dernière ligne du testament, ou du moins pas aussi abasourdie que le reste de la famille, parce qu'une scène qu'elle était seule à connaître était revenue alors à sa mémoire, au nom du journaliste. Dites-moi à qui vous léguez, je vous dirai qui vous aimez : « C'est ce qu'on appelle un test-amant », avait-elle commenté plus tard, à la gare, dans un hommage tacite à Yves, en caressant le bras de sa mère ; mais celle-ci n'avait pas relevé.

La mamie n'avait plus toute sa tête, que cela soit bien clair : on en avait d'ailleurs la preuve éclatante. « Elle était zinzin, les médecins vous le confirmeront, elle yoyotait du couvercle, elle ne savait plus ce qu'elle faisait, je vous assure, Maître, elle avait un grain — ses mains le dessinaient dans l'air, gros comme une boule de pétanque —, elle tombait dans ses chaussettes » : l'oncle Achille avait bondi de son fauteuil et gesticulait en tous sens comme un parieur qui, des gradins, vient de voir filer à la corde un outsider. La tante Colette l'avait calmé d'un geste empreint de flegme et avait articulé posément, maîtresse d'elle-même dans la tourmente, du ton qu'on suppose aux Anglo-Saxons confrontés aux carnages ou aux catastrophes : « Qu'est-ce que c'est que cette histoire ? »

— C'est une drôle d'histoire. Ce devait être à Pâques, il y a trois ou quatre ans. Je vivais déjà à Paris, mais je passais les vacances chez moi, comme la plupart des étudiants. Quand j'allais à Dijon, je logeais toujours chez ma grand-mère ; j'avais habité deux ans avec elle, jusqu'à mon bac. Chaque fois que je revenais, elle m'accueillait passionnément, elle n'avait pas beaucoup de compagnie — ma mère vit à la campagne — et surtout, elle n'avait pas été habituée à la solitude. Vous savez, c'était le genre de femmes d'avant : il y avait eu ses parents, puis son mari, puis ses enfants, puis moi.

Donc, un soir, je l'avais prévenue que j'arrivais, mais sans préciser l'heure. À sept heures et demie, j'ai sauté dans un taxi en gare de Dijon, et vers huit heures moins le quart, je sonnais chez elle. D'ordinaire, elle me parlait dans la cage d'escalier, elle était si contente que nos retrouvailles commençaient toujours ainsi, elle au troisième et moi dans l'ascenseur. Ce jour-là, je suis montée en silence. Elle avait entrouvert la porte, mais l'entrée n'était pas éclairée. Ma grand-mère ne s'est montrée qu'à l'instant où je l'appelais en posant ma valise. Elle est sortie du salon et s'est avancée dans l'ombre. Elle paraissait troublée, je ne sais pas, fébrile, dans l'état d'affairement des vieillards dont on dérange les habitudes. Je faisais irruption dans un monde secret, entièrement clos, et pendant qu'elle multipliait les allées et venues d'un bout à l'autre du couloir en remuant tête et mains, je me suis demandé s'il n'y avait pas eu un malentendu sur la date de mon arrivée. Elle passait et repassait devant moi, m'indiquait ma chambre comme si j'ignorais où c'était. Elle empestait *Jardin d'Eden*.

C'est seulement dans le salon qu'à la lumière des lampes j'ai distingué son visage. C'était atroce. Elle était maquillée, je veux dire, terriblement maquillée, comme... comme je ne l'avais jamais vue.

Elle était maquillée comme une tenancière de bordel. Elle s'était composé un visage rouge et blanc, caricature violente d'un teint jadis admiré, tout de lys et de roses. Ses pommettes luisaient sous un fard gras couleur fuchsia, et le rouge à lèvres vermillon avait bavé autour de la bouche. Ses yeux étaient noirs, ils brillaient à la limite des larmes : elle s'était mis du citron pour leur donner de l'éclat. Elle portait en revanche une robe marine et blanche à manches longues et à col bateau, on aurait dit une erreur de montage, une marionnette enfantine sur laquelle on aurait vissé par inadvertance une tête de mère maquerelle.

Dans le salon, la télévision était allumée. J'étais restée debout au seuil de la pièce, et elle a murmuré sans se retourner, en confidence : « Ça va être l'heure. » Elle a approché une chaise tout près, à un mètre de l'écran, d'ailleurs elle n'avait pas mis ses lunettes. Je me souviens, ils passaient justement un spot publicitaire de Mamie Nova, vous savez, la mémé avec ses yaourts. Elle ne regardait pas, elle inspectait les alentours ; elle s'est levée pour rectifier l'inclinaison d'un abat-jour. Sa main tremblait.

Les actualités ont débuté par le traditionnel mouvement de caméra, zoom avant sur le journaliste jusqu'au plan fixe. Et cette spirale entraînait ma grand-mère, l'aspirait dans une hypnose invincible, tandis qu'elle demeurait sagement assise, le dos bien droit, le menton incliné sous un sourire gracieux, telle qu'elle se tenait autrefois, au bal, quand dans le champ de son attention s'avançait un danseur. Poivre d'Arvor a salué, Madame, Mademoiselle, Monsieur, bonsoir. Alors elle a penché la tête et elle a dit avec douceur : Bonsoir.

Le chambranle de la porte où Lise s'était adossée avait craqué. « Si tu as quelque chose à faire, tes bagages à défaire... » La voix de la mamie frémissait de reproche. — Oui, mamie, attends ; les informations, ça m'intéresse. — Tes vêtements vont être tout froissés... Sa voix vibrait d'une telle fureur contenue que Lise avait dit « oui, tu as raison », et qu'elle était sortie.

Je suis allée déballer mes affaires. Lorsque je suis revenue, un quart d'heure après, elle suivait un reportage commémoratif sur la Révolution des Œillets, mettant beaucoup d'ardeur à mimer l'intérêt — elle qui n'aurait pas pu situer le Portugal — de peur que son indifférence aux histoires du monde ne nuise à la conquête d'un homme dont c'était la carrière. Je m'étais installée discrètement sur le canapé, derrière elle. « Il se demande qui tu es, bien sûr. » Elle a pivoté sur sa chaise et m'a observée d'un regard pénétrant, comme si elle-même s'interrogeait sur mon identité. Dès qu'elle a entendu Poivre d'Arvor, elle a repris sa pose avant de s'exclamer d'un ton excédé, en dirigeant vers moi ses gesticulations : « C'est ma petite-fille, enfin, ma fille. Elle est là pour les vacances, huit jours. » Elle s'excusait auprès de lui de ma présence. Vous voyez, elle était vraiment amoureuse de lui, elle tenait à son tête-à-tête et refusait d'avouer qu'elle était grand-mère. Cela paraît incroyable, non ? Je ne l'avais jamais raconté à personne.

Ce qu'elle ne raconterait pas non plus au camionneur, c'est la conversation qui s'était prolongée dans la soirée. — Tu l'intéresses. Si si, je l'ai bien remarqué, va. D'ailleurs, d'habitude, il ne dit pas Bonsoir mademoiselle. D'un autre côté, les autres jours je suis toute seule, alors forcément, ça l'étonne. Lise avait essayé le raisonnement cartésien : — Mais mamie, c'est la télé, il ne nous voit pas, il n'est pas vraiment là. Elle avait pris un air hautain : — Ah ! il n'est pas vraiment là ? Il ne vient pas chez moi tous les soirs, peut-être ? J'ai rêvé, alors ? — Non, enfin, je veux dire, il va chez tout le monde, tout le monde le voit à la même heure... — Ah bon. Toi, par exemple, tu le vois tous les soirs ? — Non mamie, mais moi je n'ai pas la télé. — Alors, tu vois bien. — Mais si je voulais, je pourrais, chez moi, à Paris, il suffirait que... — Oui oui oui. Seulement en attendant, c'est chez *moi* qu'il vient.

Serge Durand a laissé un blanc. L'histoire ne manquait pas de sel, effectivement. Il comprenait que sa passagère en ait gros sur le cœur : la pauvre femme avait déliré plein tube. Mais il préférait ça : au début, il avait cru que Poivre d'Arvor était de sa famille, et il était soulagé.

— Oui, les grand-mères ont souvent des petits amoureux ; on en rencontre dans la rue, ils sont mignons, ils se tiennent par la main. Évidemment, de là à croire que la télé... Mais à cet âge-là, on retombe en enfance, souvent.

Lise est restée muette. La mamie n'avait pas besoin d'un amoureux avec qui s'asseoir sur les bancs des squares en nourrissant les pigeons ! Elle exigeait un amant, un homme jeune et puissant, fidèle et jaloux. « Il me fixe rendez-vous la nuit. Il est à Dijon — ne t'imagine pas qu'il est à Paris : je le croise ici, dans la rue. L'autre fois, je l'ai aperçu à l'angle de l'impasse Saint-Jacques, derrière l'église, en costume gris très chic. Il est noble, tu le sais ? Il a la particule. Il n'ose pas encore m'approcher, il me guette. Au début, j'étais gênée : tu comprends, il est marié, il a des enfants, je l'ai lu dans *Télémagazine*. Mais il a tellement insisté... »

Sa crise de jalousie passée, la mamie avait ainsi choisi de se confier à sa rivale, à mi-voix cependant, pour ne pas être entendue des visiteurs de l'écran. Lise aurait préféré cent fois suivre le film avec Clark Gable, dont elle avait dit vainement à sa grand-mère qu'il était mort depuis vingt ans. Mais celle-ci, débarrassée de la pruderie qu'elle affichait d'ordinaire, voulait s'épancher, raconter sa romance. Elle qui s'était toujours montrée si décente, au point de juger choquant que des garçons entrent dans la chambre de Lise, même avec le Harrap's Shorter sous le bras, semblait affranchie là de toute retenue. « Moi, je n'ai jamais trompé Marcel, bien que les occasions ne m'aient pas manqué, tu peux me croire. Rien qu'au mariage de Sissi, tous les hommes qui me prenaient pour elle ! « La fiancée, sans doute ? » Ah ! j'étais belle... Si j'avais voulu... Mais maintenant qu'il a disparu, ce n'est pas pareil. Et puis lui, oh là là, il ne se gênait pas. Alors... »

La mamie avait rêvassé un moment, les yeux vagues. Elle n'en voulait plus à son défunt mari des fredaines que Lise supposait d'ailleurs imaginaires, mais elle songeait à son avenir à elle, à présent qu'elle était libre et aimée. Soudain, elle avait jeté à Lise un regard éperdu, puis, d'un ton faussement détaché, comme un enfant aurait quémandé auprès d'un adulte une information délicate, elle avait repris : « Moi, je n'ai jamais su ce que cela faisait, l'amour. Avec Marcel, on avait des lits jumeaux, il venait me rejoindre. Il appelait ça "faire zig-zig". Mais quoi ? Est-ce que ça fait vraiment plaisir ? »

Lise n'avait pas répondu, elle essayait de se

concentrer sur le dernier rodéo de Clark, elle se sentait brûlante. La mamie désirait un amant, un véritable amant, l'un de ces hommes hardis qui escaladent de nuit les balustrades, ouvrent ou forcent les jalousies pour vous serrer dans leurs bras. Elle voulait la vie qu'elle n'avait pas eue, à quoi rêvent les jeunes filles : « Le père ouvre la porte au matériel époux. Mais toujours l'idéal entre par la fenêtre. » Le rêve enfin avait pris corps (la vie est parfois trop amère si l'on ne croit pas aux chimères). Poivre d'Arvor venait chaque soir, entrant soudain, plein de charme et sourires, par la lucarne du salon. Elle aimait à la folie son élégance. Certes, il était très intelligent, ponctuel, assidu, toujours fidèle au poste, il avait une voix chaude et caressante. Mais surtout, surtout, il présentait bien.

INVITATION

— Ah ! oui, a dit le voisin, c'était le bon temps. Il tenait la photographie dans le creux de la paume, la tête inclinée en un sourire content, comme s'il se trouvait beau en ce miroir. J'ai la même ici, mais faudrait que je cherche. Il a montré une boîte de petits-beurre en métal posée sur une étagère.

Yves Morand était assis sur un banc devant une longue table en bois, un verre de pastis à la main. À une extrémité, une bouteille de rouge vide formait avec un couteau et des croûtes de pain une nature morte à l'opinel. Dans la pièce, qui servait à la fois de cuisine et de salle à manger, cinq ou six papiers tue-mouches pendaient à du fil de fer, tels des cotillons fatigués au lendemain d'un bal.

— C'était, que je ne vous dise pas de bêtises, c'était en juin 1956, pour la Saint-Jean — je m'appelle Jean, donc c'était ma fête aussi. Je la connaissais bien, Sissi, vu qu'on était toujours ensemble, petits ; on cueillait des framboises, on construisait des cabanes, elle aidait à rentrer les foins ; elle venait même à la maison faire la vaisselle, même que sa mère la disputait à cause de ça.

On s'est bien amusés, surtout pendant la guerre. Elle répétait toujours : « Moi, quand je serai grande, j'épouserai Jean », et tout le monde riait, chez nous, forcément. Et puis à un moment, on ne s'est plus vus : eux venaient moins souvent, moi je travaillais en bas, à la scierie, après j'ai été au service, enfin bref on ne s'est plus vus pendant quatre ou cinq ans.

À cette époque, la fête avait lieu place de l'Église, au café : Lulu sortait ses tables et on dansait à l'intérieur. D'abord, je ne l'ai pas reconnue ; elle valsait avec son frère, Achille, il était en uniforme, je crois bien, il venait d'être reçu à une école, ou bien il était militaire, je ne sais plus. Elle, elle portait cette robe-là, avec les bateaux, vu que c'est le même jour qu'on a fait la photo : il y avait un petit studio improvisé dans l'arrière-boutique, on y est allés en cachette pour avoir notre portrait tous les deux ensemble. Donc elle dansait avec son frère, et pour ne pas avoir l'air de la regarder, je ne décollais pas de la grande glace qui prend tout le mur, à droite en entrant, elle y est toujours. Je la voyais de profil, de dos, de trois quarts, sa robe flottait sur ses mollets, ses cheveux flottaient sur ses épaules, et je me disais : Est-ce que c'est elle ? L'orchestre a enchaîné avec un truc encore plus compliqué. Elle riait, ils faisaient des figures. Puis, comme la mère Tissier n'arrêtait pas de la surveiller bien qu'elle était avec son frère, je me suis dit : C'est elle. Alors j'ai attendu un peu : elle s'était rassise à côté de ses parents, mais moi j'attendais que la musique joue quelque chose de facile, parce que la danse et moi... Finalement je me suis levé, je suis allé jusqu'à leur table et j'ai dit en lui tendant la main : Tu viens ?

Elle a trouvé que je dansais mal, j'ai répondu que peut-être, mais que j'avais d'autres qualités. En même temps, je la serrais de près, tout balourd que j'étais. Faut vous dire que, vous savez ce que c'est, j'étais jeune, je bandais comme un âne, et j'avais peur que la mère s'en aperçoive, elle avait des yeux partout. Le paternel, pas de danger, il tapait le carton. Il y avait aussi la grand-mère, la veuve douairière, que je l'appelais, pète-sec mais gentille, dans le fond. Non, la pire c'était la mère — paix à son âme, hein, mais n'empêche, une sale vache. C'est à cause d'elle, tout ça.

Le voisin a fait un geste vague vers les guirlandes de mouches mortes. La tête calée contre sa main gauche, le pouce et l'index enserrant le pied de son verre. Yves Morand écoutait, flottant dans une légère ivresse. Il avait faim, il se serait bien mis quelque chose sous la dent, mais son hôte avait déjà repris son récit, il s'était emparé du couteau et, tout en parlant, il dessinait des cœurs parmi les miettes avec la pointe de la lame, qu'il enlaçait ensuite avec le plat. De l'autre côté de la table, Yves déchiffrait des as de pique. La photo était debout contre la bouteille.

— Faut dire que j'étais plutôt beau gars... à part *ça* — du couteau, il a désigné son naevus comme s'il voulait se trancher la carotide, Yves a renversé son verre — non, laissez, ça va sécher, il s'est levé, a titubé jusqu'à l'évier, est revenu, a épongé. Puis il a pris la bouteille et, consciencieusement, il a remis ça : c'était l'heure du Berger. Elle me plaisait bien aussi, *mademoiselle Tissier*, elle était jolie — il a ri —, comme mademoiselle Lise, par le fait, hein? — il a ri encore, mais l'idée n'avait pas l'air de lui être agréable, en fin de compte; il a regardé Yves sans aménité. J'ai réussi à l'embrasser pendant la séance de pose; je ne devais pas être le premier, remarquez — il a attendu qu'Yves remarque —, mais bon... Après, je lui ai fixé rendez-vous, rien que pour voir, je lui ai dit que je serais de l'autre côté du mur de chez elle, près du noyer, à trois heures, cette nuit-là.

Il s'est tu, a levé les yeux vers le haut de la fenêtre comme si elle allait y apparaître, son visage d'abord, dépassant le sommet, puis la robe blanche à bateaux bleus. Il a vidé son verre d'un trait pour se donner du courage, et il a dit en s'adressant au plafond où scintillaient encore les feux de la Saint-Jean : Elle est venue.

Après, il ne savait plus rien. Dans les blés, cette nuit-là, ils avaient causé de se marier, mais il ne l'avait plus revue, enfin, jamais seul à seule : plaisir d'amour ne dure qu'un moment. Pendant deux jours, elle n'était pas sortie. Il lui avait écrit, dans l'enveloppe il avait glissé la photographie, et un épi en guise de signature. Sa mère aidait au ménage chez les Tissier, elle avait transmis la lettre. Le lendemain, il avait vu passer la DS sur la route au bord du pré où il était, Sissi assise à l'arrière, bien coiffée, pomponnée comme si de rien n'était, on aurait juré qu'ils l'emmenaient en visite. Il n'avait jamais reçu de réponse, n'en avait jamais reparlé avec elle, même par allusions, même longtemps après. Elle avait dû tout oublier.

En réalité, Sissi avait écrit. Mais pour une raison ou une autre, soit qu'elle y ait renoncé, soit que quelqu'un l'ait intercepté, ce courrier n'est pas parvenu au destinataire. Cela dit, elle se souvient de tout.

«... je croyais pourtant que personne ne m'avait entendue ni sortir ni revenir ; j'étais assise sur le bidet en train de me laver, et c'est là que maman est entrée : j'aurais dû fermer ma chambre à clef. Elle est venue droit à mon cabinet de toilette et ça a été affreux. Elle m'a demandé où j'avais été, je n'ai pas répondu. Elle avait à la main son réveil de voyage, elle m'a fait constater l'heure qu'il était. La chambre était déjà claire, les coqs chantaient. Elle criait, mais sans faire de bruit, pour ne pas réveiller la maison, elle voulait que cela reste entre elle et moi parce qu'elle prétendait que papa me tuerait : j'ai souri, j'imaginais mal papa m'assassiner pour ça. Elle m'a traitée d'effrontée, de coureuse, de jeunesse perdue ; elle m'a dit “Je t'en donnerai, des rendez-vous”, et en même temps elle lançait des coups de pied dans le bidet. Elle était toute blanche, en plus avec la crème de nuit qu'elle se mettait sur la figure... À un moment, comme je n'ouvrais pas la bouche, elle est devenue folle furieuse, elle m'a attrapée par le col de ma robe et elle m'a tellement secouée qu'elle a arraché un bouton, et peut-être un bout du tissu avec. Je m'en fichais, la robe était à elle, elle me l'avait juste prêtée pour le bal en me disant : « Elle s'appelle Reviens », eh bien voilà, je la lui avais rendue ! Elle ne l'a jamais remise. Mais des robes, de toute façon, elle en avait tant ! »

Le voisin hochait la tête à intervalles réguliers, comme s'il dénombrait lentement quelque chose. Yves Morand avait repoussé son verre et se tenait le dos droit, les paumes appuyées sur la table, dans la pose où Lise l'a vu la première fois. Une mouche s'était engluée sur le papier collant et ranimait par son fredon les flonflons enfuis de la fête.

— Et savez-vous quand je l'ai revue ? Le jour de son mariage, ici, à l'église. Plus exactement, je l'ai vue repasser dans la DS, elle avait la traîne, la couronne de fleurs d'oranger et tout le tremblement — le voisin s'est raidi contre le séisme, il en tremblait encore. J'ai eu envie d'arrêter tout, de hurler au curé qu'elle m'appartenait. J'aurais pu faire un beau tintouin, déjà qu'on jasait dans le pays rapport au fiancé qu'était parpaillot — la mouche aussi jazzait à tue-tête, Yves a plaqué les mains sur ses oreilles — ... mais ce qui m'a freiné, c'est elle, Sissi : parce que dans la DS, j'ai eu le temps de l'apercevoir, à côté de son père : elle avait l'air contente. Alors j'ai rien fait, enfin j'ai... — il s'est resservi un verre. Après, ils ont fêté la noce chez eux. Ma mère servait au buffet, elle m'a raconté, ils ont dansé toute la nuit, paraît-il que le marié dansait très bien, d'après ma mère il ressemblait à Errol Flynn, sportif et tout — il a haussé les épaules : que vouliez-vous qu'il fît contre Robin des Bois ? Le lendemain, ils ont pris le wagon-sleeping à Lyon, direction l'Italie. J'ai bien pensé à me ficher à l'eau. Mais à quoi ça m'aurait servi ?

Il s'est voûté au-dessus de la table, a regardé longuement ses mains ouvertes. Puis il a laissé ses yeux errer sur les meubles, les étagères.

— Ah ! si, a-t-il ajouté en se soulevant pesamment de sa chaise. Il s'est approché du buffet en chaloupant, a tendu le bras vers le vaisselier : J'ai eu ça. Il est revenu s'asseoir, a posé le bibelot devant lui. C'était une petite gondole rouge et or. Il l'a fait avancer d'un mètre en la poussant du doigt, a collé sa joue contre la table pour observer la flottaison, et, comme si pour la première fois ce cadeau l'émouvait, ce bateau l'amusait, il a conclu d'une voix humide : Elle était gentille.

Un silence a suivi, brisé seulement par la dégustation d'un verre cul sec et les efforts sonores de la mouche, dotée d'une résistance inouïe.

— Peut-être était-ce le père aussi qui s'opposait ? C'était quelqu'un de connu, je crois ?

Le voisin a reniflé, de quoi est-ce qu'on causait, déjà ?

— Oh ! le père... Non, il n'était pas sévère. Lui, ce qui l'intéressait, c'était surtout — t'en reprendras bien une dernière goutte ? — il était porté sur la chose, quoi ! Il a marqué l'essai contre les All Blacks je ne sais plus quelle année, d'accord. Mais alors après, pardon, il l'a transformé ! C'était le héros de ces dames, et jusqu'à la fin : le champion par-ci, le champion par-là... Champion de la bagatelle, oui. Et quand il est mort ! Si t'avais vu le tableau ! Ça s'est passé quasiment sous mes yeux, vu que le platane où il a atterri avec sa Facel toute neuve est en bordure de mon champ, sur la route de Ferrières. On n'a pas tout dit dans les journaux, ça non. Je pourrais t'en raconter de belles.

Il a laissé aux belles le temps de séduire un peu l'imagination puis, vu que son nouveau copain ne lui demandait rien, il lui a tout raconté.

Yves Morand est resté rêveur à ce récit. Lui qui, dans les lieux clos, cherche les ouvertures, il admire cette sortie, cette échappée ; il trouve l'issue belle, forte, et, en un mot, très sport.

Il a fini par jeter un coup d'œil à sa montre, a ébauché le geste de partir. Oui, a renchéri le voisin, on bavarde, on bavarde... il a chassé une poule qui s'aventurait sur le seuil de la porte. On se reverra peut-être à la fête, non ? T'y vas pas ? Yves s'est souvenu de l'invitation de la bouchère, du steak : c'était presque l'heure, et il n'avait pas envie de rester tout seul au do mi si la do ré, à attendre Lise qui arriverait dieu sait quand. — Si, je vais y faire un tour. La dame de la boucherie m'a invité pour l'apéritif. — Un petit tour et puis s'en va, a commenté le voisin en lui tapant sur l'épaule. Mais dis donc, s'est-il aussitôt effaré, je sais même pas ton nom.

Ils se sont présentés. Yves Morand, a enregistré l'hôte, debout à l'entrée de la cour. Tiens, puisqu'il était docteur, il pourrait peut-être... Non, une autre fois. Lui-même s'appelait Jean, Jean Levoisin, mais il n'avait qu'à l'appeler Jean.

Une fois rentré à l'intérieur, Jean s'est laissé tomber sur le banc. Yves n'avait pas remporté la photographie. Les deux mains agrippées aux cordes d'une balançoire factice, Sissi tendait vers l'objectif une jambe fine. Des bateaux naviguaient à la pointe de ses seins, ondulant à peine sur cette houle douce. Lui se tenait debout derrière elle, le visage à hauteur de ses cheveux, comme s'il allait pousser l'escarpolette. Sa tache avait l'air d'une grosse mouche noire. Il n'avait pas pu s'en débarrasser. Le docteur de Montbrison l'avait examinée, l'avait nommée d'un nom savant, d'un nom de nuage. Cela s'appelait aussi une envie — parce que sa mère avait eu envie de framboises en l'attendant. On n'y pouvait rien.

Il a contemplé la table, les verres. C'était pas un bavard, l'Yves. Mademoiselle Lise paraissait gentille avec lui, mais pour combien de temps ? Les femmes préfèrent les beaux parleurs, tout le monde sait ça, ou alors les bons danseurs... Deux-trois fadaises, un tour de valse, et hop. D'un autre côté, une maison sans femme, c'est triste, ce n'est pas dans la nature.

Il s'est emparé de la gondole, est allé la replacer sur le rayon du bahut. Lui aussi, il aurait bien aimé se marier. Il avait un peu cherché, mais ça ne s'était pas fait, il avait attendu que l'envie lui passe.

Il s'est rassis, a regardé la photographie en fredonnant, les poings sous les yeux. On peut toujours causer, noyer le poisson et chasser les souvenirs, ça ne change rien jusqu'à l'issue fatale. Chagrin d'amour dure toute la vie : on a beau raconter, s'agiter, le passé, de toute manière, il s'appelle Reviens.

ISSUE

Marcel Tissier aime les femmes, mais il aime aussi être seul, car alors il peut fumer et il aime beaucoup fumer. Le corps médical — à commencer par son gendre dont ce n'est pourtant pas la spécialité — l'a prévenu qu'une nouvelle attaque risquait d'être fatale, ce qui le laisse de marbre ; il a envers les prédictions des médecins les mêmes sentiments qu'à l'égard des prophéties religieuses ou des pronostics sportifs : il attend de voir. Pour l'heure, il est immobile à un angle du hall de Lyon-Perrache, une Craven aux lèvres, et, l'œil vigilant, il observe tous les mouvements de la gare, comme il évaluait naguère, du bord de la pelouse, la capacité de déplacement des jeunes espoirs du club. Il est vêtu d'un pantalon de toile, d'une chemisette claire dont le col ouvert est protégé par un foulard à impressions cachemire. Sa casquette est restée dans la voiture, une Facel qu'il a achetée pour son côté sport, sa rapidité ; il est venu chercher à Lyon une amie de collège de sa femme, une veuve encore gironde, infiniment plus gaie que Marcelle, avec laquelle il pense depuis longtemps avoir une touche. Ils retourneront à Viorne par le chemin des écoliers, afin que sa passagère puisse jouir de l'automobile et éprouver sa puissance. La salle des pas perdus est tout à fait semblable à un terrain de sport : il y a ceux qui ont leurs marques et ceux qui ne savent pas où aller, il y a ceux qui bougent beaucoup pour rien et ceux qui vont rater le coche, il y a des espoirs, des désespoirs, des coups de sifflet, des rencontres amicales, des surfaces de séparation.

Il s'avance sur le quai quand le haut-parleur annonce l'entrée en gare. La veuve joyeuse agite la main en haut du marchepied ; elle est flanquée de deux grosses valises. Un porteur s'approche, mais Marcel les saisit d'autorité. « Bonjour, champion », dit-elle. Elle porte un tailleur pied-de-poule et un collier formé de petites médailles dorées. Il l'entraîne à sa suite hors de la mêlée.

La sortie de Lyon est encombrée. Il prend un dégagement à droite, et les voilà dans la campagne. Le paysage est vert, souligné de collines au loin qui montent doucement vers le ciel. Ils parlent de choses et d'autres, du temps qu'il fait, de Marcelle qui a le bourdon, rien de décisif : les joueurs s'observent. Mais elle a l'air en grande forme, elle gonfle la poitrine, respire, sourit : elle semble aimer beaucoup leur équipée. Bien plus tard — il a roulé trop vite, ils sont presque arrivés — il lui demande si tout va bien, si elle a assez de place pour ses jambes, dans la foulée il lui effleure la cuisse. Elle saisit la balle au bond, c'est une femme qui a le sens du jeu. Elle pose sa main sur le premier bouton de son pantalon. Il n'entre pas encore dans la partie, il reste sur sa réserve, il laisse venir. Lorsqu'il saisit son briquet sur le tableau de bord, une cigarette entre les doigts, elle l'intercepte au vol et l'allume, elle fait les avances. Il demeure concentré, fixe la route qui zigzague un peu à l'avant du capot. Mais l'action se précipite : elle le provoque, l'excite, elle a l'intention d'en découdre, elle va droit au but. Il juge le moment venu de riposter. Il plaque une main sur son cou et la tire à lui, elle est à moitié couchée, pliée contre lui, il l'étreint, l'embrasse. Sa peau est douce, elle gémit, elle roucoule comme une colombe tandis qu'il gagne du terrain. La voiture monte en régime, les compteurs bougent comme des chronomètres. Soudain elle réagit, elle lui colle au corps, ne le lâche plus, il tente de se dégager, elle maintient la pression, elle sort le grand jeu. Alors, dans un demi-brouillard, il sent se rassembler en lui toute son énergie vitale, toute la fulgurance de l'attaque : la promesse du moment lui apparaît dans sa splendeur unique, il faut courir, maintenant, conquérir la victoire. Muscles bandés, il se tend vers la ligne là-bas, frontière de l'impossible, lisière de la souffrance et limite des forces, le ballon serré contre lui, sentant à peine, dans l'ineffable étreinte, la douleur qui broie son bras gauche. Les poumons bloqués, la bouche sèche, il court. Un voile de sang lui brouille la vue, ses oreilles sifflent, une foule hurle — mon cœur chante avec vous, à casse-cœur, à casse-cou — plus qu'une seconde et il aura vaincu. Dans un spasme ultime, sous les cris hystériques, il s'élance, il ne voit plus qu'une étendue british racing green marquée d'une mince bande blanche ; il lui semble apercevoir encore une silhouette debout dans le champ de son regard, entre les poteaux, l'arbitre, l'arbre, la vitre, puis tout est noir, all's black.

ITINÉRAIRE

— Eh bien, ils ne se sont pas ratés !

Serge Durand est passé au point mort. Un ralentissement s'était formé sur les lieux de l'accident, les automobilistes s'arrêtaient un instant et regardaient derrière leur vitre, comme, en mettant machinalement la télévision, on est happé quelques secondes par les images d'une tragédie qui nous épargne.

— C'est eux qui nous ont doublés tout à l'heure à vitesse grand V, a remarqué le camionneur avec une pointe de soulagement : le Destin était cruel, mais sa balance n'était pas trop déréglée. Les gyrophares clignotaient sous le ciel bas comme des chandelles de feu d'artifice. Dans le champ voisin, un gendarme ramassait quelque chose, un objet de forme ovale — Lise a plissé les yeux — une casquette, peut-être. Des portières ont claqué. Tout ce monde qui descend voir, a-t-elle dit. Oui, c'était triste. Les gens n'étaient pas des saints. Il a allumé la radio, « Radio-Route, la radio que j'écoute », mieux valait se tenir informé de la circulation en ce 13 juillet meurtrier. Il avait hâte, soudain, de rendre la squaw à sa tribu et de rentrer chez lui.

« Pas sans toi, pas sans toi, pas sans toi... », le volume de la chanson a décru lentement à la manière d'une voix qui s'éloigne : il ne voulait pas partir sans elle, il finissait par s'y résigner, mais cela prenait du temps. Lise s'est agitée sur son siège. Elle détestait les fins qui traînent, les refrains qui freinent en douceur, les rengaines qui ne savent pas rengainer. En matière de chant, elle avait une préférence pour le jazz ou l'opéra, où la note peut certes être tenue, mais d'un coup se brise et cesse, clac, coupez, il en était d'ailleurs de même pour toutes les histoires ; Max, par exemple, dans ses films, ne savait pas conclure, il tournait autour du pot et terminait en eau de boudin, un jour elle le lui dirait. La vie aussi devait s'arrêter net, et l'amour, quand c'était fini : pas d'agonie interminable. Lise a pensé à ses parents. La lune de miel n'avait pas duré, mais le mariage, oui. Il se serait sans doute prolongé au-delà des seize ans effectifs si un événement n'était pas venu hâter la rupture. Lise n'avait jamais su quoi exactement ; son père avait fait une « dépression », il avait eu une crise nerveuse, une « bouffée délirante » après laquelle Sissi avait demandé le divorce. Sans cela, le contrat eût duré toujours : comme ils ne s'entendaient pas, ils avaient cessé de se parler, ce qui avait abouti à un silence d'excellente qualité. Du moins avaient-ils évité les dialogues de sourds. Lise avait d'abord babillé dans cet espace intersidéral que traversaient parfois, venant de l'étage au-dessus, objet de commentaires lapidaires, les gémissements de la mamie, puis elle avait appris d'autres langues. Quand, dès après la séparation, avant de quitter sa fille, sa ville, sa vie, et tout,

Gilles Imbert croisait Sissi dans la rue, il ne lui disait pas un mot, pas même bonjour. Elle en était à tort bouleversée, car ce silence, loin de manifester à son égard l'hostilité d'un homme avec qui elle avait vécu si longtemps, était le témoignage de sa fidélité, sa manière de montrer qu'au fond rien entre eux n'avait changé.

— Voilà, c'était *Pas sans toi*, de Joël Magnan bien sûr. Vous êtes toujours sur Radio-Route, avec Régis jusqu'à vingt heures. Et maintenant, quelques airs d'accordéon : pour Ginette, au Vaudreuil, de la part de Raymond qui ne pourra pas rentrer avant minuit, ah là là c'est dur, *Le Beau Danube bleu*, avec la grande Yvette Horner.

Pourquoi les routiers ont-ils la réputation d'aimer l'accordéon ? Ils ne sont pourtant pas la seule corporation à fréquenter les bals populaires... En revanche — Lise l'a lu récemment dans *L'Express* — les statistiques leur décernent la palme d'or des maladies vénériennes, à égalité avec les VRP, qui coiffent au poteau les étudiants. Lise Imbert n'a jamais mis les pieds dans un camion, jusque-là. La cabine du 10 tonnes était impeccable, aucun poster de femme nue n'y était punaisé. Le SERNAM devait avoir un statut à part, des consignes plus strictes destinées à maintenir une certaine idée du service public, bien qu'il autorisât apparemment le port du chapeau de cow-boy. À propos de service public, une séquence s'est déroulée soudain en accéléré sur le pare-brise où défilait le bitume : un agent des PTT venu réparer une ligne téléphonique en dérangement était assailli dès son entrée par une grosse ménagère en chaleur. Après une brève hésitation, il lançait au coin sa casquette réglementaire et se jetait sur la bacchante au balai en brandissant son appareil et en s'exclamant : « Télécom à votre service ! » C'était une péripétie du seul film X que Lise ait jamais vu, des années plus tôt, à la suite d'un pari entre étudiants. Elle s'est rencognée contre la vitre. Le chauffeur écoutait en extase *Le Beau Danube bleu*, mais pouvait-on s'y fier ? Après tout, elle était seule avec lui ; de plus, dans l'inconscience du chagrin, elle s'était laissé entraîner tout à l'heure à des confidences intimes. N'allait-il pas, sur la foi de déductions sommaires et mû par des instincts primaires, lui faire le coup de la panne, arrêter son engin sur le bas-côté et lui sauter dessus en hurlant : « Je roule pour vous » ? Elle a appuyé les doigts sur ses paupières, remplaçant ce cauchemar barbare par un tableau de Vasarely. Elle était manifestement un peu fatiguée. Encore se fût-elle sentie plus mal si elle avait eu l'occasion de visiter, à Lyon-Perrache, l'exposition sur Les Transports et Messageries à travers les âges, où il apparaissait, parmi diverses informations sur les Hermès antiques, les hérauts d'armes et l'Aéropostale, que dans la descendance abâtardie de la diligence figurait la *patache*, dont le conducteur, le *patachon*, avait mené une vie en général assez dissolue. Lise a respiré profondément en repoussant d'une main sa ceinture de sécurité. L'intérieur du camion brassait des relents de tabac, de plastique et d'orange pelée, comme dans ces taxis parisiens où le chauffeur est si bien confiné avec son chien, son sandwich et sa vieille couverture, qu'on a l'impression, à croiser son regard mauvais dans le rétroviseur, qu'il faudra payer cher pour s'en échapper. Lise Imbert a sorti un chewing-gum de son sac. La mamie lui a légué aussi ces vagues d'angoisse irrépressible, à la limite de la claustrophobie, qui l'empêchaient de respirer et que, dans l'indifférence ambiante, elle appelait avec pompe son « oppression ». En outre, la route montait un peu. Lise avait mal aux oreilles et déglutissait difficilement. « C'est pénible, la montagne », suffoquait la mamie, pour qui Viorne, à 922 mètres, perchait dans l'air des cimes. Le chauffeur battait la mesure d'une main sur son volant ; elle n'a pas osé lui proposer un chewing-gum.

— Moi, je ne suis pas un fan d'accordéon, mais j'adore la valse, enfin, ce genre, surtout quand je roule. Et vous ?

Une pelle, un patin, euh oui, moi aussi. La musique légère, Strauss...

— Ce doit être bien d'aller à Vienne. D'ailleurs, moi, mon rêve, c'est le TIR.

— Le tir ? Elle a lissé le devant de sa jupe.

— Transport International Routier. Vous savez, c'est marqué à l'arrière des camions, souvent... Au moins, on voit du pays, on se promène. Strauss, c'est un Viennois ?

— Oui, a dit Lise. Johann Strauss. Elle s'est détendue, a étiré ses jambes. « Est-ce que tu connais les concerts du lundi à l'Athénée ? » avait demandé Yves, quelques jours après leur rencontre. « La semaine prochaine, il y a Gundula Janowitz dans la *Salomé* de Strauss. » « À la télé ? » avait-elle répondu, étonnée, complètement nue sur le tapis, elle ne pensait pas qu'il regardât la télévision, ni qu'il aimât l'opérette. Il avait pris l'air résigné de saint Jean Baptiste sur son plateau d'argent et lui avait tout expliqué. Elle s'était sortie de ce faux pas en effectuant pour lui un petit ballet, quelques entrechats qui lui restaient de son cours classique, une synthèse audacieuse de la danse des sept voiles, de la mort du cygne et du french cancan. Depuis, elle incarnait à ses yeux l'Étoile dans sa splendeur mythique, il admirait en elle la quintessence du sport et de l'art réunis, et elle n'avait jamais osé lui avouer que sa dernière arabesque remontait à l'âge de huit ans. Un soir qu'elle arrivait à sa rencontre, sur le parvis de l'Opéra, justement, il s'était exclamé, ravi, qu'elle avait eu, à l'instant, pour arranger une mèche de cheveux, l'arrondi parfait du bras qui trahit Terpsichore. Elle avait ri modestement, disant qu'il ne fallait rien exagérer, et avait gravi sur l'extrême pointe des pieds les marches du palais Garnier. Mais ils n'avaient jamais dansé ensemble le moindre slow, ni a plus forte raison la valse ou le rock, que Lise aimait jusqu'à l'ivresse. « Il y a bien peu d'hommes qui sachent danser, se plaignait *a posteriori* la mamie, et en général ils détestent ça. Quand je pense que moi, jeune fille, j'aurais passé des nuits entières à tourbillonner sans fatigue, et que Marcel n'a jamais pu mettre un pied devant l'autre... » Avant son mariage, entre dix-huit et vingt ans, elle n'avait manqué presque aucun des bals que la mairie organisait chaque dimanche dans le foyer du théâtre municipal de Dijon. Ses parents l'y emmenaient sans difficulté, sa mère par devoir social et peut-être, plus secrètement, pour replonger malgré l'embonpoint dans le tournoiement de ses premières amours, son père par goût des rassemblements féminins, et parce qu'il fallait bien marier Marcelle. Comme il souhaitait pour elle l'union la plus avantageuse possible et que la société de ces bals était assez mêlée, il oscillait sans cesse, à l'égard de sa fille, entre la surveillance dissuasive et la publicité attractive. Aussi la mamie avait-elle gardé de cette époque essentiellement deux souvenirs. D'abord celui de toutes les robes qu'on lui avait fait faire en vue de ces après-midi dansantes ; elle les décrivait sans hésitation, une bleu pâle tout en soie, avec une double rangée de boutons-perles sur le devant, une autre à damiers étroitement ceinturée, ornée dans le dos d'une martingale — la pointe de la mode — une jupe en faille rouge dont le crissement accompagnait ses tours de valse, un manchon russe à passementeries copié sur un modèle de grande maison, pour la sortie. Son père la peignait lui-même, ses boucles d'un blond roux attiraient les regards. Et puis il y avait le souvenir d'un dimanche, le seul vraiment précis quand tous les autres étaient noyés dans la griserie du même flot de musique dispensé par le même orchestre chaque semaine aux mêmes heures et au même endroit. Ce jour-là, elle avait déjà beaucoup dansé et elle soufflait un peu, rose d'excitation, restant debout pourtant, de peur qu'on ne la croie hors-jeu et parce que c'était la meilleure façon de mettre en valeur les mille plis d'une robe verte finement froncée à la taille ; sa mère lui avait d'ailleurs déconseillé de s'asseoir. Une valse venait de commencer quand le fils Ravat s'est incliné devant elle, « il était beau garçon, Georges. Ses parents tenaient un magasin de chaussures pas loin de chez nous, on se connaissait bien ». Elle a accepté, ils se sont avancés vers le milieu de la salle. À ce moment, Pierre Renard a fondu sur le cavalier et l'a saisi au collet ; le faux col a craqué, entraînant un bouton qui a roulé par terre aux pieds de Marcelle horrifiée, « Monsieur, a-t-il dit d'un ton déclamatoire, comme si ses paroles devaient déborder le cadre de l'instant pour atteindre à l'universel, monsieur, quand on amène sa maîtresse au bal, on n'invite pas *ma* fille à danser ». Puis il l'a projeté presque sur les genoux d'une petite brune très maquillée, « elle avait un genre, mais pas distinguée du tout », qui est demeurée aussi impavide sous ce fardeau inattendu que si un papillon lui avait effleuré la cuisse, l'un de ces éphémères qui rendaient la piste glissante, malgré le fracas des deux chaises que son amant avait emportées dans son vol. Celui-ci avait bientôt filé à l'anglaise, laissant au père Renard la gloire d'une pose espagnole, menton haut, regard noir et bras dans le dos. Le salon de *La Rose des Sables* constituant un terrain idéal pour la diffusion de l'information, la rumeur des derniers potins y circulait continuellement, planait au-dessus des vapeurs âcres des teintures et se répandait comme par « capillarité », si bien que le coiffeur avait su de source sûre que Georges Ravat, tout fils d'honnêtes commerçants qu'il fût, et malgré son avenir dans la chaussure, « fréquentait » : Pierre Renard employait le verbe seul, par bonté d'âme, car si le mot était infamant en soi, le complément ne pouvait, selon lui, qu'ajouter à la turpitude. La mamie ne se laissait pourtant pas hanter longtemps par la mélancolie humiliée de ce souvenir, car elle concluait, philosophe : « Remarque, heureusement que je ne l'ai pas épousé, ce Georges Ravat : il est mort trois ans après dans l'incendie de sa maison. J'aurais aussi bien pu être avec lui dans les flammes... »

... mais dans deux ou trois ans, peut-être.

Lise entend confusément un air de valse à l'accordéon, et sur lui, détachés, les mots « trois ans », murmurés par aucune voix reconnaissable. Le camionneur a dû continuer à parler, et elle ne sait plus bien si ces mots viennent d'être prononcés par lui, à l'instant, ou par sa mamie dans un souvenir, comme lorsqu'on rêve que le téléphone sonne et qu'on est réveillé par la sonnerie du téléphone. « Tenez, s'est-il écrié en tendant le bras devant lui, en voilà un, devant : TIR — il a reposé la main sur le volant — voilà, c'est ça que je veux faire. »

Il avait parlé d'un ton vif, passionné, il suivait son rêve. Lise a dit aimablement, retrouvant dans son intonation la sensation de perfection qu'elle éprouvait jadis à entendre son arrière-grand-mère chantonner « au revoir, madame » au départ de chaque cliente, la dernière syllabe se confondant mélodieusement avec la sonnette de la porte et le déclic du tiroir-caisse, elle a dit posément, de la voix docte qu'avait son père pour accueillir les patientes au seuil de la salle d'attente, « par ici, je vous prie », elle a dit nerveusement, aussi agacée qu'après avoir répété jusqu'à l'absurde, en labo d'anglais, un casque sur les oreilles, « Mr Wilson has a nice tie », avec l'intention d'en finir, elle a dit :

— Vous y arriverez sûrement.

Le silence s'est installé. Serge Durand avait

quitté momentanément la direction de Fort-Apache et roulait vers Mayerling. Lise a fermé les yeux. La tête lui tournait un peu. Elle s'est appliquée à respirer régulièrement, à expirer sans bruit l'air vicié de ses poumons. *Le Beau Danube bleu* était entré dans ses mesures les plus rapides : il y avait eu un début majestueux pendant lequel on s'était courtoisement souri. Les mères marquaient le rythme de leur éventail, au bord de la piste, on évoluait sur le parquet ciré, Vous me plaisez et je vous plais, quelque chose dans vos yeux brille, que les autres ne voient pas, et maintenant cela s'enflait, le vertige grandissait dans des tourbillons plus sonores. Le feu venait aux joues qui brûlaient. Je vous sens, je vous serre, on s'assurait du sol par la pointe du pied qui gardait d'instinct la cadence, valse à trois temps, un-deux-trois, je-vous-aime, et le visage disparaissait, il fallait s'accrocher au cavalier pour ne pas tomber, Je vous tiens, je vous tiens, vous pouvez même fermer les yeux. La musique à la fin cessait, on posait une main sur son front, quelle ivresse, et une nausée vous envahissait tandis que succédait la valse brune, la valse du clair de lune, une rage de solitude, le dépit d'avoir été jetée là par une vague déjà refluante : on avait mal au cœur, et c'était encore pire les yeux fermés.

— Ah ! *Le Beau Danube bleu*, ça fait toujours rêver, hein ? Nous continuons donc avec la grande Yvette.

Le volume du son a diminué brusquement, ainsi que la vitesse du camion. Lise n'a pas bougé. À sa gauche, le chauffeur a changé de position. Il tâtonnait dans le vide-poches, rétrogradait. Puis le frottement d'un briquet récalcitrant s'est répété trois ou quatre fois. À travers ses cils, elle ne distinguait que le bas du visage, le rictus amer qui amincissait les lèvres, la main aux doigts noueux qui tenait la flamme. Il a allumé sa cigarette, la bouche s'est alors desserrée en une espèce de sourire d'où émanaient soudain une assurance virile, une satisfaction guerrière, qu'un soupir enfin a chassées. Il s'est recoiffé, ses doigts écartés ont ramené du front vers la nuque une mèche brune. Lise a refermé les yeux : sans qu'elle sache vraiment pourquoi, les fumeurs la fascinent. D'abord, soit que la succion dessine un instant mieux les muscles, l'énergie des maxillaires, sculptant en creux une rudesse, une absence de féminité, soit simplement que Lise succombe à son insu au charme du cow-boy Marlboro, fumer lui semble un geste d'homme. Dans son code personnel, ceux qui fument ont le torse large, le goût du plaisir et une grande capacité à être seuls. Et puis, un homme qui fume a toujours l'air de réfléchir : il se concentre et plisse le front, yeux mi-clos — aspiration, brasier naissant d'une idée neuve —, il se fige, menton relevé, lèvres entrouvertes — réflexion intense, trajet de la pensée vers l'âme — il se relâche, il souffle —, une décision est prise, il va pouvoir agir, enfourcher son mustang ou sauter dans sa Jeep. Dans le point rouge incandescent se consument les destinées les plus admirables, celles des hommes qui commandent et qui n'ont pas peur de mourir. « J'ai arrêté de fumer il y a trois ans », avait claironné Yves, non sans fierté, le premier jour, au restaurant. Elle avait souri, apitoyée et compréhensive, comme à un prétendant avouant *in extremis* les séquelles intimes d'un éclat d'obus. Il avait dû fournir autrement des justificatifs de ses capacités. Son grand-père, lui, régnait depuis toujours sur l'empyrée où brûlent les feux éternels, entretenant sans cesse au bout d'une Craven la flamme céleste, et, loin de trouver contradictoire qu'il eût été un sportif international, Lise y voyait une preuve supplémentaire des mâles vertus du tabac.

« Mais il ne fumait pas du tout quand je l'ai connu ! Il s'entraînait pour la Coupe des Nations. Il a commencé plus tard, bien plus tard, Simone était déjà grande. Je me souviens, disait la mamie, la première fois qu'il est venu au magasin, il s'est éventé avec son chapeau parce qu'un client nous empestait avec sa pipe. Il se faisait coiffer par Roger, l'employé qu'on avait à ce moment-là. Il me regardait en souriant dans la glace du salon, et un jour il a donné à Roger une photo dédicacée de l'équipe de France et lui a demandé qui j'étais. Roger a fait non de la tête, affolé, en roulant des yeux en coulisse : « C'est la demoiselle de la maison, monsieur » »

Marcel Tissier avait alors entrepris sa cour auprès des parents : il complimentait madame Renard sur sa vitrine ou sa bonne mine, il achetait des onguents pour tous ses coéquipiers, et lorsque, en mars, il avait disputé le match contre les All Blacks, il avait offert trois places à son coiffeur reconnaissant. Celui-ci avait hurlé comme un perdu dans la tribune du stade de Colombes — avec une loupe, on aperçoit ses moustaches en guidon de vélo, à gauche de la photographie, ses bras déjà levés, dans l'euphorie, pour l'accolade à son futur gendre — mais il s'était vite ressaisi. Il avait appris que ce jeune titan du rugby finissait les Arts et Métiers à Cluny — il faisait halte à Dijon avant ses entraînements parisiens — et au bout de trois visites au salon où Roger s'évertuait à « rafraîchir » le bouillant héros, après deux séances de cinéma où l'athlète aux pieds légers avait accompagné la patronne et sa fille, le figaro avait vu rouge. Un samedi que l'as du ballon ovale s'inclinait devant Marcelle en promettant une promenade le vendredi suivant, il l'avait pris à part dans l'arrière-boutique et lui avait demandé solennellement, entre la note chyprée de *Pour Toujours* et la touche musquée de *Je Reviens*, quelles étaient ses *intentions*. « C'est comme ça que je me suis mariée, résumait la mamie. On était bête, dans ce temps-là. »

Le chauffeur tirait sur sa cigarette. Son avant-bras était mince et nerveux, avec cet aspect sec que Lise se rappelait chez son grand-père, jusque sur son visage de sprinter, et qui n'empêchait ni la force ni la puissance. Il aspirait longuement, narines serrées, recueilli. Muscles, esprit, volonté : il était tendu comme un arc, dur, bandé, dieu vigilant protégeant son enfance, étranger bienveillant penché sur son sommeil.

— Ah ! je croyais que vous dormiez.

Elle s'est frotté les yeux, il s'est détourné d'elle.

— Oui, je crois que j'ai dormi un peu. Où sommes-nous ?

— On arrive à Eyzine. Nous ne sommes plus qu'à cinquante kilomètres. Vous fumez ?

Elle a secoué la tête. Il ne pleuvait plus, mais le ciel était tout noir. Au bord de la route, une pancarte souhaitait la bienvenue aux visiteurs et leur remémorait incidemment qu'Eyzine est un important village maraîcher, le plus gros producteur français de salades ; aussi connues, à aussi juste titre, que les artichauts de Bretagne ou les bêtises de Cambrai, les salades d'Eyzine ont des feuilles larges comme des feuilles de chou et craquent sous la dent. À la périphérie, on cultive aussi quelques navets nouveaux, mais trois fois rien, Eyzine préfère qu'on n'en parle pas. Des gens marchaient le long de la route, du mauvais côté. Ils se sont retournés pour scruter l'intérieur du camion ; Lise a happé au passage, en plongée, leurs visages suspicieux. Un gamin a levé le pouce, hilare, découvrant une denture de lapin. Un peu plus loin, un vieil homme avançait à grandes enjambées au bord du talus, un râteau sur l'épaule, mâchoires farouches, comme s'il allait prendre la Bastille.

— Tous les vieux perdent un peu le ciboulot, remarquez, a dit Serge Durand, reprenant au point de résurgence la conversation dont les paroles, infiltrées en amont, avaient suivi leur cours, ou procédant seulement à l'association spontanée de 1789, de l'Histoire et du temps qui passe. Moi, mon grand-père, c'est pareil, il n'a plus toute sa tête non plus, il rabâche toujours les mêmes choses : branchez-le sur la dernière guerre et c'est parti, on a droit à tout. C'est qu'il en a eu, des aventures, avec son 15 tonnes ! Et puis alors, c'est drôle, la mémoire, il se souvient de tout, mais de tout ! Il vous dira qu'il a touché cinq francs quarante-cinq pour une course secrète à Lyon ou que le trois mars 1943 à 0 h 50, il a crevé dans un chemin de terre en allant livrer du matériel. On ne distingue plus le vrai du faux, à la fin. C'est louche, une telle précision : peut-être qu'il invente.

Ils traversaient l'enfilade des « villages fleuris de la Loire », tapissés de massifs multicolores en forme d'horloges ou couleur de drapeau. Lise s'est demandé si Yves l'attendait.

— ... vous connaissez le jardin public de Montbrison, avec les paons, et la piscine municipale, au fond ? Eh bien, le frère de mon grand-père, il a son nom sur le monument aux morts — Roger Durand — c'est un héros, il avait vingt-cinq ans, le pauvre, la Gestapo l'a arrêté là, justement dans ce square. Alors le pépé, il en parle tout le temps, je crois qu'il a presque honte d'être encore là. Pourtant, il a fait sa part, c'est ce qu'on lui répète pour le calmer, mais il a la tête dure. Il a même refusé une décoration, une petite pension, je ne sais plus quoi, qu'on voulait lui remettre après la guerre.

Lise revoyait assez bien ce monument qu'il fallait dépasser pour accéder à l'enceinte de la piscine. Un soldat dressait les bras vers le ciel et les dates des deux guerres étaient gravées dans la pierre en deux colonnes, avec les noms des morts. La commune avait dû installer un enclos car les paons en liberté s'y pavanaient malencontreusement ; parfois on avait la chance de ramasser une belle plume moirée. Lise avait peine à croire que ce jardin ait pu être le théâtre d'événements historiques aussi récents. Cette région n'avait-elle pas baigné pendant des siècles dans la douceur de vivre en élevant brebis, pensées et bégonias ? La seule guerre que Lise avait présente à l'esprit lorsqu'elle abordait ces paysages était celle que s'étaient livrée quatre cents ans plus tôt les catholiques et les protestants. À Viorne, elle se sentait à la fois chez elle, puisque son grand-père était né tout près, et chez l'ennemi, puisque le Forez s'était autrefois rallié à la Ligue. Lise Imbert avait l'orgueil des minorités, et dans ces combats anciens il lui semblait avoir joué un rôle. Sans souci de reconstitution historique et dans la plus totale confusion des époques, elle s'imaginait au côté de ses ancêtres, courant prairies et bois en chemise blanche pour le triomphe de la vérité, l'avènement de la liberté. En exigeant qu'elle soit protestante, son père lui avait transmis non pas une foi que lui-même professait sans l'avoir, mais la légende d'une certaine force d'âme. Petite fille, elle déclarait partout avec défi : « Je suis protestante », savourant, devant l'air étonné de ses amies, le bonheur d'avoir été jadis persécutée et d'être maintenant la première de la classe. Elle aimait ce mot sans aucune arrière-pensée religieuse, simplement pour son courage et sa grandeur. Pendant l'adolescence, elle avait continué d'aller à la catéchèse comme d'autres aux manifestations lycéennes : pour protester. Pourtant, dans la guerre domestique qui avait opposé dès l'origine le parti de son père et celui de sa mère, l'issue avait été la même que dans l'Histoire : les protestants avaient perdu, Lise avait été aspirée par le clan maternel, tandis que s'effilochait à Chalon et dans les Cévennes la vieille trame huguenote. Il existait là-bas aussi, sur les berges de l'Hérault, une maison de famille, mais Lise n'y était jamais allée, du moins pas dans son souvenir. Ses grands-parents paternels s'y étaient retirés pour y finir leurs jours : un autre grand-père que Marcel, moins familier à Lise que le prince de Condé ; une autre grand-mère que Marcelle, à peine imaginable, qui s'était lassée d'abonner son invisible petite-fille à *La Bonne Nouvelle*. Le père de Lise avait donc bien mal résisté, le nombre des ennemis l'avait écrasé ; n'avait-il pas d'ailleurs accepté d'emblée les conditions de l'adversaire ? Il s'était marié à l'église, avait quitté sa ville et les siens pour s'installer en terre hostile : Paris vaut bien une messe. Comment s'imposer par la suite ? Sa faction s'était effondrée. Il y avait eu Jarnac, la Saint-Barthélemy, La Rochelle et les dragonnades. Il n'avait pas su se mettre au rang d'un chef capable de victoires ; mais au plus fort de la défaite tremblait encore au vent un petit panache que Lise suivait avec reconnaissance, un mot où sonnaient le refus, la protestation. N'ayant pas la foi (mais si Dieu existe, il est parpaillot), elle renouait d'une certaine manière avec le sens caché des guerres de religion ; ce qui avait compté, au XVIe siècle comme dans sa famille, n'avait pas été la croyance, mais l'influence. Dans la lutte, il n'avait pas suffi, pour conquérir la place, de se proclamer protestant, soi et sa descendance. Le parti de Marcel Tissier, Sissi, la mamie, Sophie Hénin et l'apprenti-coiffeur l'avaient emporté haut la main comme les papistes en 1685 ; et comme les Camisards avaient été vaincus, Lise Imbert ne connaissait pas la maison des Cévennes et passait toutes ses vacances en Auvergne. C'était là pour elle la seule vraie guerre, la seule guerre vraiment faite.

— Ils radotent un peu, les vieux, quoi ! Vous n'avez plus votre grand-père non plus, peut-être ?

Le camionneur traînait imperceptiblement sur la fin des phrases, mais sa voix gardait quelque chose de guindé, une trace de mondanité.

— Non, il est mort il y a longtemps. Lui, ce n'était pas pareil, de toute façon : c'était une personnalité, un ancien international de rugby. Il a marqué un essai historique contre les All Blacks en 1929, il a la moitié d'une salle au musée des Sports, à Paris, on parle de lui dans le dictionnaire, enfin vous voyez.

Il voyait. Son visage s'est éclairé d'un sourire enfantin, tandis qu'enthousiasmé par la révélation il abandonnait l'oncle Roger mort pour la France à sa stèle commémorative et coupait respectueusement la radio, Cœur d'artichaut, oh oh.

— ... de rugby ? Ah ! c'est génial ! Il était du Sud-Ouest ?

Voilà bien tout le raisonnement dont était capable un chauffeur poids lourds. Lise a soupiré, laissant défiler devant elle en long cortège tous les abrutis à qui le nom d'Yves évoquait la Bretagne et Dijon la moutarde.

— Pas du tout. Ferrières n'est pas dans le Sud-Ouest, que je sache.

— Ah ! mais vous, vous ne m'aviez pas...

— Mais si. Mon grand-père était né à Ferrières. Sinon, pourquoi aurions-nous une maison dans ce coin ?

— Oui, bien sûr, a admis le chauffeur, terrassé par l'argument. Il a réfléchi un moment, penché vers le rétroviseur extérieur comme si le champion allait y débouler du fin fond du passé, puis il a ajouté : Et vous l'avez vu jouer ?

— Qui ? Mon grand-père ? Évidemment ! Vous

vous doutez que quand il avait vingt-cinq ans, j'étais déjà très active sur le circuit.

Il s'est gratté le menton en avançant les lèvres, évoquant fugitivement un maquignon en plein calcul mental.

— Non, je voulais dire : vous l'avez connu ?

— Oui, je l'ai connu. Elle a ménagé une pause dans l'étendue de laquelle s'est déployée la solennité de la confidence. Oh ! bien sûr, il n'était pas souvent là... Il faisait des tournées à l'étranger, comme président du club. C'était sa passion.

— Ah ! oui... Ça n'a pas dû être drôle pour votre grand-mère, alors. En général, les femmes n'aiment pas tellement, enfin, rester longtemps toutes seules. Moi, ma mère, elle.

Un agent des PTT en tenue d'Adam a traversé de nouveau le pare-brise, prêt à dépanner les délaissées.

— Oh ! non. Elle s'en accommodait très bien. Elle avait du monde autour d'elle. D'ailleurs, il ne faut rien exagérer, il vivait quand même à la maison. Mais quand on épouse un homme public, on accepte certains inconvénients.

« Disons plutôt qu'il aimait les filles publiques, avait raillé, déraillé la mamie ce jour de Pâques où elle avait levé la bonde à ses désirs, à ses délires, et Lise avait été choquée de ses confidences ironiques. La première fois, il a bien failli se faire rouler, tout malin qu'il était. Il fréquentait une grosse blonde, je l'ai aperçue une fois, une vraie poufiasse. Elle voulait se faire payer un commerce ! Marcel avait donné dans le panneau parce qu'elle avait un frère polytechnicien, à ce qu'elle racontait ; mais elle, une traînée, ça n'empêche pas. Quand il partait en déplacement, il l'emmenait, elle passait pour moi ! C'est ma mère qui l'a appris : au magasin, tout finissait par se savoir. Alors un jour, après dîner, elle a dit, l'air de rien : "Venez Marcel, j'ai à vous parler" — papa était mort, elle jouait les douairières — et ils sont descendus à la cave ! C'était discret ! Moi, je les ai suivis et j'ai entendu cette histoire de grosse blonde, maman qui sermonnait Marcel. C'était notre anniversaire de mariage, en plus, il avait oublié. J'étais furieuse, et aussi d'être traitée comme une gamine, moi, une femme mariée, une mère de famille ; alors j'ai fait irruption et j'ai déclaré, très sûre de moi — d'ailleurs Marcel ne m'aurait pas quittée : "Marcel, à partir de maintenant, je me laisse vivre. Je veux des bijoux, des fleurs, des toilettes. Ton argent est aussi à moi, et nous avons deux enfants." » La mamie avait ri d'un rire espiègle en montrant à Lise l'alliance de diamants qui avait clos l'incident. « Et voilà : j'ai eu tout ce que je voulais ! Je m'en suis payé, Marcel était trop content. » La main en l'air, elle avait contemplé à son doigt la taille des diamants où miroitaient aussi, peut-être, les multiples facettes du cœur d'un homme. « Il n'était pas méchant », avait-elle dit, avant d'ajouter encore, pensive : « Dommage que j'aie été si souvent malade ! J'aurais pu être la plus belle femme de Dijon. » Mais sa voix était redevenue légère aussitôt : l'important, à présent, était son nouvel amour, non moins médiatique, non moins célèbre que Marcel, à qui maintenant elle pardonnait tout, même sa mort. « Il ne devait plus fournir d'efforts, le docteur l'avait averti après son troisième infarctus. Eh bien, Monsieur le Joli-Cœur est allé chercher à Lyon une amie à moi, il paraît qu'il a refusé un porteur alors qu'elle avait deux valises énormes, elle trimbalait toujours ses fanfreluches... Résultat, paf ! j'ai eu l'entreprise sur les bras, Achille dans les pattes et tout le tintouin. Et on appelle ça une amie ! Pauvre Marcel ! On s'aimait bien, dans le fond. Dieu ait son âme ! » Elle avait achevé son oraison jaculatoire en adressant un dernier regard soumis à la photo du grand homme, orientée prudemment à l'opposé de la télé, révélant par cette tendresse posthume qu'elle savait gré à un héros de l'avoir épousée, bien qu'on fût aussi fondé à penser qu'il était surtout héroïque de l'avoir gardée. Lise, consternée par tant d'errements impudiques, avait regardé mourir Clark Gable dans *The Misfits*, la version française traduisait stupidement *Les Désaxés*. Sans daigner assister à ses derniers instants, la mamie était partie se coucher avec une mine de vierge effarouchée, et plus rien n'avait jamais percé de ses histoires d'amour.

—... moi, par exemple, routier, ce n'est pas évident, de se marier, ni rien.

Serge Durand a montré la route d'un geste circulaire, embrassé d'un coup d'œil, telle une mer insondable, les champs de pommes de terre de Luzarche. Lise occupait la place de la femme qu'il n'emmènerait pas visiter le monde.

— Mais je repense, là, tout de suite, il occupait quelle place, votre grand-père ?

Comment, quelle place ? Mais toute la place. Il y a des gens qu'on oublie dès qu'ils s'en vont. Ils rentrent dans une espèce de tiroir mental qu'on n'est pas forcé de rouvrir. Le chauffeur était de ceux-là, sans doute. D'autres au contraire ont un talent pour occuper l'espace sans être là. On les admire sans le secours des yeux, ils règnent dans les cœurs sans l'appui de la raison. Un jour, au temple, le pasteur a commenté pour les catéchumènes la résurrection du Christ selon l'évangile de Jean : « Huit jours après, les disciples de Jésus étaient de nouveau dans la maison, et Thomas se trouvait avec eux. Jésus vint, les portes étant fermées, se présenta au milieu d'eux, et dit : La paix soit avec vous ! Puis il dit à Thomas : Avance ici ton doigt, et regarde mes mains ; avance aussi ta main, et mets-la dans mon côté ; et ne sois pas incrédule, mais crois. Thomas lui répondit : Mon Seigneur et mon Dieu ! Jésus lui dit : Parce que tu m'as vu, tu as cru. Heureux ceux qui ne m'ont pas vu, et qui ont cru ! »

Lise Imbert n'a jamais vu jouer son grand-père, sinon sur une photographie où sont fixés pour l'éternité, comme en une statue de plâtre crucifiée, comme sur le visage d'un soldat de pierre au milieu d'un village, les stigmates de la passion. Elle sait qu'il s'est battu, qu'il a aimé, qu'il a souffert. Elle forme avec tous les sportifs un corps mystique qu'a touché la grâce et qu'habite la vénération. De même que le camionneur, si elle l'interrogeait, pourrait parler de la guerre sans l'avoir connue et décrire, sur la foi de récits et d'images, les missions de l'oncle Roger, de même Lise a la perception profonde de tout ce qu'a enduré Marcel Tissier, au printemps 1929, afin de donner la victoire à la France. Le musée des Sports n'est pas différent pour elle de celui de la Guerre, un halo comparable nimbe d'immortalité le franc tireur et l'auteur d'un coup franc, et elle ressent la même émotion à voir courir en rêve vers le but désiré ce héros au sourire si doux qu'à regarder, dans un document d'époque, le cœur serré, un soldat de l'infanterie s'élancer d'une tranchée vers le feu : c'est la même course un peu courbée, le même dos rond qui redoute le plaquage ou l'obus, la même nécessité, sous l'uniforme national, de tout risquer pour que triomphe la patrie. L'ennemi fait front, masse indivise et sombre, tout noir, dont il faut percer les lignes. L'homme, plus tard, en larmes, recevra sa médaille, ou bien il échouera, sera tombé dans le vacarme du combat et sous les cris, mines qui éclatent, pétards qui claquent. Lise n'a pas vu le match, Serge n'était pas à la bataille ; mais ils croient tous les deux, chacun à sa façon, à la grandeur humaine, qui lutte contre la mort et court contre la montre.

— Comment, quelle place ?

— Oui, au rugby, il avait quelle position ? Ailier ? Centre ?

— Ah !... Je ne sais pas. Je crois..., non, je ne sais pas au juste.

Elle ne s'intéressait pas à ce genre de détails techniques. Quand, lors des retransmissions télévisées, son grand-père s'enfermait avec les anciens, personne n'avait le droit d'entrer. Lise avait entrevu une fois, à l'âge de cinq ans, par la porte où glissait la mamie avec des rafraîchissements, une dizaine d'hommes fébriles à travers la fumée. Aussi, n'ayant elle-même jamais suivi aucun match, lui était-il totalement sorti de l'esprit que le rugby est un sport d'équipe.

Le camion a braqué à droite, s'est arrêté dans

une station-essence libre-service. « Si vous voulez vous dégourdir les jambes », a proposé le chauffeur. Lise est descendue, l'a regardé dévisser le bouchon du réservoir, introduire le tuyau de la pompe, attendre. Soudain, il a relevé les yeux vers elle, lui a souri. Elle s'est éloignée, s'est appuyée contre un poteau à quelques pas de là. Des voitures passaient sur la route à vive allure, et, sous l'angle où se trouvait Lise, paraissaient devoir se heurter violemment le long d'une trajectoire unique. Dans le bois du poteau, une anglophile avait gravé : À Chris, forever. Lise a pensé à Max, faux rêveur, elle a souri vaguement pour elle-même, sacré Max. N'empêche qu'il était venu à l'enterrement, lui, sans se demander s'il faisait partie des proches, et malgré les obligations qu'il avait à Paris. Elle a pensé à Yves, est-ce qu'il l'aimait ? Le chauffeur se dirigeait vers la caisse.

En réalité, Max n'est plus à Paris. Certes, il y est retourné après les obsèques. Mais en arrivant chez lui, il a trouvé dans sa boîte à lettres des informations palpitantes au sujet du roman inachevé dont les images l'habitent. L'un des limiers qu'il a lancés sur cette piste a obtenu des renseignements inattendus sur l'auteur, qu'il faudra évidemment vérifier et compléter, mais que Max, dans son excitation a livrés tels quels, le lendemain matin, au micro de la radio dont il était l'invité. Tout un nouveau projet de film s'est mis en place dans son esprit, des situations, des images, du suspens et de la passion, avec une telle netteté qu'il a voulu commencer tout de suite ; il n'a pu se résoudre à rester assis chez lui, il a eu envie d'agir. Alors il a sauté dans son 4 × 4 et il a filé vers l'autoroute du sud :

Lise a dû rejoindre son lieu de vacances. Tant pis pour ce qu'elle dira, tant pis pour le « fiancé » ! Il compte débarquer à Viorne et, sous prétexte de repérages dans la campagne environnante, amener Lise à s'intéresser au projet : puisqu'il y a de l'amour dans le scénario, il a besoin de ses conseils, voilà ce qu'il lui expliquera. Peu après l'enregistrement de l'émission, il fonçait donc en dévorant l'asphalte. Il y a déjà une bonne heure qu'il a fait le plein dans la station-service où Lise médite, et pendant qu'elle se laisse aller contre le poteau téléphonique, il couvre et déborde de son dos massif le dossier d'une chaise pliante en métal vert, à la buvette de la fête de Viorne. Quant à Martine Gras, ella a attrapé à Lyon le dernier omnibus, celui de 15 h 50 que Lise a manqué : elle aussi, par conséquent, est arrivée.

Une pancarte indiquait Soleillant, nom d'un hameau que Lise ne connaissait pas. Elle était un peu perdue ; à l'aller, Yves n'avait pas emprunté cet itinéraire. Il était environ sept heures et demie, mais sous le ciel d'orage, le jour semblait tomber déjà. Le chauffeur s'étirait, bras levés, visage renversé en un rictus de fatigue. Il a posé une main sur le capot du camion, a tiré une cigarette de la poche-poitrine de sa chemise. Il s'est éloigné de la pompe, a actionné son briquet ; puis, tout en aspirant puissamment la fumée, il s'est avancé vers Lise sans la quitter du regard, son chapeau rabattu sur le front. Il marchait les jambes un peu arquées, comme s'il venait de descendre de cheval. Le dos au poteau, les paumes encerclant le bois rugueux, elle a fermé les yeux. Des milliers de points colorés bougeaient sous ses paupières. Elle l'a entendu expirer lentement, un parfum de tabac a fait monter ses larmes. S'il essaie de m'embrasser, a-t-elle réussi à penser, je lui envoie une beigne. Alors il a eu un soupir comme quelqu'un qui va se mettre à l'ouvrage, et il a dit :

— Je repensais, là... votre grand-père, s'il a marqué un essai... il devait être ailier, non ?

– J –

Ci-gît ma jeunesse perdue.

(Vieille chanson française.)

JEU(X)

Yves Morand était assis à la buvette entre la bouchère et son mari, aussi raide sur sa chaise qu'une jeune fille flanquée de ses parents au bal des débutantes. Ce n'était pourtant pas encore l'heure de la danse, l'orchestre s'installait sans hâte. L'esplanade à la sortie de Viorne était occupée par la fête foraine — stands de tir, grande roue de la chance, autos tamponneuses. Des chevaux de bois tournaient sur un rythme effréné, le profil hautain, méprisant qu'on leur préférât les girafes et les fusées. À l'arrêt, des couples se disputaient le cabriolet décapotable, tandis que le précédent conducteur continuait à zigzaguer furieusement, accroché au volant. Un chevalier du ciel en blouson fluo, qui refusait depuis trois tours de décoller de son aéroplane, a fini, sous la pression ennemie, par s'éjecter vers un dromadaire écaillé. Une petite fille pleurait parce qu'elle ne décrochait jamais le pompon ; sa mère, un sac en plastique serré contre son ventre, les cheveux du même blond noués dans la même natte, lui souriait tristement du bord sans la consoler, la déveine aussi était congénitale. Alentour, quelques ménages regardaient le manège.

Yves avait pris une bière, ses hôtes un pastis. L'épicier s'appelait Saule, effectivement il n'avait rien d'un boute-en-train. Accoudé à la table comme au parapet d'un pont, il fixait la surface tremblante de son verre d'alcool d'un air de se demander s'il n'allait pas se noyer dedans. Son pied bandé reposait devant lui à côté d'une charentaise. La bouchère faisait les frais de la conversation avec une grâce avenante. Elle portait un rouge à lèvres sang-de-bœuf et une robe rose et blanche légèrement trop juste, elle avait un peu engraissé, ces temps derniers, mais c'était sa plus belle toilette, comme on dit dans la profession.

— Et vous travaillez où, docteur ?

— Je suis psychiatre à Paris.

Madame Saule a esquissé un mouvement de recul. Le mot lui évoquait une eau saumâtre, une viande grisâtre, quelque chose de pas net à l'intérieur de la tête. Léon a relevé vers sa moitié un œil mortifié : alors là, bravo ! Son compte était bon ! Qu'est-ce qu'un docteur du cerveau, qui s'occupait des fêlés, pouvait connaître aux subtilités de la zone comprise entre le jarret et le paturon ? Il ferait beau voir qu'il restât boiteux, dans l'affaire ! La bouchère a gigoté un instant sur sa chaise, puis, à la réflexion, s'est apaisée. Elle a toisé son époux d'un regard excédé, a souri complaisamment au spécialiste : un docteur des débiles pouvait très bien soigner la foulure de Léon, vu que Léon était bête comme ses pieds.

Yves avait chaud. L'atmosphère était moite, irrespirable. Divers insectes dérivaient languissamment dans la fournaise, puis tombaient comme des mouches. Au-delà des baraques d'attraction, les champs stagnaient, accablés. La buvette était presque déserte, à cette heure. Seule une armoire à glace, à quelques mètres d'eux, réfléchissait, orientée dans leur direction. Yves s'est détourné, mal à l'aise : le type avait les cheveux tirés en arrière par un élastique, il avait commandé une eau de Volvic et le fixait de dessous ses sourcils à la manière d'un éléphant qui se souvient, vingt ans après, que vous lui avez fait un coup bas. Mme Saule analysait avec sensibilité que ça doit être dur, comme métier. Les autos tamponneuses proclamaient à grands sons de trompe une opération promotionnelle pour stimuler le chaland. Quelques gamins, tombés nez à nez tout à l'heure avec le lutteur de foire, se poussaient du coude à distance respectueuse en n'osant pas rire et cherchaient à la dérobée dans les parages le contorsionniste et la femme à barbe. Yves avait envie d'une autre bière.

— Et vous logez où, docteur, dans le pays ?

— Euh, je suis chez une amie, dans la maison des, de, des Tissier. Vous connaissez, je pense, Monsieur Tissier était d'ici, je crois...

Léon et sa femme ont échangé un regard aisément matérialisable par une départementale bordée de platanes. « Allez m'ssieurs-dames, un seul paye, deux s'asseyent, allez les amoureux, invitez qui vous voulez, un p'tit tour de piste, et on se tamponne en douceur. » Le patron du *Paradis de l'Auto* s'égosillait dans sa cabine vitrée tout en débitant des billets d'entrée, et que ça roule ! Yves Morand, le cou renversé, aspirait les ultimes gouttes de son demi lorsqu'une voix féminine a mumuré tout près : Vous venez ? Le fond de son verre, cylindre kaléidoscopique, lui renvoyait une multitude de taches colorées et changeantes. C'était une jeune fille d'environ vingt-cinq ans, au visage lisse. Elle se balançait d'un pied sur l'autre en lui souriant, un rectangle de carton entre le pouce et l'index. Elle portait une robe à fleurs, avec des boutons en forme de roses. Sa chope encore à la main, il a tourné la tête à droite et à gauche comme s'il cherchait à qui passer le ballon, — Moi ? a-t-il dit. La bouchère l'a poussé à l'épaule, radieuse, mais oui, allez-y, amusez-vous. Elle lui a ôté son verre des doigts, a répété mais oui, contente de la diversion : elle avait des choses à dire à Léon. Surtout ne vous gênez pas pour nous, c'est bien normal, à votre âge. N'est-ce pas, Léon ? Léon a bramé affirmativement avec la mélancolie d'un ovidé menacé de l'abattoir. Yves s'est levé. Venez, a dit la jeune fille, ça va commencer. Elle l'a entraîné vers les autos tamponneuses, il a fouillé dans la poche de son pantalon à la recherche de monnaie, mais elle l'a arrêté, lui a expliqué que ce n'était pas la peine, qu'elle avait un ticket.

Sur la piste, la musique était assourdissante. « Le tout récent tube de Christophe Tuyer » résonnait pleins gaz, couvrant les échauffements de l'orchestre, Cœur d'artichaut, o, o, je suis entiché, é, é, de tes bras chauds, o, o. Yves s'est laissé conduire jusqu'à une voiture bleu électrique immatriculée GK 1991 dont le capot s'ornait d'un sens interdit cordiforme, et s'est assis à la place du mort. Sa compagne a articulé quelque chose qu'il n'a pas, a, a, j'aurai ta peau, o, o, elle lui a fait signe de se pousser. Un coup de klaxon lui a vrillé les tympans, les voitures ont démarré. Il a pris le volant.

Le premier choc a été brutal. Les bourrelets en

caoutchouc n'atténuaient qu'en partie les vibrations, qui se répercutaient dans la tête par ondes concentriques. Il fallait donc éviter au maximum les collisions, louvoyer habilement entre les véhicules. Deux fois de suite, Yves s'est dérobé *in extremis* à la folle trajectoire d'un chauffard à qui il a jeté un regard moqueur. D'une manière générale, les gens conduisaient leur engin sans aucune finesse, comme une bétaillère. Lui effectuait des huit, des arabesques qui laissaient sur la piste une trace étoilée. Sa passagère souriait aux anges. Il s'est détendu, il se sentait bien, précis, adroit. Au fond, il aurait bien aimé être pilote de course, champion automobile, se concentrer sur chaque mètre d'asphalte à deux cents cinquante à l'heure, épouser le moindre relief, négocier les virages à la corde, au péril de sa vie. Il lui semblait qu'il aurait pu le faire, et l'angoisse diffuse une fois de plus l'a traversé, d'avoir manqué sa vocation sportive, d'avoir mal exploité ses capacités physiques et mentales. Dans le déportement d'une épingle à cheveux, le chignon de sa passagère s'est défait, un petit peigne en écaille a atterri sur son pantalon, elle a tendu la main, l'y a laissée. Dans le rétroviseur, Yves a vu l'armoire à glace s'avancer vers eux, d'une démarche assez souple, ma foi ; ce géant paraissait l'observer, le suivre, il était bizarre. Yves a appuyé à fond sur la pédale d'accélérateur et s'est éloigné à l'opposé, mais de toute façon, pour entrer dans le jeu, il faut déjà pouvoir entrer dans l'auto, vieux. Ils sont repartis pour un tour pied au plancher, frôlant les rambardes d'où jaillissaient des étincelles. La jeune fille s'était laissée glisser contre son épaule et crispait la main sur sa cuisse à chaque coup de boutoir. Ses cheveux sentaient la pomme. Au moment où le véhicule perdait de la vitesse et allait accoster mollement, elle a bougé en soupirant comme si elle s'éveillait à ses côtés d'un sommeil agréable, a passé le bout des doigts par le col ouvert de sa chemise et lui a caressé le cou, l'épaule, sans rouvrir les yeux. Il a dégluti avec effort, sa pomme d'Adam a tressailli sous la douceur du contact, il a cherché bêtement sur le tableau de bord la clef pour couper le moteur. Elle ne bougeait pas, elle s'appuyait de tout son corps contre lui, mais légère, mais tendre. Il a exercé sur son avant-bras une petite pression de la paume, voilà, c'est fini, elle a gémi, il a senti le grain de sa peau. Il a regardé autour de lui, désorienté. Quelques personnes achevaient de s'extraire de leur bolide ; les Saule étaient penchés l'un contre l'autre sous l'emprise d'une vive discussion, l'épicier dessinait des Z dans l'espace avec son doigt. L'armoire à glace avait déménagé. Il a enfoncé le nez dans les cheveux épars de sa passagère, tentant encore, par une poussée répétée du cartilage sur sa tempe, de la sortir de sa torpeur rêveuse, puis, comme elle le caressait toujours, immobile, il a aspiré profondément, a tiré sur le pli de son pantalon et, la main levée comme on dit adieu au moment d'un départ, Allez allez, un tour de piste, on embarque, les amoureux, allez allez, c'est du plaisir, à chacun sa chacune, il a dit — sa voix s'est nouée, toute la pression du ciel d'orage lui est tombée sur les épaules, il brûlait, il ruisselait, il voulait poser les mains sur ses seins, toucher ses jambes, entrer en elle, la posséder — le ventre dur, la gorge sèche, il a dit au patron qui circulait non loin, les biceps tatoués de sirènes : « Un ticket, s'il vous plaît. » La musique s'est rétablie en même temps que l'électricité. Il a démarré lentement pour s'écarter du bord, a manœuvré, accéléré — il voulait la connaître.

Max avait eu un peu de mal à trouver la maison des Tissier, il avait d'abord erré sans succès dans le village désert. Tandis qu'il garait son 4 × 4 près d'une cabine téléphonique dans l'intention d'appeler Dijon, un fermier voisin avec une tache de vin sur la figure s'était approché, l'air complètement pété, et l'avait renseigné volontiers, non sans entrecouper ses informations de fous rires d'origine inconnue. Par ce canal, Max avait tout de même appris que Lise n'était pas rentrée, qu'elle arrivait en camion, *c'est comme je vous le dis*, mais que son fiancé, *mon copain Yves*, était à la fête avec les saules ; quant à la maison, elle était là, juste derrière. Max avait actionné en vain le carillon de la grille, puis il était remonté en voiture, laissant le pedzouille se gondoler decrescendo dans son rétroviseur.

La fête se déroulait à la sortie du village, sur un terrain vague dépourvu d'arbres mais cerné par les blés. Elle ne battait pas encore son plein, si bien que Max n'avait eu aucune peine à identifier Yves — un mec blond pas trop mal si on aime le type breton et les épaules en bouteille de Saint-Galmier. Il s'était assis non loin, désinvolte : il serait toujours temps de lier connaissance, d'autant qu'il pressentait vaguement des développements intéressants dans la soirée : il y avait de l'électricité dans l'air. Il avait commandé une eau minérale, il s'agissait de garder la tête froide, au cas où l'histoire tournerait à son avantage, au cas où, qui sait, ce serait pour lui le jour J. Il avait laissé Yves se tamponner avec une petite — une beauté locale, sans doute — en appelant de ses vœux l'arrivée de Lise émergeant, enfin dessillée, d'un semi-remorque salvateur. À moitié couché en travers des deux sièges avant de son 4 × 4, il était en train de fouiller dans le vide-poches latéral en quête d'un carnet où noter tout ça, quand un bruit de pas l'a mis en alerte. Il s'est aplati. Deux silhouettes ont longé le véhicule, garé en épi près d'un champ. Max a attendu dix secondes avant de se hisser prudemment sur un coude. Ils entraient dans le champ, dos tourné. Max a écrasé son nez contre la vitre : c'était eux.

Ils sont debout derrière un remblai de terre. Ils s'embrassent, ou, plus exactement, il l'embrasse : elle reste bras ballants, visage levé, ouvert, offert, ce n'est qu'après une minute ou deux qu'elle pose ses mains sur lui. La scène donne une impression de ralenti ; comme dans les reportages sportifs qui permettent au spectateur de décomposer l'énergie d'une course ou l'élan d'un bond, le désir est d'abord expliqué : c'est sa lenteur même qui en fait comprendre la foudroyante puissance. Il la pénètre de sa langue, l'explore. Elle caresse du bout des doigts, sous la chemise, le haut de son épaule ; tout à l'heure elle aura le même geste à l'extrémité de son sexe dressé, dont la peau à la longue changera de texture, deviendra lisse et douce. Ils plient les genoux ensemble, ils tombent lentement.

Il est sur elle, il déboutonne sa robe en accrochant ses ongles à la trame de l'étoffe, elle l'aide. Deux seins blancs sont sous sa bouche aussitôt, il les lèche, remonte à ses lèvres ouvertes, revient. Il prend du recul, elle est presque nue, paupières closes, couchée sur le parterre de fleurs de sa robe. Il s'agenouille entre ses jambes, lui ôte son slip, se déshabille. Cette dernière opération contraste, par sa rapidité, avec les précédentes : il se déshabille comme un homme au bord d'un fleuve où quelqu'un se noie. Des épis ploient sous sa chemise lancée au hasard dans le décor. Il enfonce l'index entre ses lèvres, elle est chaude, elle se cambre, il entre en elle. Il passe les mains sous ses fesses, la soulève, leurs ventres se touchent. Il va et vient régulièrement, aspiré, refoulé, par cette gaine brûlante.

Elle est sur lui, elle lui tourne le dos. La terre a laissé des empreintes sur ses fesses, des brins d'herbe. Il tient ses hanches, ou bien il met un doigt dans son cul. Elle se pétrit violemment les seins, elle se redresse jusqu'à ne plus sentir en elle le gland turgescent, elle se rassied, il ferme les yeux.

Il est derrière elle agenouillée front contre terre, fesses tendues à hauteur de sa queue. Il écarte les globes, les caresse, s'introduit. Elle serre une poignée de terre dans chaque main, elle bouge avec lui.

Elle embrasse son sexe, remonte sa langue le long du membre, coiffe le gland de ses lèvres. Il est étendu sur le dos, bras et jambes écartés, pantelant. Il fait très jeune soudain, son visage est totalement confiant. Au moment où le sperme monte — elle en a l'avant-goût dans la gorge — il pose une main sur sa tête, il sourit comme s'il souffrait, il vient.

Max a décollé son front de la vitre. Elle était couverte de buée. Il s'est ébroué, a baissé les yeux. Sa main droite étreignait le carnet et le crayon; dans le gras de la gauche, la mine vrillée avait laissé un petit trou noir. Il avait excessivement chaud.

JOUR

— Est-ce que je vais jusqu'au bout de la rue ?

— Non, là, s'il vous plaît, l'avant-dernière maison, la grille verte.

Il a freiné et coupé le contact. Surélevée comme elle l'était dans le camion, Lise distinguait la façade sombre et un coin du tennis. La voiture d'Yves n'était pas dans la cour.

— Vous m'avez été vraiment d'un grand secours, je vous remercie infiniment ; et excusez-moi encore pour le dérangement.

Il a fait un sourire « Les routiers sont sympa », a secoué la tête, il n'y a pas de quoi, aucun dérangement. Les couteaux de la mamie avaient été soigneusement remballés dans leur torchon, il les lui a tendus.

— Euh, vous entrez boire quelque chose, vous avez le temps ?

— Non, merci, je dois être au dépôt avant la garde de nuit. Une autre fois, peut-être.

— Eh bien, au revoir, alors.

Ils se sont serré la main. Sur la plaque de sa gourmette, sa date de naissance a jeté un éclair, il n'avait que vingt-quatre ans.

— Au revoir. Bonnes vacances quand même

— Merci, oui.

Lise est descendue. Devant l'entrée, elle s'est retournée et lui a adressé de la main un signe d'adieu, qu'il s'en aille. Elle a refermé le portail derrière elle. Le camion a démarré bruyamment. Elle aurait peut-être dû lui proposer de payer sa place.

La porte de la maison était entrebâillée, deux pierres obstruaient le passage, la poignée avait disparu. Dans la cuisine s'étirait un ruban en spirale alourdi par le poids des mouches. Sur la table, un papier était posé. Elle s'est approchée.

Lise,

Je dois partir tout de suite — une urgence. J'espère que ça n'a pas été trop pénible pour toi, là-bas. Ne t'occupe pas de moi, repose-toi bien. Appelle-moi à ton retour. Je t'embrasse.

Yves

Lise a mis la main devant sa bouche en écarquillant les yeux, comme si elle se souvenait d'avoir oublié quelque chose d'important. Elle a examiné la carte, a regardé au recto. C'était une reproduction ancienne de la Lune. En bas à droite, s'étalait en arc de cercle le lac d'indifférence. Lise s'est avancée dans le couloir, Yves ? a-t-elle dit. Les volets de la salle étaient fermés. Elle a cligné des paupières, non ce n'était pas, elle a allumé la lumière, c'était Max.

Il lui a tout raconté. Il l'aime, d'accord, mais pas au point de lui éviter de souffrir. Chacun son tour.

Elle ne l'a pas cru. Il a dû se tromper, confondre, il ne connaît pas Yves, Yves n'a pas pu faire ça. Alors il s'est levé, l'a saisie à deux doigts par le poignet, tel un médecin qui lui aurait pris le pouls après l'étourdissement d'une valse. Ils sont allés à pied jusqu'à la fête. Le bal avait commencé, l'orchestre alternait les derniers succès et des chansons pour les anciens. Des pétards célébraient la Révolution. Des gens dansaient, d'autres jouaient aux cartes sous les lampions. Il y avait trois verres sur la table des Saule.

En bordure du champ, la terre avait, en effet, été piétinée. Quelques épis étaient cassés, les graines pendaient au bout de la tige. Max se tenait en retrait, le menton dans le cou, les mains croisées sur sa braguette, recueilli comme au bord d'une tombe. Lise a ramassé un petit objet circulaire qui luisait faiblement sur le sol : c'était un bouton de couleur rouge un peu déteint, en forme de rose. Elle l'a mis dans sa poche.

Ils sont retournés sur leurs pas s'asseoir sur un banc, derrière les baraques foraines. Ça sentait la barbe à papa. Le bastringue menait la danse tambour battant, Je ne sais pourquoi j'allai danser À Saint-Jean, beau musette, Mais il m'a suffi d'un seul baiser Pour que mon cœur soit prisonnier, Tu veux une gaufre ? a dit Max. Elle a secoué la tête, Comment ne pas perdre la tête, serrée par des bras audacieux, Car l'on croit toujours aux doux mots d'amour, quand ils sont dits avec les yeux, Il faut manger, tu sais, ça ne sert à rien, je n'aime pas te voir prostrée comme ça, Moi qui l'aimais tant, je le trouvais le plus beau de Saint-Jean, Je restais grisée, sans volonté, sous ses baisers, Mais hélas ! à

Saint-Jean comme ailleurs, un serment n'est qu'un leurre. J'étais folle de croire au bonheur, et de vouloir garder son cœur, Allons-nous-en, a dit Lise. Ils ont longé les stands de tir, ont débouché sur l'aire du bal. Elle a détourné les yeux, elle ne voulait saluer personne. Max fermait la marche en regardant à droite et à gauche avec des mines de gorille. À la buvette était assis le péquenot hilare de tout à l'heure. Il balançait les épaules au rythme de la valse. Moi qui l'aimais tant, mon bel amour, mon amant de Saint-Jean, il s'essuyait les joues d'un revers de la main, Il ne m'aime plus, c'est du passé, n'en parlons plus, il avait le vin triste, dans le fond.

À la maison, Lise est montée dans la chambre. Sa valise bâillait sur le carrelage. Au-dessus de l'épais volume de *Paradise Lost* était posé, au bord de la table de chevet, une fille nue en couverture, *Ça dessoude au Soudan*. Le lit n'était pas fait, le drap de lin blanc au chiffre de la mamie traînait par terre. Lise s'est regardée dans la glace : elle était livide. Max avait refermé la porte et se tenait appuyé contre comme une armoire qu'elle aurait poussée là, dans un accès de démence, avant d'aller chercher son fusil à pompe. — Tu n'as qu'à te coucher, a-t-il suggéré au bout d'un moment. On verra demain.

Elle repliait méthodiquement dans sa valise les vêtements froissés, les rangeait sans hâte — des tricots pastel, des robes à fleurs, une imprimée de bateaux bleus, des tenues de tennis qu'elle remettait dans leurs plis avec une précision maniaque. Elle a ôté les draps, les a mis dans un plastique, a tiré de la commande une paire propre, a refait le lit. Max tremblait légèrement sur sa base, ne pouvant croire encore que ce fût enfin le jour J, J comme Joie, J comme Jouissance, J comme, On s'en va, a dit Lise. Max s'est avancé vers elle, Lise..., puis il est sorti en emportant les bagages, J comme Jobard.

Elle ne voulait pas parler, pas pour l'instant, elle avait besoin de réfléchir. Qu'il la ramène à Paris sans poser de questions, qu'il soit gentil. — Hoquet, a-t-il dit, elle a retenu une envie de vomir. Elle s'est assise dans le 4 × 4 comme on s'installe dans le silence.

« Ne nous énervons pas et procédons par ordre », pensait-elle avec le même intense effort de concentration qu'elle avait quelquefois fourni dans les examens, tempes serrées entre les poings, quand une version anglaise regorgeait de mots inintelligibles et qu'elle n'avait pas de dictionnaire. On peut toujours deviner grâce au contexte, en reliant les bribes dont le sens est certain, cerner au plus près ce qui échappe à l'aide de ce que l'on sait ; peu à peu, les possibilités se réduisent, et l'on finit par placer la pièce manquante. Mais dans l'angoisse de ne pas comprendre, il arrivait que Lise se laissât gagner par le vertige de l'ignorance : les termes les plus élémentaires devenaient alors source d'erreur, vivre, to live, to love, aimer, to leave, quitter : Je t'aime mais tu me quittes, tu vis près de moi mais tu ne m'aimes pas, ne me quitte pas, comment vivre sans toi ? To lie, mentir. Lise avait une barre douloureuse au-dessus des sourcils. Tout se brouillait, elle ne tirait que des papillotages de son cerveau comprimé. Elle s'est astreinte au calme parmi les inconnues, les faux amis dont foisonnait le texte à traduire, la vérité bientôt se ferait jour, qui gisait cachée quelque part, prête à remplir tout ce blanc, tout ce noir.

Max a tenu parole. Tandis que défilait la route dans un paysage de plus en plus sombre, il n'a guère ouvert la bouche, malgré l'envie de lui raconter ce qu'il a appris du roman inachevé et du destin de son auteur, sans doute plus extraordinaire que l'œuvre : la vie est un roman. Il n'a pas osé lui préciser non plus que son émission de radio sera diffusée le lendemain soir, 14 juillet, à neuf heures. Il faut pourtant qu'elle l'écoute, d'abord parce qu'à l'avenir elle va travailler davantage avec lui — ce jour viendra, pigs will fly — ensuite parce qu'il a glissé pour elle dans le choix du programme un signe à son intention, qui la touchera. Il fera donc en sorte qu'elle le sache. Pour le moment, ils roulent en silence dans la nuit. Simplement, de temps en temps, Max actionne le jet du lave-glace, dont l'eau jaillit et retombe sur la vitre en gouttes blanches.

JUILLET

À midi, Paris était presque désert. Quelques riverains promenaient leur chien. Des soldats en goguette déambulaient, l'air crâne, fiers d'avoir défilé aux Champs-Élysées. Un marin a proposé à Lise de toucher son pompon, ça portait bonheur. Au carrefour de l'Odéon, la chaussée était couverte de confettis. Des canettes de bière gisaient sur une estrade en bois. Il faisait très chaud.

Lise avait appelé Yves tôt le matin. Il n'était pas boulevard Voltaire. À Chartres, la sonnerie avait retenti longtemps avant qu'il décroche, la voix ensommeillée — allô Yves ? Elle lui avait demandé de venir, il avait répondu qu'il ne pouvait pas, qu'ils se verraient plus tard, à Paris, qu'il lui expliquerait (qu'ils s'expliqueraient, peut-être : elle n'était plus sûre). Elle avait insisté encore : « Mais moi, je peux venir. » Il n'avait pas voulu, il s'excusait, il avait du travail. Lise a évité de justesse en se plaquant contre le mur un patineur qui dessinait des arabesques sur le trottoir de la rue Dauphine, un walkman aux oreilles. Le souvenir du camionneur lui a traversé l'esprit — comment s'appelait-il, déjà ? — en même temps qu'un lambeau sans doute inexact de chanson — Si je t'écris ce soir de Vienne, c'est parce que je veux que tu viennes.

Il y avait plus de monde sur les quais. Les rares bouquinistes ouverts se félicitaient de leur héroïsme en toisant les vacanciers. Des bribes d'anglais ou d'italien admiraient le palais de l'Institut, la statue d'Henri IV, les ponts, la Seine, les seins blancs qui bronzaient en contrebas, la liberté. Lise a eu envie de se jeter à l'eau — prendre appui sur les paumes, raidir les bras, passer les jambes : pas plus dur que de sauter un mur. Un jeune homme était assis sur un banc et lisait des poèmes, il n'a pas levé les yeux quand Lise s'est arrêtée tout près, les coudes sur le parapet, le fleuve est pareil à ma peine, il s'écoule et ne tarit pas, quand donc finira la semaine ? Un beau soir de mars, peut-être ce soir où ils étaient rentrés à pied de l'Opéra, Yves avait menacé de prendre un bain de minuit, de traverser d'une berge à l'autre pour l'amour d'elle : il nageait très bien ; enfant, il avait commencé l'entraînement de compétition à la piscine de Chartres. Sur ses instances, il avait renoncé, de toute façon il faisait trop noir, elle n'aurait rien vu.

Elle est revenue vers le Luxembourg, feignant, pour les passants qui la dévisageaient, d'observer l'architecture des maisons, et dérobant ainsi à son propre regard, surpris dans le reflet d'une glace, ses cernes mauves. À trois mètres du sol, une petite plaque bleue mentionnait : Gaz à tous les étages. Juste à côté, une inscription de mêmes dimensions, exécutée au pochoir dans un moment de lévitation, indiquait en lettres capitales : Guerre à tous les états. Lise a continue à marcher sur le trottoir inondé de soleil, tandis que, sans prévenir, une grande colère la submergeait, comme si ce calembour de potache résonnait soudain en elle à la manière d'un mot d'ordre ; elle s'éveillait d'une sorte d'hypnose incrédule et ouatée pour plonger brusquement dans un tourbillon de révolte : guerre aux états d'âme, aux états de faiblesse, guerre à cet état tyrannique qu'est l'état des choses. Elle ne pouvait pas rester ainsi démunie, soumise, elle devait agir, se montrer plus offensive, elle devait *protester*. Elle ne savait pas encore quelle forme prendrait cette protestation, mais il le fallait.

Elle s'est assise au *Rostand*, a commandé un thé. La patronne desservait une table voisine, « c'est fini, monsieur ? », le monsieur a branlé la tête en repoussant son assiette, un certain nombre de choses avaient l'air finies pour lui. Un peu plus tard, néanmoins, il a attaqué une part de tarte en sucrant les fraises. Il portait un ruban de la Légion d'honneur. Lise s'est détournée, prise de vertige. Son grand-père aussi a été décoré, autrefois : sur une photographie, on le voit échanger une accolade avec un chauve ventripotent. Pour quels services rendus, elle a un doute : civil ou militaire ? Contre l'Allemagne ou la Nouvelle-Zélande ? En 29 ou en 45 ? À quel grade, elle l'ignore. « Mais chevalier, bien entendu ! se fût écriée la mamie. Chevalier servant, défenseur de la veuve, protecteur de la jeunesse et des sports ! » Lise a serré les poings sur ses paupières. Les hommes sont des traîtres. Ils usent de leur pouvoir pour séduire et tromper, on les reconnaît, on les admire, on les vénère, les hommes sont des lâches. Ils travaillent à dompter, à détruire, à vaincre, et d'autres hommes les en récompensent pendant que leurs femmes attendent et souffrent en reprisant leurs chaussettes. Guerre aux états de service. Elle a ravalé ses larmes. Tel le lecteur inexpérimenté qui, s'étonnant à la fin d'un polar que le coupable soit ce bon docteur si courtois, feuillette encore le livre à rebours avant d'accepter l'incroyable, elle tournait les pages en tous sens et confondait les époques, les personnages. Qu'a fait Tissier de son serment, qu'a fait Morand de son temps libre ? Est-il digne d'amour ? A-t-il menti, a-t-il trahi ? Où, quand, avec qui ? Est-il bon, est-il méchant ? Pourquoi l'a-t-il trompée ? Ne l'épousera-t-il pas ? To betray, trahir, to betroth, donner sa main. Elle relisait le texte opaque du récit et mélangeait les mots, encore inapte à traduire, à comprendre clairement le sens de l'histoire, son cours vers l'obscur dénouement.

Elle s'est levée, est allée jusqu'à la cabine téléphonique. La porte s'est ouverte en grinçant — allô maman, aide-moi, explique-moi, je suis perdue. Ma chérie, voyons, ce n'est pas grave, à cet âge, tu sais, les hommes mènent une vie de — patatras, tout le bloc métallique s'est écrasé à ses pieds, victime de l'instinct révolutionnaire de la nuit, Lise a reposé le combiné sur les débris. Les flots noirs de la Seine ont charrié à nouveau son corps jusqu'aux rives du Léthé, oublier, tout oublier, puis elle a émergé, s'est secouée, a replongé dans les profondeurs du *Rostand* où se trouvait un appareil à pièces. Elle a appelé sa mère — un coup de fil peut sauver une fille.

Ils avaient branché le répondeur — Vous êtes

bien au cabinet du Dr Leroy. Le médecin de garde est le Dr Car — Lise a patienté, la voix de Sissi était calme, elle répétait le numéro d'urgence. Ensuite la bande a chuinté à vide, alors Lise a crié Maman, maman, Lise a hurlé Maman, allô maman, elle s'est tue, l'oreille collée à l'écouteur, attentive, comme on écoute la mer dans un coquillage, le bruissement lointain a continué, un dernier cri de Lise a laissé son empreinte sur la plage déserte, puis tout s'est arrêté, personne n'est venu. Dans l'embrasure de la porte contiguë, un Noir immense se tenait immobile, jambes écartées devant un urinoir. La tête tournée vers Lise, il la regardait de bas en haut par-dessus son épaule. « Gueule pas comme ça », a-t-il dit en se haussant d'une secousse sur la pointe des pieds, « tu la reverras, ta mère ! ».

Elle est partie, a marché au hasard le long des grilles du jardin. Un coureur l'a dépassée de l'autre côté des barreaux, visage tendu, christique. Des pigeons se rengorgeaient. Elle a battu des cils afin de disperser les morceaux du stade de Colombes, son gazon foncé, son ciel blanc. Tel un souvenir-écran, ce cliché a masqué des années la vérité sur les dieux. À présent, la photo est en miettes, comme, dans l'excès du dépit, après l'avoir cent fois contemplé, on déchire le portrait d'un amant infidèle, comme on jette à bas les statues des églises. Et sous le voile se tient la mamie au jour de ses noces, un peu haletante de ce qui n'est pas encore son oppression, attendant, sage, dans son tulle, le oui qui va sortir des lèvres bien-aimées. Et sous le drap se tient la mamie au jour de sa mort, souffrant une dernière fois le cauchemar de la trahison, le serment rompu, la fuite extra-conjugale — lui parti pour le meilleur, elle restée pour le pire —, commentant en elle-même le manquement au devoir d'amour : « Pépé déjà disparu, enfui, c'est mal. » Et sous l'azur de juillet se tient Lise Imbert, bafouée, iconoclaste et cocue, mais ça ne se passera pas comme ça.

Elle est entrée au Luxembourg, s'est assise sous un orme centenaire au tronc gravé de prénoms. Elle a fixé dans le gravier les feuilles mortes, les pas des amants désunis. Elle a réfléchi, les yeux posés machinalement, à travers la grille, sur les affiches d'un kiosque à journaux : IL TUE SA FEMME À COUPS DE CASSEROLE. WEEK-END : LE GRAND DÉPART. JUILLET : LE MOIS DES JULES. SOCIÉTÉ : LES MACHOS REVIENNENT. À droite du panneau, un hebdomadaire titrait en couverture :

LES DÉPARTS À LA TÉLÉVISION

P.P.D.A. : « JE VAIS CULTIVER MON JARDIN »

Lise a mis les mains devant ses yeux dans le geste de se boucher la vue face à l'horreur de la scène qui surgissait, puis, le cœur broyé d'angoisse, à travers ses doigts écartés, elle a regardé.

La mamie est assise dans la balancelle au fond du jardin. Elle oscille doucement en tournant la tête à droite et à gauche avec un sourire étudié, l'air d'admirer les palais vénitiens le long du Grand Canal. Tous les quarts d'heure, quand sonne le clocher de Val-Saint-Georges, elle s'immobilise, un pied sur le gazon, puis elle reprend sa pose. De temps en temps, elle rajuste en le tapotant le col de sa robe.

Hier soir, son soupirant est venu accompagné, alors forcément elle s'est faite discrète. L'intrus, lui, ne l'était guère : il a demandé à P.P.D.A. pourquoi il s'en allait, quelles étaient les motivations exactes de son départ — n'a-t-on pas le droit de prendre des vacances, de partir en voyage pour raisons personnelles ? L'autre était grossier, il insistait, obligeant Patrick à mentir, éprouvait-il de l'amertume, pensait-il revenir ? — la mamie avait souri, il y a des embarquements définitifs, des séjours d'où l'on n'a pas envie de revenir. À la fin, tout de même, P.P.D.A. a réussi à lui glisser habilement un message sans attirer l'attention de l'autre, qu'est-ce que vous allez faire, maintenant ?, il s'est rapproché, et, en la regardant avec gravité mais fixement, pour qu'elle comprenne, il a répondu : « Je vais cultiver mon jardin. »

Il n'est pas venu pendant la nuit, elle en est certaine puisqu'elle l'a guetté jusqu'à l'aube par la fenêtre de sa chambre. Trop de difficultés, sans doute, des problèmes de dernière minute à régler. Ici, personne ne soupçonne rien, personne ne se doute qu'elle va bientôt partir : il y a des années qu'elle tient cet amour secret. Ce matin, elle a choisi une robe bleu marine à col bateau, à la fois jolie et pratique, en coton infroissable. Un peu plus tard, Sissi lui a amené un chapeau de paille avec un ruban rose ; elle le met quand elle quitte la balancelle, puis, à la réflexion, le garde : les modistes ont toujours été catégoriques, elle a une tête à chapeaux. Lorsqu'elle se déplace, une petite brise fait flotter derrière elle le ruban de satin. La paille blonde crée autour de son visage une sorte de halo très doux au teint. Elle a un peu soif, mais elle voudrait conserver son rouge à lèvres.

Elle observe les côtés du jardin. Ici et là, de hauts murs délimitent les propriétés voisines, dont on aperçoit quelques arbres, un toit. Mais au fond, le mur est plus bas, il donne sur un terrain en friche, planté seulement d'un gros cerisier. Il doit être assez facile à franchir pour un homme jeune et athlétique. Elle rit : il y en a bien un, une fois, qui l'a enlevée sur son balcon, au troisième étage de son immeuble ! Elle se souvient de ses muscles durs sous la chemise. Elle s'était complètement abandonnée — qu'on est bien dans les bras d'une personne du sexe opposé — il l'avait emmenée sans effort, serrée contre lui — qu'on est bien dans les bras d'une personne du genre qu'on n'a pas — il sentait bon, une odeur d'homme qui sait ce qu'il veut, elle avait posé la joue sur son épaule, fermé les yeux — qu'on est bien dans ces bras-là ! Elle soupire, tire de son sac un petit miroir au manche guilloché, se regarde longuement, belle, belle, belle, comme le jour, belle, belle, belle, comme l'amour.

Le Noir de tout à l'heure s'est assis à côte de Lise, « alors, on veut sa manman ? », il était d'accord pour lui servir de nounou. Elle s'est levée, a gagné une sortie. À la devanture du kiosque, P.P.D.A. souriait sur une affichette aux dimensions d'un écran. Son expression était tendre et solennelle en même temps, comme s'il éprouvait ensemble les malheurs de ce monde et la douceur d'y vivre ; il narrait les combats sanglants tout en invitant à l'amour, comme le beau héraut d'armes qui devient aussitôt, par la caresse de son récit, le héros de ces dames. Au livre IV du *Paradis perdu* de Milton, que Lise relit, Ève s'admire dans le cristal de l'eau, elle contemple en cette molle image sa féminine beauté. Adam survient, elle s'effraie, s'enfuit. « Reviens, belle Ève, s'écrie-t-il. Qui fuis-tu ? De celui que tu fuis, tu es née ; tu es sa chair, ses os. Partie de mon âme, je te cherche ! Je réclame mon autre moitié. » Alors, poursuit le poète, Ève céda, car elle comprit « combien la beauté est surpassée par une grâce mâle, et par la sagesse qui seule est vraiment belle. Lui a été créé pour dieu, Elle pour Dieu en lui ».

Ainsi la grâce et la sagesse ont vaincu la mamie, mais elle n'en connaît pas moins le pouvoir de ses charmes. Elle arrange à son front une mèche de ses cheveux, redresse une fleur qui fane à sa boutonnière. Elle a chaud, elle est inquiète, le miroir tombe sur ses genoux, mais elle supporte sans faiblir l'épreuve imposée par l'amant, sa mystérieuse loi. « Car ici l'Amour emploie ses flèches dorées, ici il allume son flambeau durable et agite ses ailes de pourpre ; ici il règne et se délecte : il n'est point dans des jouissances passagères, ni parmi les favorites de cour, ni dans une danse mêlée, ni sous le masque lascif, ni dans le bal de minuit, ni dans la sérénade que chante un amant affamé. » L'amour est une union sacrée, un rêve d'innocence. La mamie s'approche encore du mur, se hausse sur la pointe des pieds Les champs sont déserts alentour, les vignes brillent sous le soleil qui décline. Elle se rassied, un peu ivre d'attente : la tête lui tourne, comme, après la danse, sous la tendre chanson which the starved lover sings. Sissi propose du thé, tea for two and two for tea, elle se raidit, refuse. Le clocher sonne le quart, mais de quelle heure ? L'ombre du cerisier vient toucher maintenant le bord de la pelouse. La mamie reste immobile, sérieuse, elle suspend le chantonnement qui, presque muet, la berçait. Elle est à lui : pourquoi ne vient-il pas ?

À présent, tout est dit, le sort en est jeté : il ne viendra plus. Elle l'a appelé, s'est plainte de sa fuite, a murmuré : « c'est mal » ou peut-être, « j'ai mal », est morte. Le cœur a lâché, prétend Patrice. Mais ce n'est pas exact. En réalité, c'est elle qui a lâché, comme on déplie d'un coup ses doigts qui tenaient la falaise. Il n'y avait plus d'espoir, plus de secours. Elle n'y croyait plus. Mourir, c'est cesser d'attendre. Lise a traversé la rue, laissant derrière elle le jardin et P.P.D.A., le Paradis Perdu De l'Amour.

– K –

Même quand on connaît K., on ne peut pas comprendre.

KAFKA

KALÉIDOSCOPE

Ainsi l'espace humain a originellement une structure géométrique, à entendre « kal-eido-scopique »[1] *: la « belle forme » au champ de l'autre me fascine, et aussi structure mon propre champ qui en retour plus tard se projette dans le champ de l'autre, dans la comparaison, la compétition et la conquête guerrière de l'espace d'autrui.*

Gérard Tuyer a posé son livre sur le bras du fauteuil, s'est levé, a décroché. C'était Yves Morand. Il était rentré plus tôt que prévu, il appelait de Chartres, il aimerait bien le voir, un jour prochain. « Et vous, Gérard, qu'est-ce que vous avez fait ? Ça va ? »

Gérard faisait aller, il bouquinait, il passait le temps. À la vérité, il exultait : son petit dernier, la brebis galeuse de la famille, venait de rejoindre spectaculairement le troupeau en en prenant la tête, « ah si, au fait, j'allais oublier... Figure-toi que mon fils, tu sais, Christophe, eh bien, mon fils vient de sortir une chanson qui fait un tabac, il paraît que ça marche du feu de Dieu à la radio, un

1. J. Lacan, *Écrits*, p. 122.

vrai malheur... Oui, bien sûr je l'ai entendue, mon fils m'a envoyé le disque... Oh ! tu sais, les trucs qu'on aime maintenant. Mais au moins, il va gagner sa vie au lieu de la perdre. Oui, d'accord, à bientôt ».

Gérard a raccroché, a repris sa lecture, *et aussi structure mon propre champ qui en retour,* il a rabattu la couverture, s'est approché de sa chaîne stéréo. L'ampli était resté allumé. La pochette représentait Christophe bras tendus en avant, un peu écartés, sans qu'on pût dire, même en scrutant son sourire, si cette pose signifiait « Laissez venir à moi les petits enfants » ou « Par ici les pépettes ». Il était vêtu d'une chemise largement déboutonnée. Gérard a desserré sa cravate tandis que de la main droite il ajustait la pointe du diamant sur le sillon, taratzim boumboum, a explosé le batteur aussitôt. Gérard s'est rassis, ému, oppressé, la voix de Cricri a résonné dans son cœur d'artichaut, o, o, je vais t'effeuiller, é, é — il y avait du rythme — arrête ton foin, in, in, ton cinéma, a, a — du tempo, de l'humour — tes parodies tordues, u, u — de l'esprit, du talent. Il a laissé le disque chuinter une minute en bout de course, cet enfant irait loin, d'ailleurs il n'en avait jamais douté, il avait toujours eu foi en lui. Il s'est secoué de sa béatitude, a avancé le doigt vers la touche STOP, puis, en fin de compte, a remis la chanson une dernière fois, a, a, on ne s'en lassait pas.

Yves a gardé la main sur le combiné. Il n'a pas osé se confier à Gérard par téléphone, un dimanche 14 juillet. Mais de toute façon, il n'a besoin de personne pour cette analyse : de l'observatoire où il se trouve, l'état des choses lui apparaît clairement ; comme on voit mieux un match de tennis à la télévision que depuis les gradins du stade, l'histoire se déploie devant lui avec plus de netteté, maintenant qu'il en est sorti. Il embrasse à la fois l'ensemble des événements et le détail au ralenti des points principaux : il cerne bien les atouts de l'adversaire, déchiffre ses faiblesses. Heureusement, il a perçu à temps ce qui n'allait pas dans la partie : trop longtemps, il s'est laissé mener, s'est contenté de renvoyer la balle, et Lise s'apprêtait à gagner le trophée. Le terrain était idéal, la victoire préparée avec soin : mariage avec un médecin — service canon — installation provinciale tous frais payés — avantage — ascension bourgeoise — set et match, échec et mat. Elle avait su pousser ses pions, placer ses balles ; elle avait un joli jeu de jambes, aussi, mais halte là ! Minute, papillon ! « Joue ton jeu, mon vieux », s'est dit Yves à voix haute.

La veille, à Viorne, il a eu comme un sursaut, une rage soudaine d'imposer sa tactique. En termes analytiques, on pourrait appeler cela une « bouffée désirante » ; sous l'angle sportif, une volée coupée, un ace, un retour gagnant. Sur la route, la nuit, et maintenant encore, il se sent libre. Il sait qu'il n'entrera pas dans le roman familial, du moins pas dans celui-là, qu'il ne chantera pas la romance des cœurs à prendre. Il a lu l'histoire en détail, deviné où tout cela le menait : telles les dernières pages d'un récit à énigmes, Viorne a livré son secret, comme si l'avenir n'était que du passé prolongé. Il n'ira pas à Venise, il n'ira pas à Val-Saint-Georges : il connaît la chanson, ce serait mortel. « Y'a le pinard, remarque, modaliserait le voisin si son copain le consultait : mortel, peut-être, mais un enterrement de première classe. » Quant à Lise, elle a compris déjà que la partie était perdue. Sans doute en parleront-ils quand la tension aura diminué. Mais il ne s'inquiète pas : si l'on en croit le voisin, ces demoiselles ont des cœurs d'artichaut.

Il est sorti dans le jardin. L'air était doux. Dans le ciel, la lune brillait, pleine et blanche. Yves a regardé les murs de pierre, le gazon vert anglais amoureusement entretenu par sa mère. En voilà une qui allait être déçue ! Tant pis ! Il quittait l'arène avec les honneurs. Il a envoyé son bras droit de la hanche gauche vers l'avant selon une trajectoire oblique qui reproduisait à la fois le revers slicé tel que le décompose Georges Deniau dans son dernier ouvrage, et, à son insu, une passe assez complexe du rock acrobatique. Cette histoire était finie pour lui ; d'ailleurs, elle était mal engagée. La preuve en était qu'en séjournant à Viorne il avait raté la finale de Wimbledon. On a sonné à la porte. Il est allé ouvrir.

Max a refermé l'armoire, a traversé la chambre, a décroché, all — Oh ! Max, a bredouillé la voix de Lise, ô Max... — Lise ? ah, je suis content, j'ai essayé de te joindre toute la journée ! Tu tombes à pic : écoute, mon émission passe à neuf heures, là, tout de suite, nine aux cloques, tu sais, mon émission... C'est sur Radio-Cœur. J'ai — Max, MAX, je t'en supplie, je n'ai pas le temps, je suis à Chartres. Une seule question, Max : est-ce que tu m'aimes ? — Ou, ou, i, i, a miaulé Max, un chat dans la gorge. — Alors écoute, Max, si tu m'aimes : j'ai passé tout l'après-midi et la soirée avec toi, tu m'entends, Max, mon petit Max : je-ne-t'ai-pas-quitté. — Tu-ne-m'as-pas-quitté, a répété Max, elle-ne-me-quittera plus, a pensé Max. Lise a expiré longuement devant le récepteur, Je viens, a-t-elle dit du ton du médecin qu'on sollicite pour une urgence, un déclic a retenti dans le tympan de Max, il s'est senti malade. Le combiné encore à la main, il a opéré un lent mouvement tournant, comme s'il promenait aux alentours une cellule photoélectrique. Il a parcouru la pièce des yeux en un panoramique hébété : c'était épouvantable, il voyait la scène comme s'il y était.

Ce pourrait être dans un de ces pavillons qui se construisent en banlieue des villes, ou plutôt dans une vieille maison de province entourée d'une pelouse. Celle-ci est dans l'ombre de la cathédrale, à Chartres.

Il est en train d'écrire quand le carillon de la sonnette se fait entendre. Par le tressage d'une porte au fond du jardin, on l'a regardé écrire près de la baie vitrée, s'arrêter par intervalles, le stylo au bord de la bouche; il paraît fatigué. À un moment, il appuie le pouce et l'index sur ses paupières, comme on ferme les yeux d'un mort. De toute évidence, il a du mal à poursuivre, l'inspiration manque. Il doit s'agir d'un courrier personnel, d'une lettre d'amour ou de rupture.

Il n'est pas content qu'elle soit venue; elle s'en rend bien compte en entrant dans la pièce. Elle lui dit qu'il n'espérait pas s'en tirer comme ça. Il ne répond pas, il s'empare d'un bibelot posé sur un meuble, d'une, d'un cube en plexiglas dont les cinq faces visibles montrent des photos de famille. Il regarde la sixième, celle qui était cachée ; il s'approche de la fenêtre, obliquement, comme d'une issue possible, il se donne une contenance.

Elle ne le quitte pas des yeux. Elle est très pâle, mais maquillée avec soin. Elle porte une robe imprimée de fleurs sur fond clair, dont la jupe, fraîchement repassée, est juste un peu froissée par endroits. Le corsage est orné de nœuds blancs. Si ce n'était pas une aussi sombre histoire, qui exclut le polychrome, on admirerait la teinte inhabituelle de ses cheveux. Sous la robe courte, elle a les jambes de Cyd Charisse dans *Party Girl*.

Il est très las. Ses paupières battent nerveusement plusieurs fois, comme autant d'assentiments involontaires, de oui-réflexes, d'accords tacites à la question qu'elle ne posera pas, de peur qu'il réponde non. Elle ne pourrait pas le supporter : à ses interrogations pressantes, à ses doutes anxieux, elle veut un homme qui réponde oui — oui, je te veux, oui, je t'aime, oui, je viens — qui le prononce sans cette hésitation des premiers contacts, sans cette lâcheté des mensonges, mais avec l'assurance d'un constat, comme elle souligne elle-même, dans les jeux amoureux, le parcours du plaisir, comme elle attend que soit ponctué d'une clausule ferme le texte de la rencontre — Voulez-vous… ? Oui. Jurez-vous… ? Oui — et qu'il acquiesce — Yes, I do. Yes, I will.

Elle lui demande si c'est fini. Il ferme les paupières, les rouvre. Elle le dévisage, mais l'image se brouille, elle a des mouches devant les yeux. Elle lui demande s'il y a une autre femme. Il fait non de la tête. Il ment. Elle sort de son sac un bouton, le lui tend. On le voit de très près : c'est un bouton qui n'est pas neuf; il a la forme d'une rose, avec des pétales bombés, en plastique ou en nacre. Il le prend, l'examine dans le creux de sa main gauche, sourit. Alors elle saisit quelque chose sur une table, un coupe-papier, un serre-livres, un tisonnier, un outil de jardinage, et elle le frappe violemment à la tête, au côté. Il met la main en avant pour se protéger, l'arrêter, mais trop tard, Sa paume saigne, son front, son cœur. Elle frappe de plus en plus fort, offensive, agressive. Il tombe en arrière, un poing serré dans la menace, l'autre délié dans l'abandon, il glisse, dérape, les bras levés en V pendant la chute, virage, vertige, valse viennoise. Il est à terre, maculé de sang, tête inclinée sur l'épaule comme un crucifix renversé. Elle le regarde, le visage encore empreint de sa protestation, un peu surprise aussi d'avoir vaincu Tancrède, puis elle s'enfuit sans hâte, avec le calme de quelqu'un qui vient d'exposer simplement sa version des faits. To lie, mentir, to die, mourir.

Lise a poussé la porte de la cabine. Le verre a tremblé, mais sans céder. Elle a secoué de nouveau la poignée métallique, en vain. Le sol était couvert d'écorces de cacahouètes; sur l'une des vitres latérales, on avait laissé l'empreinte d'une main, telle, sur une paroi rocheuse, la trace rouge d'une présence, l'affirmation primitive d'un désir de posséder les choses. Sous le bloc du téléphone, une petite flaque luisait. Lise s'est mise à transpirer. C'était comme si quelqu'un avait habité là avant son arrivée, et qu'elle ne fît que le remplacer sans transition dans sa cage, son caveau, sa cellule, son cercueil. Elle s'est affolée, a donné de grands coups d'épaule dans la porte. Les gonds paraissaient bloqués. Elle a pensé à Maurice Ronet coincé dans son ascenseur pour l'échafaud sur fond de Miles Davis, et, simultanément, à l'oncle Achille en bas de chez le notaire, serrant les poings autour de barreaux imaginaires et repoussant les limites des lois humaines en assurant qu'il ne se ferait pas mettre en boîte par une fêlée de la caisse, une agitée du bocal, ça non, il irait devant les tribunaux, on ne le roulerait pas dans la farine, lui, on ne l'emballait pas si facilement. La sueur lui a piqué les yeux, elle a tâtonné à l'aveuglette, une fois encore les doigts sur le verre avant de composer le 16 et de se livrer à l'autorité, à l'officier de police, à l'hostilité générale — « C'est vous ? Oui » — la porte a pivoté lentement, elle est sortie à l'air libre.

Elle est remontée dans sa voiture — un break dont John lui confiait la garde et les clefs quand il quittait la France. Le volant était à droite. Elle a claqué la portière, est restée frissonnante, arrêtée en bordure du terrain vague où se dressait la cabine, à la sortie de la ville, et où brûlaient, de loin en loin, de petits tas d'ordures. Elle s'est forcée au calme, à la récapitulation. Petit a) N'avouez jamais. Petit b) Filer d'ici, Elle a mis le contact. Petit c) Rester chez Max. Elle a enclenché la première, la boîte de vitesses a craqué. Petit d), elle est revenue au point mort, tremblante, petit a, tout s'est mélangé, petit d, c, d, elle n'y arriverait jamais ; elle a démarré, a quitté Chartres dans son rétroviseur, petit a. Une route toute droite traversait la Beauce. Des touristes anglais l'ont doublée en klaxonnant, elle a fait coucou de la main, puis un camion T.I.R. Elle conduisait la tête droite, raidie jusqu'à la douleur sur son siège ; si elle déplaçait le cou, elle voyait en un éclair verdâtre son teint de noyée. Elle avait du mal à respirer, elle était oppressée — « J'appelle immédiatement mon avocat », éructait l'oncle Achille en remontant la rue, coudes au corps, congestionné par la colère — elle haletait, la sueur ruisselait dans son dos calé au dossier — « l'affaire passera en justice », bavait l'oncle Achille, le torse bombé comme s'il voulait casser le ruban au bout de la lice, coiffer tout le monde au poteau d'une encolure — elle avait peur, « ça finira mal » — elle avait les jetons, les boules — elle a accéléré — le trouillomètre à zéro. Une petite pluie fine commençait à tomber, le ciel moutonnait. Sa montre indiquait neuf heures, elle a allumé la radio, o, o, voilà, c'était Cœur d'Artichaut, numéro un au Top 50 cette semaine. Et maintenant, place à Ralph Coudert pour son émission « Gros Plan ». Aujourd'hui, gros plan sur le réalisateur Max Grangier. « Bonjour », a dit Max. Lise a sursauté.

Le présentateur était très heureux de recevoir Max, encore trop peu connu du grand public, hélas, mais n'était-ce pas volontaire chez lui, ce côté homme de l'ombre ? Enfin, quoi qu'il en soit, il ne tarderait pas à émerger en pleine lumière, à trouver sa place. Son champ d'action était déjà assez étendu dans le domaine cinématographique. On pouvait citer pour mémoire *Chambre à un lit*, la période intimiste, n'est-ce pas, puis *J'aurai ta peau*, plus expressionniste, plus violent aussi, et — last but not liste, a glissé Max —, oui, peut-être son meilleur film, un thriller dans la bonne tradition, *Tournant fatal,* euh, non, pardon, *Si les morts pouvaient parler.* Alors dites-nous tout, Max Grangier, quels sont vos projets ? Je sais que vous venez de finir un court métrage qui se passe sur la côte normande. Et maintenant ? Qu'est-ce que vous nous mijotez ? Un grand film en préparation ? Un nouveau polar ?

— Boui boui, a nasillé Max. En fait, il vient de m'arriver une aventure extraordinaire, je suis encore sous le choc. Figurez-vous que, l'autre jour, par hasard, sous le pied d'une armoire, pour être précis, j'ai trouvé un vieux bouquin tout abîmé. Je l'ai feuilleté, ça m'a paru intéressant, et je me suis dit : il faut absolument que je le...

Lise a cherché le bouton des essuie-glaces sur le tableau de bord, elle s'est baissée à droite et à gauche du volant, a tâtonné, rien, à croire que, la voiture a fait une embardée vers le bas-côté, elle a freiné brutalement. Une silhouette se tenait debout sur le bord de la route, l'index vrillé sur la tempe, les jambes en partie masquées par une espèce de roc énorme. Elle a baissé sa vitre. C'était un jeune homme vêtu d'un K. Way bleu et d'un pantalon de survêtement : il avait une queue de cheval, beaucoup plus longue que celle de Max, et des tennis aux pieds. « Eh ben vous, alors », a-t-il commenté en ouvrant la portière arrière et en installant son rocher sur la banquette. Après quoi il a contourné la voiture en petites foulées et s'est assis à côté de Lise en soupirant, Sisyphe soulagé pour un temps du poids de ses fautes. Il allait à Paris, il partait gare de Lyon à minuit pour l'Italie. Lise a redémarré. « Vous êtes Anglaise ? » a-t-il supputé.

— ... et donc, j'ai appris hier soir que l'auteur du livre est une femme, qu'elle est en prison à la centrale de Rennes pour un crime qu'elle nie depuis toujours avoir commis. C'est incroyable, non : je veux faire un film d'amour, et je me retrouve malgré moi dans une nouvelle intrigue policière. Mais vécue, cette fois ! Réelle. Cette femme a été jugée pour le meurtre de son amant, un homme qu'elle connaissait à peine : elle raconte leur rencontre, dans le roman, c'est d'ailleurs ce qui, au départ, avait retenu mon attention, m'avait donné envie de lire la suite. Très peu de temps après, il a été assassiné, et on l'a arrêtée. Elle a nié, mais personne ne l'a crue : on a retrouvé un bouton de sa robe dans la main du cadavre ! Elle a été lourdement condamnée, je crois. Et pourtant, dans le cas d'un crime passionnel, il n'y a pas à craindre de récidive, en principe... Ce qui me fascine, c'est le destin de cette femme, et le problème de la vérité. Je n'ai pas encore d'idée précise sur elle — j'ignore même son identité, bien qu'elle soit déjà pour moi un personnage — je n'ai pas lu le livre jusqu'au bout, je crois que ce roman s'appelle *GK 1991*, c'est assez mystérieux, son matricule peut-être... Elle a dû se mettre à écrire pour tenter de comprendre ce qui s'était passé, et...

— N'est-ce pas la démarche de tout artiste ? Max Grangier, quand je vous écoute, j'ai l'impression que vous êtes en quête de vous-même. Non ?

— Vous savez, bien sûr. Faire un film, c'est comme se regarder dans une glace : c'est vous que vous voyez dans le reflet, et en même temps c'est un autre, l'image renversée de vous-même. Tout se retourne, tout se réfléchit.

— Vous êtes un intellectuel, au fond. Eh bien, nous allons faire une pause musicale. Les auditeurs connaissent le principe de l'émission : ce soir, c'est donc Max Grangier qui a élaboré le programme et qui va lui-même vous l'annoncer. Max Grangier ?

— Oui, alors j'ai choisi d'abord, pour une amie très chère, un vieux succès de la dernière guerre, Abel Gance en a fait un film — toute une époque...

Lise conduisait vite, les mains agrippées au volant, elle ne risquait rien, rien : il n'y aurait pas de récit d'Yves. Le pare-brise était piqué de gouttes minuscules. Sisyphe se taisait : il aimait bien les films de Max Grangier, et, de toute façon, il ne parlait pas l'anglais. La musique a rempli l'habitacle de sa mélancolie, Vous ne pouvez pas savoir comme mon pauvre cœur est lourd, c'était une valse lente. De part et d'autre de la route, les blés étaient courbés sous l'averse, le jeu recommence, tout chante, c'est encore mon tour. Lise a refoulé les larmes qui montaient, rêve d'amour, bonheur trop court. « Elle n'écoute que de la guimauve, Toni Sirop et Cie », grommelait son père, atteint dans sa rigueur huguenote. À sa gauche, l'autostoppeur oscillait imperceptiblement au gré de la chanson ou des nids-de-poule qui trouaient par endroits la chaussée. Vous venez je ne sais d'où, j'ignore jusqu'à votre nom ; je vois que vos yeux sont doux, mais votre voix ment-elle ou non ? Lise a étouffé un sanglot, elle a fouillé d'une main dans son sac à la recherche d'un mouchoir, « ça ne va pas », a dit le passager : la voiture a fait un zigzag, « You are bad ? » a-t-il ajouté, soucieux de ne pas mourir avant d'avoir vu Naples, il sentait venir le moment où ils allaient valser dans le décor, elle a secoué la tête, tant pis, je vous aime, des phares arrivaient en sens inverse, débouchant d'un tunnel ferroviaire, Lise a ralenti, des milliers de points lumineux ont envahi son champ de vision, une pluie de confettis dessinant des formes changeantes, l'amour c'est moi-même qui meurs et renais chaque jour, elle avait mal au cœur, comme une nausée de femme enceinte. Le passager s'était complètement tourné de son côté, il la regardait. « Ça va ? a-t-il insisté. You are O.K. ? » Elle a renifié, a appuyé sur la pédale d'accélérateur, puis elle a dit, tandis que se mouvaient sur l'écran des vitraux en rosaces, tandis que dans le miroir du rétroviseur flottait la route, comme, à l'arrière d'un chapeau, le ruban clair d'un suivez-moi-jeune-homme, contente qu'il s'intéresse à elle, car chaque amour est un retour au paradis perdu, elle a dit :

— Ma grand-mère est morte.

J

K

DU MÊME AUTEUR

Aux Éditions P.O.L

INDEX, 1991

ROMANCE, 1992 (*Folio n° 3537*)

LES TRAVAUX D'HERCULE, 1994 (*Folio n° 3390*)

PHILIPPE, 1995

L'AVENIR, 1998 (*Folio n° 3445*)

QUELQUES-UNS, 1999

DANS CES BRAS-LÀ, 2000. Prix Femina

Composition CMB Graphic.
Impression Société Nouvelle Firmin-Didot
à Mesnil-sur-l'Estrée, le 1er juin 2001.
Dépôt légal : juin 2001.
Numéro d'imprimeur : 55922.

ISBN 2-07-041694-1/Imprimé en France.

98297